Jacques, o Fatalista, e seu amo

Denis Diderot

Jacques, o Fatalista, e seu amo

Tradução, apresentação e notas
Magnólia Costa Santos

Título Original: *Jacques, le fataliste*
© *Copyright*, 1993. Editora Nova Alexandria Ltda.

Todos os direitos reservados.
Editora Nova Alexandria Ltda.
Rua Dionísio da Costa, 141
04117-110 — São Paulo — SP
Caixa Postal 12.994
04010-970 — São Paulo — SP
Tel./fax: (11) 5571-5637
novaalexandria@novaalexandria.com.br
www.novaalexandria.com.br

Revisão de texto: Ana Maria Elisa Choueri
Jeferson Aloia e Prado
Capa e projeto gráfico: Juan Balzi

**Dados Internacionais de Catalogação na Publicação (CIP)
(Câmara Brasileira do Livro, SP, Brasil)**

Diderot, Denis, 1713-1784
Jacques, o fatalista, e seu amo / Denis Diderot ; tradução, apresentação e notas de Magnólia Costa Santos. — São Paulo : Nova Alexandria, 2001.

ISBN 85-86075-92-2

1. Romance francês I. Santos, Magnólia Costa II. Título

| 93-0348 | CDD-843 |

Índices para catálogo sistemático:
1. Romances : Literatura francesa 843

O original utilizado para a tradução de *Jacques, le fataliste* encontra-se no volume *Oeuvres Romanesques de Diderot*, edição de Henri Bénac revista por Lucette Perol (Paris, Garnier Frères, 1981). Para o cotejo, utilizou-se a edição prefaciada de Paul Vernière (Paris, Flammarion, s.d.).

Sumário

Apresentação 9
Jacques, o Fatalista, e seu amo 13

Apresentação

A história da redação e publicação de *Jacques, o Fatalista* é quase tão intrincada quanto sua própria concepção romanesca e quanto o pensamento de seu autor, o filósofo, enciclopedista e crítico Denis Diderot (1713-1784). Se nessa história há algum fato incontestável, é que tenha sido iniciada após a leitura de *Tristam Shandy*, monumental romance do inglês Lawrence Sterne (1713-1768), redigido entre 1759 e 1767. Os estudiosos dividem-se quanto às datas em que *Tristam Shandy* pode ter chegado às mãos de Diderot. Para uns, o próprio Sterne teria enviado a Diderot, em 1762, os seis primeiros volumes de seu romance e, três anos depois, o teria conhecido pessoalmente na casa do Barão d'Holbach, o mesmo *gentilhomme* que, segundo afirmam, ofereceu-lhe hospedagem em Paris e entregou a Diderot os volumes 7 e 8 de *Tristam Shandy*. Para outros, cuja opinião parece ser mais verossímel, tudo ocorreu exatamente do modo contrário: Sterne jamais teria enviado a Diderot um exemplar sequer do romance e teria realizado sua viagem a Paris em 1762, onde e quando, dizem eles, d'Holbach encarregou-se de apresentá-lo a seu amigo Diderot; em 1765, o Barão teria ofertado ao filósofo o oitavo volume de *Tristam Shandy*, cujos capítulos XIX e XX poderiam ter detonado a redação de *Jacques, o Fatalista*.

A primeira versão conhecida de *Jacques, o Fatalista* data, provavelmente, de 1771, mas somente em 1778 é publicada. Leram-na os assinantes do periódico *Correspondência Literária, Filosófica e Crítica*, dirigido por Friedrich Melchior Grimm, amigo de Diderot e editor de seus textos "perigosos". Mais uma vez a incerteza se impõe: como a *Correspondência Literária* não era distribuída em cópias impressas, mas manuscritas, não há como saber o número exato dos primeiros leitores de *Jacques, o Fatalista*. Estima-se, porém, que nessa época a *Correspondência* tenha tido aproximadamente quinze assinantes em toda a Europa, príncipes e nobres de alta estirpe, de casas alemãs, como as de Luísa Dorotéia (Duquesa de Saxa-Gotha) e Carolina de Hesse-Darmstadt (princesa Sofia de Nassau-Sarrebrück), e prussianas, como as de Henrique e Ferdinando, irmãos de Frederico II; na Suécia, a rainha Luísa e o rei Gustavo III recebiam a *Correspondência*, bem como a poderosa Catarina II, imperatriz da Rússia.

Supõe-se que a considerável extensão da primeira versão de *Jacques, o Fatalista* tenha motivado o editor a dividir o texto em catorze partes, publicadas entre novembro de 1778 e junho de 1780. Nesse mesmo ano, a *Correspondência* apresentou a seus leitores quatro acréscimos importantes ao *Jacques*, que, segundo estudiosos, pôde ser lido na íntegra por Goethe, que então estaria hospedado nos domínios do Duque de Saxa-Gotha. A última alteração de que se tem notícia foi feita no texto por volta de 1783, quando, mais uma vez, Diderot o aumentou. É-se levado a crer que ele o teria modificado ainda mais, pois, conforme nota editada na *Correspondência Literária* em 1786 — ou seja, dois anos após a morte do filósofo —, Diderot deixou vinte lacunas na versão de 83.

Antes mesmo de receber na França uma edição integral, *Jacques, o Fatalista* já era conhecido pelo público alemão: em 1792, Wilhelm Mylius o traduziu de um manuscrito que, infelizmente, permanece desconhecido. Os compatriotas de Diderot só tiveram acesso ao *Jacques* quatro anos depois, quando o editor Buisson, instigado pelo diretor da Instrução Pública, publicou uma versão manuscrita encontrada nas oficinas da *Correspondência*. Essa edição, todavia, não corresponde ao texto "definitivo", cotejado com os manuscritos do príncipe Henrique da Prússia em 1797 e publicado nas *Obras* de Diderot por Naigeon, seu testamenteiro, em 1798.

Se a leitura do filósofo Denis Diderot costuma provocar desconforto, dado que jamais oferece "certezas", a do Diderot romancista com freqüência desencadeia efeitos similares aos da perplexidade, uma certa letargia, de longa duração, mas, paradoxalmente, cheia de vitalidade. Tais efeitos se devem aos múltiplos e dúbios interesses perceptíveis em seus escritos literários, ou antes, ao fato de que, no pensamento de Diderot, o particular remete instantaneamente ao universal, seja traduzindo-o, seja regendo-o.

Mais que qualquer obra de Diderot, *Jacques, o Fatalista* desconcerta o leitor com seu arranjo polifônico de particulares-universais. As conversas dos viajantes com personagens da estrada, o jogo discursivo (lugar de juízos, intervenções e insolências de toda espécie) entre Jacques e seu amo, o persistente, importuno diálogo do narrador com o leitor demarcam planos em que se orquestram três temas inteiramente distintos: a viagem para lugar nenhum, o relato dos amores de Jacques e o fatalismo. A confusão, já grande, de vozes narrativas e temas é ainda aumentada com a interpolação de longas histórias — as da Sra. de La Pommeraye (traduzida pela primeira vez na Alemanha por Schiller em 1785 e adaptada para o cinema em 1945 como *As Damas do Bois de Boulogne*, de Robert Bresson), do padre Hudson e do cavaleiro de Saint-Ouin —, que se ligam ao conjunto por uns poucos e dissonantes acordes.

Jacques, o Fatalista é uma miscelânea também no gênero, combinando diálogo, conto, dissertação, retrato, sermão, novela, ensaio, alegoria e — anedota de costumes campesinos e tipos "originais" (Le Pelletier, o capitão de Jacques, Gousse, o poeta de Pondichéry, entre outros). Mas não se queira reconhecer aí uma sucessão gratuita de notas avulsas. Pelo contrário: em *Jacques*, o emprego da copiosidade e variedade, essa manifestação formal dos particulares-universais, é semelhante ao de um baixo contínuo, pois tudo liga.

Uma estranha harmonia mantém o leitor preso às páginas de *Jacques, o Fatalista*, autorizando-o — por que não? — a classificá-lo como "romance", muito embora, para Diderot, seja aprazível negar qualquer possibilidade nesse sentido. Se *Jacques* é ou não um romance cabe ao leitor decidir, o que bem pode fazer se se valer dos mesmos recursos que Diderot utiliza para supliciá-lo: a contrariedade e o questionamento.

Magnólia Costa Santos

Jacques, o Fatalista,
e seu amo

Como eles se encontraram? Por acaso, como todo mundo. Como se chamavam? Isso acaso interessa? De onde vinham? Do lugar mais próximo. Para onde iam? Quem sabe para onde vai? O que diziam? O amo, nada; Jacques dizia que seu capitão dizia que tudo o que nos acontece de bom e de mau aqui embaixo estava escrito lá em cima.
O AMO: Essa é uma grande máxima.
JACQUES: Meu capitão também dizia que cada bala que sai de um fuzil tem destino certo.
O AMO: Ele tinha razão...
Após uma breve pausa, Jacques exclamou:
— Que o diabo carregue o cabareteiro e seu cabaré!
O AMO: Porque mandar o próximo ao diabo? Isso não é cristão.
JACQUES: Porque, enquanto estou a embriagar-me com seu vinho ruim, esqueço de levar os cavalos ao bebedouro. Meu pai percebe e se zanga. Balanço a cabeça; ele pega uma bengala e surra vigorosamente minhas costas. Passa um regimento, a caminho do campo de Fontenoy; alisto-me por despeito. Chegamos; trava-se uma batalha.
O AMO: E a bala chega ao seu destino.
JACQUES: Adivinhastes; um tiro no joelho. Deus sabe as aventuras e desventuras trazidas por esse tiro. Estão encadeadas tal e qual os elos de uma barbela. Por exemplo, sem esse tiro, creio que nunca na vida teria ficado apaixonado, nem manco.

O AMO: Então te apaixonaste?
JACQUES: E como!
O AMO: Por causa de um tiro?
JACQUES: Por causa de um tiro.
O AMO: Nunca me disseste nenhuma palavra sobre isso.
JACQUES: Bem sei.
O AMO: E por quê?
JACQUES: Porque isso não podia ser dito nem mais cedo nem mais tarde.
O AMO: Então chegou o tempo de contar esses amores?
JACQUES: Quem sabe?
O AMO: Apesar do que possa acontecer, começa...
Jacques começou a história de seus amores. Era de tarde, o tempo estava feio; seu amo adormeceu. A noite surpreendeu-os no meio dos campos; ei-los perdidos. Eis o amo numa cólera terrível, descendo grandes chibatadas no lombo do criado, e o pobre diabo dizendo a cada golpe:

— Provavelmente isso também estava escrito lá em cima.

Como podeis ver, leitor, estou indo bem e só depende de mim fazer-vos esperar um, dois, três anos pelo relato dos amores de Jacques, separando-o de seu amo e submetendo cada qual a todos os acasos que me aprouver. O que poderia impedir-me de casar o amo e de fazer dele um corno? O que poderia impedir-me de fazer com que Jacques embarcasse para as ilhas? E de mandar o amo para lá? E de trazer ambos para a França no mesmo navio? Como é fácil fazer contos! Não obstante, terão eles somente de suportar uma noite má, ao passo que vós tereis de agüentar todas essas delongas.

Veio a aurora. Ei-los montados em seus animais e prosseguindo caminho. — Mas, para onde eles iam? — Esta é a segunda vez que me fazeis essa pergunta e a segunda vez que vos respondo: — Que importa? Se enceto o assunto de sua viagem, adeus amores de Jacques... Iam em silêncio já havia algum tempo. Estavam um pouco mais recuperados da mágoa, quando o amo disse ao criado:

— Muito bem, Jacques, estávamos em teus amores...

JACQUES: Estávamos, creio, na derrota do exército inimigo. Fugas, perseguições, cada um pensa em si. Continuei no campo de batalha, sepultado sob um prodigioso número de mortos e feridos. No dia seguinte, jogaram-me numa carroça com uma dúzia de outros soldados, para sermos levados a um de nossos hospitais. Ah! senhor, não acho que possa existir ferida mais cruel que no joelho.

O AMO: Ora, Jacques, estás brincando.

JACQUES: Não, senhor, por Deus, não estou brincando! No joelho, há não sei quantos ossos, tendões e outras coisas que se chamam não sei como...

Um homem, parecia camponês, com uma moça na garupa, ia atrás deles. Tinha ouvido o que eles disseram. O camponês tomou a palavra:

— Tendes razão, senhor.

Não sabiam a quem era dirigido aquele *senhor*, mas não foi recebido por Jacques, nem por seu amo. Jacques disse, então, a seu indiscreto interlocutor:

— Em que estás te metendo?

— Meto-me no meu ofício; sou cirurgião, a vosso dispor, e vou demonstrar...

A mulher da garupa lhe disse:

— Sigamos nosso caminho, senhor doutor, deixemos esses senhores que não apreciam demonstrações.

— Não — respondeu o cirurgião —, quero demonstrar e demonstrarei...

E, voltando-se para demonstrar, empurrou a companheira, fez com que ela perdesse o equilíbrio e a jogou ao chão, de modo que um dos pés ficou preso na barra do vestido, e as anáguas viradas sobre a cabeça. Jacques desceu, soltou o pé da pobre criatura e abaixou-lhe as saias. Não sei se começou por abaixar as saias ou por soltar o pé, mas a julgar o estado da mulher pelos gritos, estava gravemente ferida. Então, o amo de Jacques disse ao cirurgião:

— Eis no que dá demonstrar.

E o cirurgião:

— Eis no que dá não querer que se demonstre!...

Jacques disse, então, à mulher caída, ou já soerguida:

— Consolai-vos, minha cara, não foi vossa culpa, nem do Sr. Doutor, nem minha, nem do meu amo. Acontece que estava escrito lá em cima que hoje, nesta estrada, nesta hora, o Sr. Doutor seria um tagarela, que meu amo e eu seríamos dois mal encarados, que faríeis uma contusão na cabeça e que veríamos vosso cu...

Ah! O que essa aventura não renderia em minhas mãos se me desse na cabeça desesperar-vos! Eu daria importância à mulher; faria dela a sobrinha do cura da aldeia vizinha; amotinaria os camponeses dessa aldeia; prepararia combates e amores pois, afinal, sob as roupas, a camponesa revelava ser bonita.

Jacques e seu amo perceberam; nem sempre o amor é esperado numa ocasião tão sedutora. Por que Jacques não ficaria apaixonado uma segunda vez? Por que não seria ele outra vez rival de seu amo e talvez até o rival preferido?

— Acaso isso já havia ocorrido? — Mais perguntas! Então, não quereis que Jacques continue o relato de seus amores? De uma vez por todas, decidi-vos se teríeis ou não prazer com isso. Se vos for aprazível, recoloquemos a camponesa na garupa do seu condutor, deixemo-los ir e voltemos aos nossos dois viajantes. Desta feita foi Jacques quem tomou a palavra e disse a seu amo:

— Eis o rumo do mundo; vós que nunca fostes ferido e que não sabeis o que é um tiro no joelho, sustentai-me, a mim que tive o joelho esfacelado e que manco há vinte anos...

O AMO: Talvez tenhas razão, mas é culpa daquele cirurgião impertinente que ainda estejas na carroça com teus camaradas, longe do hospital, longe da cura e longe de ficares apaixonado.

JACQUES: Embora seja de vosso agrado pensar assim, a dor em meu joelho era excessiva; agravava-se ainda mais com a dureza do carro na irregularidade do terreno, a cada solavanco eu soltava um grito agudo.

O AMO: Porque estava escrito lá em cima que gritarias.

JACQUES: Certamente! Eu estava perdendo sangue e seria um homem morto se nossa carroça, a última em serviço, não tivesse parado em frente de uma choupana. Lá, pedi para descer; colocaram-me no chão. Uma moça que estava em pé à porta da choupana, entrou e saiu como que imediatamente, com um copo e uma garrafa de vinho. Bebi um ou dois goles avidamente. As carroças que precediam a nossa haviam debandado. Estavam dispostos a devolver-me a meus camaradas quando, agarrando-me com força nas vestes da mulher e em tudo o que estava a meu redor, protestei, dizendo que não subiria e que, morrer por morrer, preferia que fosse no lugar onde estava e não duas léguas adiante. Proferindo essas palavras, desmaiei. Ao sair desse estado, vi-me despido e deitado numa cama que ocupava um dos cantos da choupana, tendo à minha volta um camponês, o dono da casa, sua mulher, a mesma que me socorrera, e algumas criancinhas. A mulher molhara a ponta do avental com vinagre, que esfregava sob o meu nariz e têmporas.

O AMO: Ah! Infeliz! Malandro!... Infame, vejo aonde queres chegar.

JACQUES: Não, meu amo, creio que não vedes nada.

O AMO: Então não é essa a mulher por quem te apaixonarás?

JACQUES: E se eu tivesse me apaixonado por ela, o que haveria de dizer? Acaso somos livres para nos apaixonarmos ou não? E quando no apaixonamos, acaso somos livres para agir como se não estivéssemos apaixonados? Se estivesse escrito lá em cima tudo o que vos propusestes a dizer-me, eu mesmo já mo teria dito; teria esbofeteado-me, teria batido a cabeça na parede, teria arrancado os cabelos; teria ocorrido exatamente assim, e meu benfeitor teria sido chifrado.

O AMO: Mas, raciocinando à tua maneira, não pode haver crime sem remorso.

JACQUES: O que estais a objetar-me já me enxovalhou o cérebro mais de uma vez. Mas, apesar de tudo, sempre volto às palavras de meu capitão: "Tudo o que nos acontece de bom e de mau neste mundo está escrito lá em cima". Acaso conheceis algum meio de apagar essa escritura? Posso eu não ser eu? E, sendo eu, posso agir de modo diferente do que ajo? Posso ser eu e um outro? E, desde que estou no mundo, acaso houve um único instante em que isso não fosse verdade? Pregai tanto quanto vos aprouver, pois vossas razões serão boas, talvez; porém, se estiver escrito em mim, ou lá em cima, que eu as considerarei más, nada poderei fazer.

O AMO: Estou imaginando uma coisa... Teu benfeitor teria sido chifrado por que estava escrito lá em cima ou, porque estava escrito lá em cima, terias feito de teu benfeitor um corno?

JACQUES: Ambas as coisas estavam escritas, uma ao lado da outra. Tudo foi escrito lá em cima ao mesmo tempo.

É como um grande pergaminho que se desenrola pouco a pouco...

Leitor, podeis conceber até onde eu poderia levar essa conversa a respeito de um assunto sobre o qual há dois mil anos tanto se fala e escreve, sem que se avance um passo sequer? Se tendes um pouco de boa vontade para com isso que vos digo, ficai sabendo que é preciso ter muita boa vontade para com as coisas que não vos digo.

Enquanto nossos teólogos discutiam sem se entender, como bem pode acontecer em teologia, aproximava-se a noite.

Atravessavam uma região que o tempo todo era pouco segura, ainda menos por causa da má administração e da miséria, que haviam multiplicado infinitamente o número de malfeitores. Pararam no mais miserável dos albergues. Deram-lhes duas camas de vento num quarto formado por tabiques entreabertos de todos os lados. Pediram a ceia. Levaram-lhes água choca, pão preto e vinho turvo. O hospedeiro, a mulher, as crianças, tudo e todos tinham um aspecto sinistro. Ao lado, ouviam os risos nada moderados e a alegria tumultuosa de uma dúzia de bandidos que os tinha precedido e que se apoderara de todas as provisões. Jacques estava bastante tranqüilo; faltava muito para que seu amo também se tranqüilizasse. Este, preocupado, caminhava de lá para cá e daqui para acolá, enquanto o criado devorava alguns pedaços de pão preto e sorvia, fazendo caretas, alguns copos de vinho ruim. Assim os dois se encontravam, quando ouviram bater à porta: era o criado que aqueles insolentes e perigosos vizinhos forçaram a levar a nossos dois viajantes, num prato, todos os ossos de uma galinha que tinham comido. Indignado, Jacques pegou as pistolas de seu amo.

— Aonde vais?
— Deixa-me tratar disso.
— Aonde vais? Estou perguntando.
— Devolver essa canalha à razão.
— Sabes que eles são doze?
— Que fossem cem: o número não faz diferença, já que está escrito lá em cima que eles não bastam para me deter.
— O diabo que te carregue e à tua máxima impertinente também!...

Jacques escapuliu das mãos de seu amo, e entrou no quarto dos bandidos com uma pistola na mão.
— Depressa, deitai-vos — disse-lhes —, estouro os miolos do primeiro que se mexer...
O semblante e o tom de Jacques eram tão verdadeiros que os malandros, que prezavam a vida tanto quanto as pessoas honestas, levantaram-se da mesa sem balbuciar palavra, despiram-se e deitaram-se. O amo, incerto da maneira como terminaria a aventura, aguardava-o, tremendo. Jacques voltou com todas as roupas; apossara-se delas para que os donos não tivessem a tentação de se levantar; apagara a luz e trancara a porta dando duas voltas na chave, que guardara junto com uma das pistolas.
— No momento, senhor — disse ao amo —, temos apenas que fazer uma barricada empurrando nossas camas contra a porta e, depois, dormir tranqüilamente... — Começou a empurrar as camas, contando fria e suscintamente ao amo os detalhes de sua expedição.
O AMO: Jacques, que diabo de homem és tu! Então crês que...
JACQUES: Não creio nem descreio.
O AMO: E se tivessem se recusado a deitar-se?
JACQUES: Impossível.
O AMO: Por quê?
JACQUES: Porque não fizeram isso.
O AMO: E se tivessem se levantado?
JACQUES: Tanto melhor ou tanto pior.
O AMO: E se... se... se...
JACQUES: Se o mar fervesse, haveria, como se diz, muitos peixes cozidos. Que diabo, senhor! Há pouco supusestes que corríeis um grande perigo, e nada era mais falso; agora acreditais que estais em grande perigo e, talvez, nada seja mais falso ainda. Nesta casa, todos têm medo uns dos outros, o que prova que somos todos tolos...
E assim discorrendo, ei-lo despido, deitado e adormecido. O amo, por sua vez, comia um pedaço de pão preto e bebia um gole de vinho ruim, enquanto escutava os sons a seu redor, olhava Jacques que roncava e dizia:
— Que diabo de homem é esse aí!... — Seguindo o exemplo de seu criado, o amo também se esticou no catre, mas

não dormiu. Ao raiar do dia, Jacques sentiu uma mão a sacudi-lo; era a mão de seu amo, que o chamava baixinho.
O AMO: Jacques! Jacques!
JACQUES: Que é?
O AMO: Já é dia.
JACQUES: Pode ser.
O AMO: Levanta-te, então.
JACQUES: Por quê?
O AMO: Para sair daqui o mais depressa possível.
JACQUES: Por quê?
O AMO: Porque não estamos bem aqui.
JACQUES: Quem sabe se estaremos melhor em outro lugar?
O AMO: Jacques!
JACQUES: Jacques! Jacques! Que diabo de homem sois vós?
O AMO: Que diabo de homem és tu! Jacques, meu amigo, eu te rogo.

Jacques esfregou os olhos, bocejou várias vezes, esticou os braços, levantou-se, vestiu-se calmamente, arrastou as camas, saiu do quarto, desceu, foi ao estábulo, selou e pôs rédeas nos cavalos, acordou o hospedeiro que ainda dormia, pagou-o, guardou as chaves dos dois quartos, e eis que partem nossos amigos.

O amo queria ganhar distância no galope; Jacques não queria, sempre agindo em conformidade a seu sistema. Quando estavam bem distantes da triste pousada, o amo, ouvindo alguma coisa tilintar no bolso de Jacques, perguntou-lhe o que era.

Jacques disse-lhe que eram as chaves dos quartos.
O AMO: E por que não as devolveste?
JACQUES: Porque será preciso arrombar duas portas: a deles, para que saiam da prisão, e a nossa, para que possam pegar suas roupas; isso nos dará tempo.
O AMO: Muito bem, Jacques! Mas ganhar tempo para quê?
JACQUES: Para quê? Por Deus, não sei.
O AMO: Se queres ganhar tempo, por que andas nesse passo?
JACQUES: Porque se não sabemos o que está escrito lá em cima, não sabemos o que queremos, nem o que fazemos; não

sabemos se seguimos nossa fantasia que se chama razão ou se seguimos nossa razão que, freqüentemente, é somente uma fantasia perigosa que ora termina bem, ora termina mal. Meu capitão acreditava que a prudência era uma suposição, na qual a experiência nos autoriza a observar as circunstâncias em que nos descobrimos como causas de certos efeitos a temer ou esperar no futuro.
O AMO: E entendias alguma coisa disso tudo?
JACQUES: Certamente! Pouco a pouco ia habituando-me à sua linguagem. Ele dizia: "Quem pode gabar-se de ter experiência bastante? Acaso quem se vangloria de ser o melhor provido de experiência, nunca foi vítima dela? Ademais, pode existir um homem capaz de apreciar com justeza as circunstâncias em que se encontra? O cálculo que fazemos em nossas cabeças e aquele que está fixado no registro lá em cima são cálculos bem diferentes. Somos nós que levamos o destino ou é o destino que nos leva? Quantos projetos tão prudentemente arquitetados falharam, quantos falharão! Quantos projetos insensatos tiveram êxito, quantos terão!" Era isso que meu capitão sempre dizia, como quando da tomada de Berg-op-Zoom e da de Port-Mahon[1], acrescentando também que a prudência de modo algum nos assegura o êxito, mas nos consola e perdoa malogros. Na véspera de uma ação, ele podia dormir tanto na tenda quanto na guarnição, e ia à linha de fogo como se fosse a um baile. Se o tivésseis visto, teríeis exclamado: "Que diabo de homem!..."
O AMO: Poderias dizer-me o que é um louco e o que é um homem prudente?
JACQUES: Por que não?... Um louco... um momento... é um homem infeliz; conseqüentemente, um homem feliz é prudente.
O AMO: E o que é um homem feliz ou infeliz?
JACQUES: Isso é fácil. Um homem feliz é aquele cuja felicidade está escrita lá em cima; por conseqüência, aquele

---

1 - Berg-op-Zoom foi tomada de assalto por Lowendal (1747, Guerra de Sucessão da Áustria), e Port-Mahon, pelo Duque de Richelieu (1756, Guerra dos Sete Anos). Ambas as batalhas tiveram sucesso inesperado. Esses dois episódios são posteriores ao de Fontenoy (1745) que, como se lê nas primeiras páginas de *Jacques*, parece ter posto fim à carreira do herói.

cuja infelicidade está escrita lá em cima é um homem infeliz.

O AMO: E quem foi que escreveu lá em cima a felicidade e a infelicidade?

JACQUES: E quem foi que fez o grande pergaminho onde está escrito tudo? Um capitão, amigo de meu capitão, teria, com certeza, dado um escudo para saber; meu capitão não teria dado um óbolo sequer, nem eu tampouco, pois de que adiantaria? Por causa disso eu passaria a evitar o buraco onde haveria de cair e quebrar o pescoço?

O AMO: Creio que sim.

JACQUES: Eu acho que não, pois seria necessário existir uma linha falsa no pergaminho que contém a verdade, somente a verdade e toda a verdade. No grande pergaminho estaria escrito: "No dia tal Jacques quebrará o pescoço", e se Jacques não quebrasse? Concebeis que isso pode acontecer a despeito de quem seja o autor do grande pergaminho?

O AMO: Existem muitas coisas por dizer lá em cima.

Nessa altura, ouviram ruídos e gritos a uma certa distância. Viraram a cabeça e viram um bando de homens armados com caniços e forcados, avançando velozmente em sua direção. Imaginareis que eram os donos do albergue, os criados e os bandidos de que falamos. Imaginareis que, pela manhã, dando por falta das chaves, arrombaram as portas e supuseram que nossos dois viajantes tinham fugido com os despojos do assalto. Jacques pensou que eram eles e disse, entre os dentes:

— Malditas sejam as chaves e a fantasia, ou a razão, que me fez trazê-las! Maldita seja a prudência! Etc. etc.

— Imaginareis que esse pequeno exército cairá sobre Jacques e seu amo, que ocorrerá uma luta sangrenta, pauladas, tiros de pistola, e que só depende de mim que essas coisas aconteçam, e adeus verdade da história, adeus relato dos amores de Jacques. Nossos dois viajantes não estavam sendo seguidos; ignoro o que aconteceu no albergue depois de sua partida. Continuaram viagem, indo sempre sem saber aonde, embora soubessem mais ou menos para onde queriam ir, enganando o tédio e o cansaço com silêncio e tagarelice, como é hábito dos que caminham e, às vezes, dos que ficam sentados.

É evidente que não estou fazendo um romance, dado que negligencio tudo o que um romancista não deixaria de empregar. Quem toma por verdade aquilo que escrevo, está mais correto do que quem considera isto uma fábula.
Desta vez o amo falou primeiro, começando pelo velho refrão:
— E então, Jacques, e a história de teus amores?
JACQUES: Não sei onde estava. Fui interrompido tantas vezes que seria melhor recomeçar.
O AMO: Não, não. Tinhas acordado de teu desmaio à porta da choupana; estavas numa cama, cercado pelas pessoas que lá moravam.
JACQUES: Ah! A coisa mais urgente era arranjar um cirurgião, e não havia nenhum no raio de uma légua. O bom homem pôs um de seus filhos num cavalo e mandou-o ao lugar mais próximo. Enquanto isso, a mulher esquentava vinho de mesa e rasgava uma velha camisa do marido; meu joelho foi desinfetado, coberto com compressas e envolvido em roupa branca. Colocaram alguns torrões de açúcar, que tiraram das formigas, na porção de vinho utilizada em meu curativo, e eu bebi o resto; em seguida, pediram-me para ter paciência. Era tarde; as pessoas puseram-se à mesa e cearam. Terminou a ceia. O menino não voltava, nada de cirurgião. O pai ficou de mau humor. Era um homem naturalmente triste; agastava a mulher; não achava nada a seu contento. Asperamente, mandou as crianças se deitarem. A mulher sentou-se num banco e pegou sua roca. Ele ia e vinha; ao ir e vir, implicava com tudo, procurando discussão:
— Se tivesse ido ao moinho como te mandei... — e terminava a frase voltando a cabeça para o lado onde estava minha cama, como que reprovando.
— Iremos amanhã.
— Era hoje que devias ter ido, como te disse... E aquele resto de palha que ficou na granja, o que esperas para pegá-lo?
— Pegaremos amanhã.
— Nossa palha está no fim, terias feito melhor se tivesses apanhado hoje, como te disse... E aquele monte de

cevada que está estragando no celeiro? Aposto que sequer pensaste em moê-la.
— As crianças moeram.
— Devias ter feito isso tu mesma. Se estivesses no celeiro, não estarias na porta... Chegou o cirurgião, depois um outro, e mais um terceiro, com o garotinho da choupana.

O AMO: Eis-te tão servido de cirurgiões quanto São Roque o é de chapéus².

JACQUES: O primeiro não estava quando o menino chegou, a mulher dele mandou avisar o segundo; e o terceiro acompanhou o menino.
— Boa noite, compadres, estais por aqui? — disse o primeiro aos outros dois... Vieram o mais depressa possível, estavam com calor e alterados pela sede. Sentaram-se à mesa, cuja toalha ainda não tinha sido tirada. A mulher desceu à adega e voltou com uma garrafa. O marido resmungava entre os dentes:
— Que diabo ela estava fazendo na porta?
Beberam, falaram das doenças da região, enumeraram práticas. Eu me queixava; disseram-me:
— Estaremos a vosso dispor, num momento.
Depois dessa garrafa, pediram outra, para ser descontada do meu tratamento; depois, uma terceira e uma quarta, também por conta do meu tratamento; a cada garrafa, o marido voltava ao mote inicial:
— Que diabo ela estava fazendo na porta?
Outro qualquer teria tirado grande partido desses três cirurgiões, de sua conversa na quarta garrafa, da profusão de suas curas maravilhosas, da impaciência de Jacques, do mau humor do hospedeiro, das opiniões de nossos três esculápios campesinos acerca do joelho de Jacques, de seus diversos palpites. Um achava que Jacques morreria, se não se apressassem em lhe cortar a perna; outro achava que era preciso extrair a bala e o pedaço de pano que havia entrado com ela, e conservar a perna do pobre diabo. Então, teríamos visto Jacques sentado em sua cama, olhando sua

---

2 - No século XVIII, as gravuras populares amiúde representam São Roque com três chapéus.

perna com dó e dando-lhe o último adeus, como ocorreu a um de nossos generais junto a Dufouart e Louis[3]. O terceiro cirurgião teria engolido tudo, até que as proporções da querela entre eles tivessem aumentado e as invectivas se transformassem em gestos. Dispenso-vos de todas essas coisas que podeis encontrar nos romances, na comédia antiga e na sociedade. Quando ouvi o hospedeiro exclamar a respeito da mulher: "Que diabo ela estava fazendo na porta!", lembrei-me do Harpagão, de Moliére[4], quando diz, pensando em seu filho: "Por que ele se meteu nessa galé?" Concebi que não se tratava apenas de ser verdadeiro, mas também que era preciso ser agradável, e que, por esta razão, diremos para sempre: *Por que ele se meteu nessa galé?* A frase do camponês, *O que ela estava fazendo na porta?* nunca será, assim, um provérbio.

Jacques não se valia, para com o amo, da mesma reserva que observo para convosco. Ele não omitia a menor circunstância, embora corresse o risco de fazer com que adormecesse de uma vez. Senão o mais hábil, pelo menos o mais vigoroso dos três cirurgiões adonou-se do paciente.

Dir-me-eis: "Não ireis impor bisturis aos nossos olhos, cortar carnes, fazer o sangue correr e mostrar-nos uma operação cirúrgica?" Isso seria de bom gosto em vossa opinião?

...Então, passemos à operação cirúrgica; deveis ao menos permitir que Jacques diga a seu amo como tudo se passou: "Ah! Senhor, é uma coisa terrível ter de consertar um joelho aos pedaços..." Deveis permitir também que o amo lhe responda como dantes: "Ora, Jacques, estás brincando..." Mas, nem por todo o ouro do mundo eu deixaria que ignorásseis que, mal o amo de Jacques dera essa resposta impertinente, seu cavalo tropeçou e caiu, e seu joelho foi apoiar-se brutalmente num seixo pontudo; lá estava ele a gritar com toda a força dos pulmões:

— Vou morrer! Meu joelho quebrou!...

---

3 - Uma anedota relatada na *Correspondência Literária* de novembro de 1766 acusa a rivalidade entre esses dois cirurgiões junto à cabeceira da cama do Marquês de Castris, gravemente ferido em 1762.

4 - Na verdade, Géronte, em *Fourberies de Scapin* (II, 2).

Embora Jacques, o maior simplório que se pode imaginar, fosse ternamente afeiçoado ao amo, bem que eu gostaria de saber o que ocorreu no fundo de sua alma, senão no primeiro momento, pelo menos quando se certificou de que a queda não teve conseqüências danosas: se pôde declinar de um sutil movimento de alegria secreta no tocante ao acidente, que ensinaria ao amo o que era uma ferida no joelho. Eu gostaria que me dissésseis mais uma coisa, leitor: se o amo não preferiria ser ferido, ainda que com mais gravidade, em outro lugar que não no joelho, ou se seria mais sensível à vergonha que à dor.

Quando o amo estava um pouco mais restabelecido da queda e da angústia, voltou à sela e deu cinco ou seis golpes de espora em seu cavalo, que partiu como um raio. O mesmo fez Jacques em sua montaria, pois, entre os dois animais, havia a mesma intimidade que entre os cavaleiros. Eram dois pares de amigos.

Quando os dois cavalos esfalfados retomaram o passo ordinário, Jacques disse ao amo:

— O que achais disso agora, senhor?

O AMO: De quê?

JACQUES: Da ferida no joelho.

O AMO: Partilho de tua opinião: é uma das mais cruéis.

JACQUES: No vosso?

O AMO: Não, não, no teu, no meu, em todos os joelhos do mundo.

JACQUES: Meu amo, meu amo, não observastes bem; ficai certo de que só nos lamentamos de nós mesmos.

O AMO: Que loucura!

JACQUES: Ah! Se soubesse falar como sei pensar! Mas estava escrito lá em cima que eu teria as coisas na cabeça e que as palavras me faltariam.

Aqui, Jacques enredou-se numa metafísica muito sutil e, talvez, muito verdadeira. Procurava fazer com que o amo compreendesse que a palavra *dor* não remetia a nenhuma idéia, e que só começava a significar alguma coisa no momento em que trazia à memória uma sensação já provada. Seu amo perguntou se ele já havia parido.

— Não — respondeu-lhe Jacques.

— Crês que a dor do parto seja profunda?

— Certamente.

— Lamentas as mulheres em trabalho de parto?
— Muito.
— Então, às vezes, lamentas um outro que não tu mesmo?
— Lamento aqueles ou aquelas que contorcem os braços, arrancam os cabelos, hurram, porque sei, por experiência própria, que não fazemos tais coisas sem sofrermos; mas não lamento a dor própria da mulher que pare: não sei o que é isso, graças a Deus! Voltemos à dor que ambos conhecemos, à história de meu joelho, que se tornou vossa por causa da queda.

O AMO: Não, Jacques, foi a história de teus amores que se tornou minha, por causa de minhas velhas mágoas.

JACQUES: Lá estava eu, medicado, um pouco mais aliviado. O cirurgião partira, meus hospedeiros se retiram; foram deitar-se. O quarto deles ficava separado do meu por umas tábuas, sobre as quais estava colado um papel cinza e, sobre esse papel, algumas imagens coloridas. Eu não conseguia dormir e ouvi a mulher dizendo ao marido:

— Deixa-me, não quero rir. Um pobre infeliz está morrendo à nossa porta!...

— Mulher, tu me dirás isso depois.

— Não, não. Se não parardes, levanto-me. Não vedes que isso há de me fazer mal porque estou com vontade de chorar?

— Bem, se te fazes de rogada, és uma tola.

— Não estou me fazendo de rogada, mas é que às vezes sois tão bruto!... É que... que...

Após uma breve pausa, o marido retomou a palavra:

— Então, mulher, hás de convir que agora, por causa de uma compaixão fora de propósito, nos meteste numa complicação cuja solução é quase impossível. O ano está ruim; mal podemos suprir nossas necessidades e as das crianças. A semente está caríssima! Não há vinho! E ainda que encontrássemos trabalho... Os ricos continuam a se retrair e os pobres a não fazer nada; se trabalhamos um dia, perdemos quatro. Ninguém paga o que deve; os credores são de um rigor assustador. Eis o momento que escolhes para acolher aqui um desconhecido, um estranho que ficará o quanto Deus e o cirurgião quiserem, pois esse aí não fará

nenhum esforço para curá-lo rapidamente, já que os cirurgiões fazem o que podem para que a doença perdure o maior tempo possível. Estamos sem dinheiro e o desconhecido, que não tem um tostão sequer, duplicará, triplicará nossa despesa. Então, mulher, como hás de te livrar desse homem? Fala, mulher, diz alguma coisa.
— Não se pode falar contigo.
— Dizes que tenho mau humor, que ralho, mas quem não teria? Quem não ralharia? Ainda há um pouco de vinho na adega, Deus sabe quanto tempo vai durar! Ontem à noite os cirurgiões beberam mais do que nós e as crianças numa semana. E ao cirurgião que, como podes imaginar, não veio de graça, quem pagará?
— Muito bem dito; e agora que estamos na miséria me fazes um filho, como se já não bastassem os que temos.
— Não!
— Claro que sim; tenho certeza de que ficarei grávida!
— Dizes isso todas as vezes.
— Quando minha orelha coça, não há erro, nunca houve, e estou sentindo uma comichão como nunca senti igual.
— Tua orelha não sabe o que diz.
— Não me toca! Deixa minha orelha! Deixa-me homem, estás louco? Vais passar mal.
— Não, não, estou sem fazer desde a noite de São João.
— E vais fazer tão bem que... e daqui a nove meses hás de te agastar comigo, como se a culpa fosse minha.
— Não, não.
— E daqui a nove meses vai ser bem pior.
— Não, não.
— Foste tu quem quiseste!
— Sim, sim.
— Será que te lembrarás disso? Não me dirás o que disseste nas outras vezes?
— Lembrarei.
E eis que, de não em não e de sim em sim, o homem ficou furioso com a mulher por ter cedido a um sentimento humano.
O AMO: Estava refletindo sobre isso.
JACQUES: Certamente, esse marido não era muito conseqüente; mas ele era jovem, e a mulher, bonita. Nunca se fazem tantas crianças quanto nos tempos de miséria.

O AMO: Não há ninguém como os pobres em questões de proliferação.
JACQUES: Uma criança a mais não é nada para eles, pois é a caridade que os alimenta. Ademais, é o único prazer que não lhes custa nada; consolam-se de noite, sem despesas, das calamidades do dia... As reflexões daquele homem eram corretas. Era isso que estava a dizer a mim mesmo quando senti uma violenta dor no joelho e gritei: "Ai, meu joelho!" E o marido gritou:
— Ai, mulher!...
E a mulher gritou:
— Ai, meu homem!... E... e... esse homem que está aqui?
— Que tem ele?
— Talvez nos tenha ouvido!
— Que tenha ouvido, e daí?
— Amanhã não ousarei encará-lo.
— Por quê? Acaso não és minha mulher? Não sou teu marido? Então para que um marido tem uma mulher e uma mulher tem um marido?
— Ih!...
— O que é?
— Minha orelha...
— Tua orelha?
— Está pior do que nunca.
— Dorme que passa.
— Não consigo... Ai! A orelha! A orelha!
— A orelha, a orelha, é bem fácil dizer...
— Não vos direi mais nada do que acontecia entre eles, mas a mulher, depois de ter repetido "a orelha, a orelha" várias vezes seguidas em voz baixa e precipitada, terminou balbuciando em sílabas interrompidas "a o...re...lha...", e depois dessa "o...re...lha", não sei o quê, que juntamente com o silêncio que se sucedeu, fez-me imaginar que aquela dor de orelha tinha sido apascentada de alguma maneira. Isso me deu prazer; a ela nem se fale!
O AMO: Jacques, põe a mão na consciência e jura-me que não foi por essa mulher que te apaixonaste.
JACQUES: Juro.
O AMO: Pior para ti.
JACQUES: Pior ou melhor. Aparentemente, acreditais que

as mulheres que têm uma orelha como a dela a ouvem de bom grado.

O AMO: Creio que isso está escrito lá em cima.

JACQUES: Creio que em seguida esteja escrito que elas não ouvem a mesma coisa por muito tempo, por menos sujeitas que estejam a ouvir uma coisa diferente.

O AMO: Pode ser.

Embarcaram numa querela interminável sobre as mulheres. Um achava que elas eram boas; o outro, más: ambos tinham razão. Um achava que eram tolas; o outro, cheias de espírito: ambos tinham razão. Um achava que eram falsas; o outro, verdadeiras: ambos tinham razão. Um achava que eram avaras; o outro, generosas: ambos tinham razão. Um achava que eram belas; o outro, feias: ambos tinham razão. Um as achava tagarelas; o outro, discretas. Um as achava francas; o outro, dissimuladas. Um as achava ignorantes; o outro, esclarecidas. Um as achava recatadas; o outro, libertinas. Um as achava loucas; o outro, sensatas. Um as achava grandes; o outro, pequenas: e ambos tinham razão.

Prosseguindo essa discussão, durante a qual poderiam dar a volta ao mundo sem se calarem por um momento e sem nunca concordarem, foram surpreendidos por uma tempestade que os obrigou a caminhar... — Para onde? — Para onde? Leitor, vossa curiosidade é muito incômoda! Que diabo tendes com isso? Se eu tivesse dito que era para Pontoise ou para Saint-Germain; para Notre-Dame de Lorette ou para São Tiago de Compostela, acaso faria alguma diferença? Se insistirdes, direi-vos que iam para... Sim, por que não?... Para um imenso castelo, em cujo frontispício se lia: "Não pertenço a ninguém e pertenço a todo mundo. Estareis aqui antes de entrardes e permanecereis aqui quando sairdes". — Entraram nesse castelo? — Não, porque a inscrição era falsa, ou então porque já se encontravam lá antes mesmo de entrarem. — Ao menos saíram? — Não, porque a inscrição era falsa, ou então porque lá permaneceram mesmo depois de saírem. — E o que fizeram? — Jacques dizia que aquilo estava escrito lá em cima; seu amo, o que as pessoas queriam que dissesse: ambos tinham razão. — Que espécie de gente encontraram? — Mista. — O que se dizia? — Algumas verdades e muitas mentiras. —

Havia pessoas esclarecidas? — Onde não as há? Havia também aqueles malditos perguntadores dos quais se foge como outrora se fugia da peste. O que mais chocou Jacques e seu amo durante todo o tempo em que por lá passeavam... — Ah! Passeava-se, então! — Só se fazia isso, quando não se estava sentado ou deitado... O que mais chocou Jacques e seu amo foi encontrar uns vinte vadios que tinham se apossado dos mais suntuosos aposentos, onde quase sempre viviam pobremente; acreditavam, a despeito do direito comum e do verdadeiro sentido da inscrição, que o castelo lhes fora legado legitimamente e que, com a ajuda de um determinado número de outros imbecis em suas gaiolas, persuadiriam um grande número de outros imbecis a entrarem em suas gaiolas, prontos, por qualquer dinheirinho, para prender ou assassinar o primeiro que ousasse contradizê-los. No entanto, no tempo de Jacques e de seu amo, algumas vezes ousaram fazer tais coisas — impunemente. — Conforme a ocasião.

Direis que estou a divertir-me e que, por não saber mais o que fazer de meus dois viajantes, mergulho na alegoria, o recurso ordinário das mentes estéreis. Sacrificarei por vós minha alegoria e todas as riquezas que dela poderia extrair; concordarei com tudo que vos agradar, com a condição de não me atormentardes mais quanto à última pousada de Jacques e seu amo. Não interessa que tenham chegado a uma grande cidade e que tenham dormido com mulheres. Não interessa que tenham passado a noite na casa de um velho amigo que lhes deu a melhor acolhida possível. Não interessa que tenham se refugiado junto aos monges mendicantes, onde foram mal alojados e onde repousaram mal, por amor de Deus. Não interessa que tenham sido acolhidos na casa de um homem rico, onde, em meio ao supérfluo, faltava-lhes o necessário. Não importa que tenham saído, pela manhã, de um grande albergue onde pagaram caro por uma ceia ruim, servida em baixela de prata, e por uma noite passada entre cortinas de damasco e lençóis úmidos e amarrotados. Não importa que tenham recebido hospitalidade numa paróquia cuja renda era exígua, e cujo cura foi às pressas pedir, nos galinheiros dos paroquianos, contribuição para fazer um omelete ou um guisado de frango. Não importa que tenham se embriagado com excelentes vinhos,

que tenham feito uma boa refeição e tido uma indigestão numa rica abadia de bernardinos. Embora tudo isso pareça igualmente possível para vós, Jacques não tinha a mesma opinião: para ele, a única coisa realmente possível era o que estava escrito lá em cima. Certo é que, em qualquer lugar do caminho onde vos aprouver colocá-los, mal dão vinte passos, o amo diria a Jacques, não sem antes, conforme seu costume, cheirar sua pitada de rapé:
— E a história de teus amores, Jacques?
Em vez de responder, Jacques exclama:
— Ao diabo a história de meus amores! Não percebeis que esqueci...
O AMO: O que esqueceste?
Em vez de responder, Jacques revirava os bolsos e apalpava o corpo inteiro inutilmente. Esquecera a bolsa de viagem na cabeceira da cama e não confessara antes ao amo. Este último gritava: — Ao diabo a história de teus amores! Não vês que meu relógio ficou pendurado na lareira?
Jacques não se fez de rogado; imediatamente deu meia volta e foi a trote, pois nunca tinha pressa... — Para o imenso castelo? — Não, não. Entre as diferentes pousadas possíveis ou não enumeradas atrás, escolhei a que melhor convém à atual circunstância.
Enquanto isso, o amo prosseguia. Eis amo e criado separados, não sei a qual dos dois dar preferência. Se quiserdes seguir Jacques, tomai cuidado: a busca da bolsa e do relógio poderá ser tão longa e complicada que Jacques pode ficar muito tempo longe do amo, o único confidente de seus amores, e adeus amores de Jacques. Se o abandonardes sozinho na procura da bolsa e do relógio e tomardes a decisão de fazer companhia ao amo, sereis um homem cortês, mas ficareis muito entediado — ainda não conheceis bem essa espécie. Tem poucas idéias na cabeça; se lhe ocorre dizer algo sensato, é só por reminiscência ou inspiração. Ele tem dois olhos, como vós e eu, mas na maior parte do tempo não faz uso deles. Não dorme, nem vela; deixa-se existir: é sua função habitual. O autômato ia em frente, voltando-se de quando em quando para ver se Jacques vinha atrás; descia do cavalo e andava a pé; tornava a montar, fazia um quarto de légua, descia novamente e sentava-se no chão com as rédeas do cavalo em volta do braço e a cabeça apoiada

nas mãos. Quando cansava dessa posição, levantava-se e olhava ao longe, mas não percebia nenhum sinal de Jacques. Nada de Jacques. Então perdia a paciência e, sem saber exatamente se falava ou não, dizia:
— Carrasco! Cachorro! Tratante! Onde estará? O que estará fazendo? Será preciso tanto tempo para pegar de volta uma bolsa e um relógio? Encher-te-ei de pancadas. Oh! Certamente, encher-te-ei de pancadas. Depois, procurava o relógio no colete, onde não estava, e desolava-se ainda mais, pois não sabia o que era sem seu relógio, sem sua tabaqueira e sem Jacques: os três grandes recursos de sua vida, que transcorria no cheirar rapé, no ver as horas e no questionar Jacques, em todas as combinações possíveis. Privado do relógio, estava, portanto, reduzido à tabaqueira, que abria e fechava a cada minuto, como eu mesmo faço quando estou entediado. O que sobra de rapé na tabaqueira à noite é em razão direta do divertimento, ou em razão inversa do tédio de meu dia. Suplico-vos, leitor: familiarizai-vos com esse modo de falar roubado à geometria, porque o considero preciso e porque dele servirei-me freqüentemente.

Muito bem! Já sabeis o bastante sobre o amo e, uma vez que o criado não vem a nós, gostaríeis que fôssemos até ele? Pobre Jacques! No momento em que falamos dele, estava a exclamar dolorosamente:

— Então estava escrito lá em cima que num mesmo dia eu seria preso como ladrão de estrada, ficaria na iminência de ser conduzido a uma cela e seria acusado de ter seduzido uma moça!

Quando se aproximava lentamente... — Do castelo? — Não do lugar da última pousada... passou por ele um desses mercadores ambulantes que se costuma chamar de mascate, o qual gritou:

— Senhor cavaleiro, ligas, cinturões, correntes para relógio, tabaqueiras da última moda, jóias legítimas de Jaback[5], anéis, estojos de relógio. Um relógio, senhor, um belo relógio de ouro, cinzelado, caixa dupla, como novo...

Jacques responde:

---

5 - Na Maison Jaback vendiam-se todas as espécies de jóias e artigos refinados, a que genericamente se chamavam *jabacks*, e cujas imitações estavam muito em voga no período.

— Bem que estou à procura de um, mas não é o teu...
— E continua seu caminho, sempre a trote. Um pouco adiante, pensou estar escrito lá em cima que o relógio que aquele homem lhe tinha oferecido era o do seu amo. Deu meia volta e disse ao mascate:
— Amigo, vejamos vosso relógio com caixa de ouro; creio que possa me convir.
— Por Deus — disse o mascate —, isso não me surpreenderia; ele é bonito, muito bonito, do relojoeiro Julien Le Roy[6]. Não faz um instante que me pertence, adquiri-o por um pedaço de pão, venderei barato. Aprecio os pequenos ganhos repetidos, mas nesses tempos não tenho tido muita sorte; nem daqui a três meses encontrarei semelhante pechincha. Tendes o aspecto de um homem galante e eu apreciaria muito que tirásseis proveito deste relógio, em vez de outro.
Enquanto conversava, o mascate pôs sua mala no chão, abriu-a e tirou o relógio, que Jacques reconheceu imediatamente, sem demonstrar espanto pois, se nunca se apressava, raramente se espantava. Olhou bem o relógio:
— Sim — disse consigo mesmo —, é ele...
Disse ao mascate:
— Tendes razão, é bonito, muito bonito e sei que é bom...
Depois, colocando-o no bolso do colete, dirigiu-se ao mascate:
— Obrigado, amigo!
— Como "obrigado"?
— É o relógio de meu amo.
— Não conheço vosso amo, esse relógio é meu, comprei-o e paguei muito caro...
E, agarrando Jacques pelo colarinho, chegou ao ponto de tomar-lhe o relógio. Jacques aproximou-se do cavalo, pegou uma das pistolas e, apoiando-a no peito do mascate, disse:
— Vai-te, ou morrerás. — Largou o mascate apavorado, montou no cavalo e encaminhou-se lentamente para a cidade, dizendo consigo mesmo: "O relógio está recuperado,

---

6 - Relojoeiro (1686-1759) célebre pelo grande aperfeiçoamento que deu à sua arte.

tratemos agora da bolsa..." O mascate fechou a mala às pressas, colocou-a nos ombros e foi atrás de Jacques, gritando:

— Pega ladrão! Pega ladrão! Pega o assassino! Ajudem-me! Ajudem-me!...

Era época de colheita, os campos estavam repletos de trabalhadores. Todos largaram suas foices, juntaram-se ao redor do homem e perguntaram-lhe onde estava o ladrão, onde estava o assassino.

— Ali vai ele, logo ali.
— O quê? Aquele que vai devagarinho em direção à cidade?
— Aquele mesmo.
— Ora, estais louco, um ladrão não anda assim.
— Mas é ele, é ele, estou dizendo; tomou-me à força um relógio de ouro...

As pessoas não sabiam no que acreditar, se nos gritos do mascate ou no tranquilo caminhar de Jacques.

— Mas — acrescentou o mascate —, e meus filhos? Ficarei arruinado se não me ajudardes; ele vale trinta luíses. Ajudai-me, ele está levando meu relógio e, se fugir, meu relógio estará perdido...

Se Jacques estivesse a uma distância suficiente para ouvir os gritos, facilmente poderia ter visto o ajuntamento e ido mais depressa. O mascate, prometendo uma recompensa, pôs todos no encalço de Jacques. E lá vai uma multidão de homens, mulheres e crianças, correndo e gritando: "Pega ladrão! Pega ladrão! Pega o assassino!..." E o mascate os seguia tão de perto quanto o fardo que carregava lhe permitia, gritando:

— Pega ladrão! Pega ladrão! Pega o assassino!...

Entraram na cidade. Pois não era a cidade onde Jacques e seu amo tinham pernoitado na véspera? Lembrei-me disso agora. Os habitantes deixaram suas casas e juntaram-se aos camponeses e ao mascate, gritando todos em uníssono: "Pega ladrão! Pega ladrão! Pega o assassino!..." Alcançaram Jacques ao mesmo tempo. O mascate atirou-se contra ele, e Jacques deu-lhe um pontapé, que o mandou para o chão. Este não parava de gritar:

— Malandro, gatuno, celerado, dá-me meu relógio; hás de mo dar, pois serás enforcado de qualquer maneira... —

Conservando o sangue frio, Jacques dirigiu a palavra à multidão que aumentava a cada instante:
— Há aqui um magistrado de polícia, que me levem até ele; mostrarei que não sou nenhum malandro, e que este homem talvez seja. Peguei o relógio, é verdade, mas este relógio pertence a meu amo. Não sou desconhecido nesta cidade: anteontem à noite, meu amo e eu chegamos aqui e pernoitamos em casa de Sr. Tenente Geral, seu velho amigo. — Se eu não disse antes que Jacques e seu amo tinham passado por Conches e que tinham se alojado em casa do Tenente Geral, foi porque na hora não me ocorreu. — Que me conduzam ao Sr. Tenente Geral, — dizia Jacques, enquanto desmontava. Podia-se ver, no centro do cortejo, Jacques, seu cavalo e o mascate. Caminharam, chegaram à porta do Tenente Geral. Jacques, seu cavalo e o mascate entraram, Jacques e o mascate se agarraram pela lapela da casaca. A multidão ficou do lado de fora.

O que fazia o amo de Jacques enquanto isso? Dormia à beira da estrada, com as rédeas do cavalo enroladas no braço; o animal ia pastando em volta do dorminhoco, à medida que o comprimento das rédeas o permitia.

Tão logo o Tenente Geral viu Jacques, exclamou:
— És tu, meu pobre Jacques! O que te traz aqui sozinho?
— O relógio de meu amo. Ele o deixou pendurado no canto da lareira e eu o encontrei no fardo deste homem; nossa bolsa, que esqueci em minha cabeceira, há de ser encontrada, se ordenardes.
— Se estiver escrito lá em cima... — acrescentou o magistrado.

No mesmo instante, mandou chamar seus serviçais. O mascate apontou na hora um grande patife de má aparência, recentemente admitido na casa, e explicou:
— Eis o homem que me vendeu o relógio.

O magistrado, assumindo ares de severidade, disse ao mascate e ao criado:
— Ambos mereceriam as galés, tu por teres vendido o relógio e tu por o teres comprado... — Disse ainda ao criado: — Devolve a este homem seu dinheiro e tira tua libré imediatamente... — E ao mascate: — Retira-te depressa desta região, se não quiseres ficar preso aqui para sempre. Ambos exerceis um ofício que traz infortúnios... Jacques,

tratemos agora de tua bolsa. — Quem dela se apropriara compareceu sem que mandassem chamar; era uma moça bem feita de corpo.

— Senhor, estou com a bolsa — disse ela a seu amo — mas não a roubei: foi ele quem ma deu.

— Eu vos dei minha bolsa?

— Sim.

— Pode ser, mas o diabo que me carregue se me lembro disso...

Disse o magistrado a Jacques:

— Vamos, Jacques. Encerremos este assunto.

— Senhor...

— Ela é bonita e, pelo que vejo, complacente.

— Mas, senhor, eu juro...

— Quanto havia na bolsa?

— Por volta de novecentas e dezessete libras.

— Ah! Javotte! Novecentas e dezessete libras por uma noite é muito para ti e para ele. Dá-me a bolsa...

A moça deu a bolsa ao amo, que dela tirou um escudo de seis francos:

— Toma — disse ele, atirando-lhe o escudo —, aí está a paga de teus serviços; vales muito mais para outro, que não Jacques. Espero que diariamente ganhes duas vezes mais, mas te quero fora de minha casa, entendeste? E tu, Jacques, monta teu cavalo e vai para junto de teu amo.

Jacques saudou o magistrado e afastou-se sem lhe responder. Todavia, dizia consigo mesmo: "Atrevida! Malandra! Então estava escrito lá em cima que ela dormiria com outro e que Jacques pagaria!... Vamos, Jacques, consola-te, já não te dás por satisfeito de teres recuperado a bolsa e o relógio de teu amo, que te custaram tão pouco?"

Jacques montou o cavalo e abriu caminho pela multidão que havia se formado na entrada da casa do magistrado. Como não se conformava que tantas pessoas o tomassem por um malandro, ousou tirar o relógio do bolso para ver as horas; depois, partiu a galope em seu cavalo que, por não estar acostumado, desatou a correr velozmente. Jacques tinha por hábito deixá-lo andar, segundo a disposição, pois achava tão inconveniente detê-lo quando galopava, quanto apressá-lo quando andava lentamente. Acreditamos conduzir o destino, mas é sempre ele que nos conduz; e o destino, para

Jacques, era tudo o que o tocava ou que dele se aproximava: seu cavalo, seu amo, um monge, um cão, uma mulher, uma mula, uma gralha. O cavalo conduzia-o, então, a toda velocidade em direção ao amo, que estava adormecido à beira da estrada, tendo as rédeas do cavalo enroladas no braço, como já vos disse. Até então o cavalo estivera preso às rédeas, mas quando Jacques chegou, só elas se encontravam: não havia mais cavalo. Aparentemente, um patife aproximara-se do dorminhoco, cortara as rédeas e levara o animal. Com o ruído do cavalo de Jacques, o amo despertou; suas primeiras palavras foram:
— Aproxima-te, aproxima-te, tratante! Vou... — Nesse momento, abriu a boca num grande bocejo.
— Bocejai, bocejai à vontade, meu senhor — disse-lhe Jacques. — Onde está vosso cavalo?
— Meu cavalo?
— Sim, vosso cavalo...
Tão logo percebeu que lhe tinham roubado o cavalo, o amo lançou-se a Jacques a fim de lhe aplicar uns bons golpes de correia. Jacques lhe disse, então:
— Calma, meu senhor, hoje não estou de bom humor para apanhar; receberei o primeiro golpe, mas juro que, ao segundo, vou-me embora e vos deixo aí...
A ameaça de Jacques fez com que o furor de seu amo desaparecesse subitamente; este lhe perguntou num tom mais moderado:
— E meu relógio?
— Aqui está.
— E a bolsa?
— Aqui está.
— Demoraste muito.
— Não em demasia, considerando-se tudo o que fiz. Prestai atenção. Fui, apanhei, amotinei todos os camponeses da região e todos os habitantes da cidade; fui preso como ladrão de estrada, levado ao juiz, submetido a dois interrogatórios, quase fiz com que dois homens fossem enforcados, fiz com que pusessem um criado de quarto no olho da rua, com que despedissem uma serviçal; convenceram-me de ter dormido com uma criatura que nunca tinha visto antes e a quem, entretanto, paguei; cá estou.
— E eu, esperando-te.

— Estava escrito lá em cima que dormiríeis enquanto me esperáveis e que roubariam vosso cavalo. Muito bem! Meu senhor, não pensemos mais nisso! É um cavalo perdido e, quem sabe, esteja escrito lá em cima que o reencontraremos.
— Meu cavalo, meu pobre cavalo!
— Ainda que continueis vossas lamentações até amanhã, não podereis trazê-lo de volta.
— O que vamos fazer?
— Levar-vos-ei na garupa; se preferirdes, podemos tirar nossas botas, pendurá-las na sela e prosseguir a pé.
— Meu cavalo, meu pobre cavalo!
Decidiram ir a pé e, de quando em quando, o amo exclamava: "Meu cavalo, meu pobre cavalo!" enquanto Jacques parafraseava o resumo de suas aventuras. Quando estava na acusação da moça, seu amo perguntou:
— Jacques, é verdade que não dormiste com ela?
JACQUES: É verdade, senhor.
O AMO: E tu a pagaste?
JACQUES: Sim, certamente!
O AMO: Uma vez fui mais infeliz que tu.
JACQUES: Pagastes e dormistes!
O AMO: Disseste-o bem.
JACQUES: E não ireis contar-me o caso?
O AMO: Antes de entrarmos na história de meus amores, é preciso terminar a história dos teus. E então, Jacques, e teus amores? Eu os considerei como sendo os primeiros e únicos de tua vida, apesar da aventura da serviçal do Tenente Geral de Conches, pois, ainda que com ela tivesses dormido, não serias obrigado a estares apaixonado por ela. Todos os dias dormimos com mulheres que não amamos e não dormimos com as mulheres que amamos... Mas...
JACQUES: Mas!... O que foi?
O AMO: Meu cavalo!... Jacques, meu amigo, não te zangues; põe-te no lugar de meu cavalo, supõe que eu tenha te perdido e dize-me se não me estimarias ainda mais se me ouvisses exclamar: Meu Jacques, meu pobre Jacques!
Jacques sorriu e disse:
— Creio que estava no discurso de meu hospedeiro à mulher, durante a noite que se seguiu ao meu primeiro

curativo cirúrgico. Repousei um pouco. Meu hospedeiro e sua mulher levantaram-se mais tarde do que de costume.
O AMO: Imagino.
JACQUES: Quando acordei, abri meu cortinado bem devagar e vi o hospedeiro, a mulher e o cirurgião numa conferência secreta, perto da janela. Depois do que tinha ouvido durante a noite, não foi difícil adivinhar do que se tratava. Tossi. O cirurgião disse ao marido: "Ele acordou. Compadre, descei à adega. Tomemos um trago — dá firmeza à mão — em seguida retiro as ataduras. Pensemos no resto depois."
Garrafa trazida e esvaziada: em termos de arte, beber um trago significa, no mínimo, esvaziar uma garrafa. O cirurgião aproximou-se de meu leito e disse:
— Como passastes a noite?
— Mais ou menos.
— Vosso braço... Bom, bom, o pulso não está ruim, quase não tendes febre. É preciso ver esse joelho... Vamos, comadre — disse ele à hospedeira, que estava em pé junto ao meu leito, atrás do cortinado — ajudai-me... — A hospedeira chamou um dos filhos. — Isto aqui não é serviço para criança, mas para vós: um movimento em falso pode nos dar trabalho para um mês. Aproximai-vos. — A hospedeira aproximou-se com os olhos baixos. — Pegai esta perna, a boa; eu cuido da outra. Devagar, devagar... Virai para cá, um pouco mais para cá... Amigo, uma viradinha para a direita... para a direita, eu disse, aí vamos nós...
Eu me agarrava ao colchão, rangia os dentes e o suor corria pelo rosto.
— Amigo, isto não é fácil.
— Estou percebendo.
— Aí está. Comadre, largai a perna, pegai o travesseiro, trazei a cadeira e ponde o travesseiro em cima... Está muito perto... Um pouco mais para lá... Amigo, dai-me a mão, segurai firme. Comadre, passai para detrás da cama e segurai-o por baixo do braço... Maravilhoso. Compadre, não há mais nada na garrafa?
— Não.
— Tomai o lugar de vossa mulher: que ela vá buscar outra... Bem, bem, bem cheia... Deixai vosso homem onde está e ficai aqui do meu lado... — A hospedeira chamou um dos

filhos mais uma vez. — Com os diabos, já vos disse que isto não é serviço para criança! Ficai de joelhos, pondes as mãos embaixo da barriga da perna... Comadre, tremeis como se tivésseis cometido um pecado; vamos, coragem... Para a esquerda, na base da coxa, aí, em cima da bandagem... Muito bem! — Eis as costuras cortadas, as faixas desenroladas, as ataduras retiradas e meu ferimento descoberto. O cirurgião apalpou em cima, embaixo, dos lados e, cada vez que me tocava, dizia:
— Ignorante! Asno! Estúpido! E isto ainda se diz cirurgião! Cortar esta perna? Há de durar tanto quanto a outra, tenho dito.
— Ficarei curado?
— Já curei muitos outros.
— Andarei?
— Andareis.
— Sem mancar?
— Isso é outra coisa; com o diabo, amigo, ficareis bom! Não é o bastante já vos ter salvo a perna? Na convalescença, se vierdes a mancar, será pouco. Gostais de dançar?
— Muito.
— Se não andardes muito bem, é certo que dançareis melhor... Comadre, o vinho quente... Não, primeiro o outro: mais um copinho e o nosso curativo irá bem.
Bebeu. Trouxeram o vinho quente, fizeram-me compressas, puseram as ataduras, estenderam-me no leito, exortaram-me a dormir se pudesse, fecharam o cortinado, acabaram a garrafa começada, trouxeram outra, e a conferência entre o cirurgião, o hospedeiro e a hospedeira foi retomada.

O HOSPEDEIRO: Compadre, isso ainda vai demorar muito tempo?

O CIRURGIÃO: Muito... À vossa saúde, compadre.

O HOSPEDEIRO: Quanto? Um mês?

O CIRURGIÃO: Um mês! Ponde aí dois, três, quatro, quem sabe? A rótula está em pedaços, o fêmur, a tíbia... À vossa saúde, comadre...

O HOSPEDEIRO: Quatro meses! Misericórdia! Por que fomos recebê-lo aqui? Que diabo ela estava fazendo na porta?

O CIRURGIÃO: À minha saúde, pois trabalhei muito.

A HOSPEDEIRA: Meu amigo, estás começando de novo. Não foi isso que me prometeste esta noite; paciência, voltarás a falar nisso outra vez.
O HOSPEDEIRO: Dizei-me, o que fazer com esse homem? Se o ano não estivesse tão ruim!...
A HOSPEDEIRA: Se quiseres, irei à casa do cura.
O HOSPEDEIRO: Se puseres os pés lá, encher-te-ei de pancadas.
O CIRURGIÃO: E por que, compadre? Minha mulher vai lá sem problemas.
O HOSPEDEIRO: Isso é da vossa conta.
O CIRURGIÃO: À saúde de minha afilhada; como ela tem passado?
A HOSPEDEIRA: Muito bem.
O CIRURGIÃO: Vamos, compadre, à saúde de vossa mulher e à da minha; são boas mulheres.
O HOSPEDEIRO: A vossa é mais prudente; ela não teria feito essa besteira.
A HOSPEDEIRA: Mas, compadre, há as irmãs de caridade, aquelas que usam hábito cinza.
O CIRURGIÃO: Ah! Comadre! Um homem na casa das irmãs de cinza! Ademais, há ainda uma pequena dificuldade, um pouco maior do que o tamanho de um dedo... Bebamos à saúde das irmãs, são boas moças.
A HOSPEDEIRA: Que dificuldade?
O CIRURGIÃO: Vosso homem não quer vos ver em casa do cura e minha mulher não quer que eu vá à casa das irmãs... Então, compadre, mais um trago, talvez isso nos desperte. Interrogastes o homem? Talvez ele tenha recursos.
O HOSPEDEIRO: Um soldado!
O CIRURGIÃO: Um soldado tem pai, mãe, irmãos, irmãs, parentes, amigos; enfim, tem alguém debaixo do céu... Bebamos mais um trago, afastai-vos, deixai-me servir.
Essa foi, literalmente, a conversa entre o cirurgião, o hospedeiro e a hospedeira. Que colorido eu não seria capaz de dar a ela, se introduzisse um celerado no meio dessa boa gente? Jacques se veria, ou então, teríeis visto Jacques no momento de ser arrancado de seu leito e atirado numa estrada ou num lamaçal. Por que não morto? — Não, morto não. Eu saberia chamar alguém em seu socorro; esse

alguém teria sido um soldado de sua companhia, mas isso teria fedido a *Cléveland*[7] a ponto de causar repugnância. A verdade! A verdade! — A verdade, dizeis-me, freqüentemente é fria, comum e sem graça; por exemplo, vosso último relato do curativo de Jacques é verdadeiro, mas o que há nele de interessante? Nada. — De acordo. — Se é preciso ser verdadeiro, que seja como Molière, Regnard, Richardson e Sedaine; a verdade tem seus lados picantes que se capta quando se tem gênio. — Sim, quando se tem gênio, mas e quando não se tem? — Na falta de gênio, não se deve escrever. E se, por algum infortúnio, se for parecido com um certo poeta que mandei a Pondichéry[8]? — Que poeta é esse? — Esse poeta... Mas se me interrompeis, leitor, e se eu mesmo me interrompo a toda hora, o que será dos amores de Jacques? Creia-me, deixemos de lado o poeta... O hospedeiro e a hospedeira se afastaram... — Não, não, a história do poeta de Pondichéry, a história do poeta de Pondichéry. — Um dia veio a mim um jovem poeta, como acontece diariamente... Mas, leitor, que relação há entre isto e a viagem de Jacques, o Fatalista, e de seu amo?... — A história do poeta de Pondichéry. —Depois das exortações ordinárias à minha sagacidade, gênio, gosto, bondade e outras coisas, das quais não acredito numa só palavra, por mais que venham me repetindo tudo isso há mais de vinte anos e, talvez, de boa fé, o jovem poeta tirou um papel do bolso: — São meus versos — disse-me. — Versos! — Sim, senhor, e espero que tenhais a bondade de dar vossa opinião sobre eles. — Apreciais a verdade? — Sim, senhor, e pergunto-vos qual é. — Ireis saber. — O quê?! Sois tolo o bastante para crer que um poeta venha buscar a verdade junto a vós? — Sim. — A ponto de dizer-lha? — Seguramente! — Sem contemplação? — Sem dúvida: a contemplação mais cultivada seria apenas uma ofensa grosseira; fielmente interpretada, significaria que sois um mau poeta. Como creio que sois bastante forte para ouvir a verdade, posso ainda vos

---

7 - Romance do abade Prévost (1697-1763), autor de *Manon Lescault*. Esse imenso romance (escrito em quatro volumes, entre 1732-1739), que fez grande sucesso junto ao público, caracteriza-se pelo encadeamento inverossímil das aventuras das personagens.

8 - Trata-se, provavelmente, do obscuro Vignier, que em 1765 publicou uma obra intitulada *Essai de poésies diverses*.

dizer que sois um homem insosso. — E a franqueza sempre teve êxito junto a vós? — Quase sempre... Li os versos de meu jovem poeta e disse-lhe: — Vossos versos não são apenas ruins; foi-me demonstrado também que nunca fareis bons. — Então devo continuar fazendo maus versos, pois não consigo deixar de fazê-los. — Eis uma terrível maldição! Senhor, concebeis em que espécie de aviltamento incorrereis? Nem os deuses, nem os homens, nem as colunas perdoaram a mediocridade aos poetas: foi Horácio quem disse. — Eu sei. — Sois rico? — Não. — Sois pobre? — Muito pobre. — E ireis juntar à pobreza o ridículo de ser mau poeta... Perdereis vossa vida, ficareis velho. Velho, pobre e mau poeta. Ah! Senhor, que papel! — Estou ciente de tudo isso, mas sou levado, à minha revelia... (aqui Jacques teria dito: "Mas isso está escrito lá em cima.") — Tendes pais? — Tenho. — Qual é sua posição? — São joalheiros. — Fariam algo por vós? — Talvez. — Muito bem! Procurai vossos pais, propondo-lhes que vos adiantem uma trouxinha de jóias. Embarcai para Pondichéry; fareis maus versos no caminho, mas, quando chegardes, enriquecereis. Uma vez feita vossa fortuna, voltai a fazer aqui tantos maus versos quanto vos aprouver, conquanto não os mandeis imprimir, pois não cumpre arruinar ninguém... Há mais ou menos doze anos dei este mesmo conselho a um moço que veio a mim; hoje não seria capaz de reconhecê-lo. — Fui eu mesmo, senhor — disse-me, — que enviastes a Pondichéry. Fui até lá, juntei uma centena de mil francos. Voltei, pus-me a fazer versos, e eis o que vos trago... Ainda são ruins? — Ainda. Vossa sorte está selada; nada posso fazer, senão consentir que continueis a fazer maus versos. — É exatamente essa a minha intenção...

Tendo o cirurgião se aproximado do leito de Jacques, este não lhe deu tempo para falar.

— Ouvi tudo — disse-lhe. Depois, dirigindo-se ao amo, acrescentou... Ia acrescentar, pois seu amo parou. Estava cansado de andar; sentou-se na beira da estrada, com a cabeça voltada na direção de um viajante que avançava, lentamente, a pé, tendo a seu lado, em volta dos braços, as rédeas do cavalo, que o seguia.

Imaginais, leitor, que esse cavalo é o mesmo que foi roubado do amo de Jacques, mas estais enganado. Isso aconteceria num romance, mais cedo ou mais tarde, dessa

maneira ou de outra, mas isto não é um romance, creio já vos ter dito, e torno a dizer. Disse o amo a Jacques:
— Vês aquele homem que vem vindo em nossa direção?
JACQUES: Vejo.
O AMO: Seu cavalo me parece bom.
JACQUES: Servi na infantaria, não conheço essas coisas.
O AMO: Fui comandante na cavalaria e conheço.
JACQUES: E daí?
O AMO: Bem, gostaria que fosses propôr àquele homem que nos cedesse o cavalo, pagando, naturalmente.
JACQUES: Isso é loucura, mas vou. Quanto quereis dar por ele?
O AMO: Até cem escudos.
Depois de ter recomendado ao amo que não dormisse, Jacques foi ao encontro do viajante, propôs-lhe a compra do cavalo, pagou-o e trouxe-o.
— Muito bem, Jacques! — disse o amo — Se tendes vossos pressentimentos, também tenho os meus, como podereis ver. O cavalo é bonito; aposto que o vendedor te jurou que é defeituoso; em matéria de cavalo, todos os homens são ciganos.
JACQUES: E em quê eles não são?
O AMO: Tu o montarás e ceder-me-ás o teu.
JACQUES: Está bem.
E lá se foram os dois, ambos a cavalo; Jacques dizia:
— Quando saí de casa, meu pai, minha mãe, meu padrinho, todos me deram alguma coisa, cada qual de acordo com seus parcos recursos; ainda tenho cinco luíses com que Jean, meu irmão mais velho, presenteou-me quando partiu para uma infeliz viagem a Lisboa... — Neste momento, Jacques começou a chorar e, seu amo, a lhe dizer mais uma vez que aquilo estava escrito lá em cima. — É verdade, meu senhor, disse isso a mim mesmo umas cem vezes; mas apesar de tudo não consigo deixar de chorar...
Então, Jacques não parava de soluçar e de chorar convulsivamente, enquanto seu amo cheirava rapé e via no relógio que horas eram. Depois de ter posto as rédeas do cavalo entre os dentes e de ter enxugado os olhos com as mãos, Jacques continuou:
— Dos cinco luíses de Jean, de meu alistamento, e dos presentes de meus pais e amigos, fiz uma bolsa de onde

ainda não extraíra um óbolo sequer. Achei que esse pé de meia vinha bem a calhar. O que dizeis disso, meu amo?

O AMO: Que era impossível permaneceres por mais tempo na choupana.

JACQUES: Ainda que pagando.

O AMO: Mas o que teu irmão Jean foi fazer em Lisboa?

JACQUES: Parece-me que estais vos empenhando em fazer com que eu me perca. Com vossas questões, daremos a volta ao mundo antes de chegarmos ao final da história de meus amores.

O AMO: O que importa, desde que fales e eu escute? Não são esses os pontos mais importantes? Ralhas comigo, quando deverias agradecer-me.

JACQUES: Meu irmão foi a Lisboa em busca de repouso. Jean, meu irmão, era um homem sagaz; foi isso que lhe trouxe infortúnio; teria sido melhor para ele ser um tolo como eu, mas estava escrito lá em cima... Estava escrito que o irmão pedinte dos carmelitas, que vinha à nossa aldeia todas as estações para pedir ovos, lã, cânhamo, frutas e vinho, se alojasse em casa de meu pai; estava escrito que ele corromperia Jean, meu irmão, e que Jean, meu irmão, vestisse o hábito de monge.

O AMO: Jean, teu irmão, foi carmelita?

JACQUES: Sim, senhor, e carmelita descalço. Ele era ativo, inteligente, inquieto; era advogado consultor da aldeia. Sabia ler e escrever e, desde cedo, dedicava-se a decifrar e copiar velhos pergaminhos. Passou por todas as funções da ordem. Foi, sucessivamente, porteiro, copeiro, jardineiro, sacristão, adjunto do procurador e banqueiro; na velocidade em que ia, teria feito a fortuna de todos nós. Casou, e muito bem, duas de nossas irmãs e algumas outras moças da aldeia. Não passava pelas ruas sem que pais, mães e crianças fossem a ele e exclamassem: "Bom dia, Irmão Jean! Como vai, Irmão Jean?" Era certo que, quando entrava numa casa, a bênção do céu entrava com ele; se lá houvesse uma moça, dois meses após a visita ela estaria casada. Pobre Irmão Jean! A ambição o perdeu. O procurador da casa, ao qual o entregaram como adjunto, estava velho. Os monges disseram que ele havia planejado torná-lo seu sucessor, depois de sua morte, e que, tendo em vista esse fim, revolucionara todo o cartório, queimara todos os antigos registros e fizera novos, de modo que, quando da morte do velho procurador, nem o diabo entenderia alguma coisa nos títulos da comunidade. Quando havia necessidade de um documento, era preciso perder um mês procurando-o e, freqüentemente, em vão. Os padres distinguiram a astúcia do irmão Jean e seu objetivo: levaram a coisa a sério, e o Irmão Jean, em vez de ser procurador, como já se gabava de ser, foi reduzido a pão e água, e disciplinado até que a comunidade conferisse a outro a chave dos registros. Os monges são implacáveis. Quando extraíram do Irmão Jean todos os esclarecimentos de que tinham necessidade, fizeram-no carregador de carvão no laboratório onde destilam a *aguardente dos carmelitas*. Irmão Jean, pouco antes banqueiro da ordem e adjunto do procurador, era agora carvoeiro! Irmão Jean tinha coração, não pôde suportar a perda de importância e esplendor, e só esperou uma oportunidade para fugir à humilhação.

Foi então que chegou à casa um jovem padre, conhecido como a maravilha da ordem, no tribunal e na cátedra; chamava-se Padre Ange[9]. Tinha belos olhos, um rosto bonito e seus braços e mãos eram dignos de serem modelados. Eis que prega, prega, confessa, confessa; eis os velhos diretores abandonados por seus devotos; eis os devotos ligados ao jovem Padre Ange; eis que, nas vésperas de domingo e das grandes festas, o confessionário do Padre Ange ficava cercado de penitentes, homens e mulheres, enquanto os velhos padres esperavam os praticantes inutilmente em seus confessionários vazios, o que muito os entristecia. Mas, senhor, deixarei a história do Irmão Jean neste ponto e retomarei a de meus amores que será, talvez, mais alegre.

O AMO: Não, não. Cheiremos uma ponta de rapé, vejamos que horas são. Prossegue.

JACQUES: Está bem, se assim quiserdes.

No entanto, o cavalo de Jacques era de outra opinião; de repente se encolerizou e se precipitou num lamaçal. Por mais que Jacques o apertasse com os joelhos e mantivesse

---

9 - Ao que tudo indica, Diderot inspirou-se, para compor essa personagem, em seu tio Irmão Ange, vice-procurador da ordem dos Carmelitas do Luxemburgo, sob cuja tutela viveu no início de seu período parisiense, em 1736.

as rédeas curtas no lugar mais profundo do lamaçal, o animal teimoso atirava-se e punha-se a escalar velozmente um montículo, onde estacou de repente, e onde Jacques, olhando ao redor, viu-se entre forcas, num patíbulo.

Um outro que não eu, leitor, não deixaria de prover essas forcas de seus respectivos malfeitores, e de preparar para Jacques um triste reconhecimento. Se eu assim fizesse, talvez acreditásseis, pois existem acasos bastante singulares, mas nem por isso a coisa seria menos verdadeira: as forcas estavam vazias.

Jacques deixou o cavalo tomar fôlego: por si mesmo desceu da montanha, passou pelo lamaçal e recolocou Jacques ao lado de seu amo. Este lhe disse:

— Ah! Meu amigo, que terror me causaste! Dei-te por morto... Mas estás pensativo; em que estás pensando?

JACQUES: No que encontrei lá em cima.

O AMO: E então, o que encontraste?

JACQUES: Forcas de patíbulo, um cadafalso.

O AMO: Diabo! Isso é de mau agouro! Lembra-te de tua doutrina: se estiver escrito lá em cima, por mais que resistas, serás enforcado, meu caro amigo; e se isso não estiver escrito lá em cima, o cavalo mentiu. Se este animal não é um inspirado, é sujeito a caprichos extravagantes; é preciso prestar atenção.

Após um momento de silêncio, Jacques deu um tapa na testa e sacudiu as orelhas, como fazemos quando queremos afastar de nós uma idéia funesta, e bruscamente retomou:

— Os velhos monges fizeram um conselho e resolveram desfazer-se do jovem aborrecimento que os humilhava, a qualquer preço, empregando qualquer meio. Sabeis o que fizeram?... Meu amo, não estais me ouvindo.

O AMO: Estou te ouvindo, estou te ouvindo, continua.

JACQUES: Compraram o porteiro, que era um velho patife como eles. Esse velho patife acusou o jovem padre de ter tomado liberdades com uma de suas devotas no parlatório e afirmou, sob juramento, que tinha visto tudo. Talvez fosse verdade, talvez fosse mentira: quem sabe? O engraçado é que no dia seguinte ao da acusação, o prior da casa foi convocado por um cirurgião para dar satisfações sobre remédios por ele ministrados e sobre cuidados destinados àquele porteiro celerado que estava desenvolvendo uma doença galante. Meu amo, não estais me ouvindo; já sei o que vos está distraindo. Aposto que são as forcas.

O AMO: Não posso discordar.

JACQUES: Surpreendi vossos olhos fixos em meu rosto; acaso estou com aspecto sinistro?

O AMO: Não, não.

JACQUES: Quereis dizer: sim, sim. Muito bem, se vos amedronto, só temos de nos separar.

O AMO: Ora, Jacques, estais perdendo o humor; não estais seguro de vós?

JACQUES: Não, meu senhor, quem está seguro de si?

O AMO: Todos os homens de bem. Acaso Jacques, o honesto Jacques, não tem horror ao crime?... Vamos, Jacques, terminemos esta discussão e voltai a vosso relato.

JACQUES: Como conseqüência daquela calúnia ou maledicência do porteiro, acreditaram-se autorizados a fazer mil diabruras, mil maldades contra o pobre Padre Ange, cuja cabeça pareceu desarranjar-se. Então chamaram um médico, que foi corrompido e que atestou que o religioso estava louco e que carecia respirar os ares de sua terra natal. Se a questão fosse apenas afastar ou internar o Padre Ange, o caso teria sido resolvido rapidamente; mas, dentre as devotas para as quais ele era a coqueluche, havia senhoras importantes, às quais tinham de dar satisfações. A elas falavam de seu confessor com uma comiseração hipócrita. "Coitado! Pobre padre! Que pena! A águia de nossa comunidade! — Então, o que aconteceu a ele?" A questão era respondida apenas com um profundo suspiro e um levantar de olhos para o céu. Se acaso insistiam, baixavam a cabeça e calavam-se. Às vezes acrescentavam à macaquice: "Oh! Deus! O que será de nós!... Ele ainda tem momentos surpreendentes... repentes de gênio... Talvez volte, mas há pouca esperança... Que perda para a religião!..." Todavia, multiplicavam-se os maus procedimentos; ninguém deixava de tentar levar o Padre Ange ao ponto em que diziam que ele estava. Teriam tido êxito, se o Irmão Jean não tivesse se apiedado dele. Que mais direi ao senhor? Uma noite em que estávamos todos dormindo, ouvimos bater à porta. Levantamo-nos; abrimo-la para o Padre Ange e meu irmão, que estavam disfarçados. Passaram o dia na casa; no dia

seguinte, ao amanhecer, partiram. Iam com as bolsas guarnecidas.
Jean, abraçando-me, disse: "Casei tuas irmãs. Se tivesse permanecido no convento por mais uns dois anos na posição em que estava, seria mais um dos gordos fazendeiros da região. Mas tudo mudou, eis o que posso fazer por ti. Adeus, Jacques, se tivermos sorte, o padre e eu, sentirás os efeitos..." Depois, deixou em minha mão os cinco luíses de que vos falei, e outros cinco para a última moça da aldeia que ele casara e que tinha acabado de parir um menino forte, que se assemelhava ao Irmão Jean como duas gotas d'água se assemelham.

O AMO *(tabaqueira aberta, relógio no lugar):* O que foram fazer em Lisboa?

JACQUES: Foram em busca de um tremor de terra[10] que não poderia acontecer sem eles; foram esmagados, tragados, queimados, como estava escrito lá em cima.

O AMO: Ah! Os monges! Os monges!

JACQUES: O melhor deles não vale grande coisa.

O AMO: Sei disso melhor do que tu.

JACQUES: Acaso já passastes pelas mãos deles?

O AMO: Numa outra ocasião eu te direi.

JACQUES: Por que eles são tão maus?

O AMO: Creio que é porque são monges... Mas voltemos aos teus amores.

JACQUES: Não, meu senhor, não voltemos.

O AMO: Não queres que eu os conheça?

JACQUES: Claro que quero, mas o destino não quer. Não percebeis que tão logo eu abro a boca, o diabo se mete, e sempre acontece algum incidente que me interrompe? Não os terminarei, estou dizendo, está escrito lá em cima.

O AMO: Tenta, meu amigo.

JACQUES: Talvez se começásseis a história dos vossos, o sortilégio se romperia, e então os meus pudessem seguir melhor. Na minha cabeça, uma coisa depende da outra; é como digo, meu senhor, às vezes tenho a impressão de que o destino me fala.

O AMO: E sempre acreditas que deves ouvi-lo?

---

10 - O terremoto de Lisboa ocorreu em 1º de novembro de 1755. Ver Voltaire, *Poème sur le désastre de Lisbonne, Candide.*

JACQUES: Claro que sim, tive uma prova disso no dia em que ele me disse que vosso relógio estava no lombo do mascate.

O amo bocejou; bocejando, bateu a mão na tabaqueira; batendo na tabaqueira, olhou ao longe; olhando ao longe disse a Jacques:

— Não vês alguma coisa à esquerda?

JACQUES: Sim, e aposto que é algo que não quer que eu continue minha história, nem que comeceis a vossa.

Jacques tinha razão. Como a coisa que viam estava vindo na direção deles assim como eles iam na direção dela, as duas caminhadas em sentido contrário encurtaram a distância. Logo perceberam uma carruagem decorada com cortinados negros, puxada por quatro cavalos negros, cobertos com xairéis negros que lhes envolviam a cabeça e desciam até as patas; atrás, dois criados de negro, seguidos de dois outros criados vestidos de negro, cada qual num cavalo negro, de negro capuz; no assento da carrugem havia um cocheiro negro com um chapéu de abas sobre os olhos, envolto num longo manto de crepe que caía ao longo do ombro esquerdo; esse cocheiro tinha a cabeça inclinada, deixava as guias à solta e seus cavalos antes o conduziam que eram conduzidos por ele. Nossos dois viajantes chegaram perto do carro fúnebre. No mesmo instante Jacques soltou um grito; em vez de descer, caiu do cavalo, arrancou os cabelos e rolou no chão, gritando:

— Meu capitão, meu pobre capitão! É ele, não há dúvida, essas são suas armas... — Com efeito, havia na carruagem um grande ataúde sob o lençol mortuário, no qual se via uma espada com uma corrente; ao lado do ataúde, um padre com um breviário na mão entoava os salmos. A carruagem seguia caminho, Jacques a acompanhava, lamentando-se, o amo seguia Jacques, praguejando, e os criados certificavam Jacques de que aquele féretro era mesmo de seu capitão, falecido na cidade vizinha, de onde o estavam transferindo para a sepultura de seus ancestrais. Desde que o militar fora privado, pela morte de outro militar, seu amigo, capitão no mesmo regimento, da satisfação de duelar pelo menos uma vez por semana, caíra numa melancolia que o apagara ao cabo de alguns meses. Depois de dar ao capitão o tributo de seus elogios, lamentos e lágrimas,

Jacques desculpou-se junto ao amo, montou seu cavalo e partiram em silêncio.
  Mas, por Deus, leitor, perguntai-me para onde estavam indo?... Por Deus, leitor, respondo: acaso sabemos para onde vamos? E vós, para onde ides? Será preciso lembrar-vos da aventura de Esopo? Seu amo Xantipo disse-lhe, numa noite de verão ou de inverno, pois os gregos se banhavam em todas as estações: "Esopo, vai aos banhos; se lá houver pouca gente, banharemo-nos..." Esopo partiu. No caminho, encontrou a patrulha de Atenas. "Para onde vais? — Para onde vou?" — Responde Esopo — "Não sei. — Não sabes? Vais para a prisão. — Muito bem!" — Retomou Esopo. — "Não vos disse claramente que não sabia para onde ia? Eu queria tomar banho, e eis que vou para a prisão..." Jacques acompanhava seu amo, assim como acompanhais o vosso; o amo acompanhava o dele, assim como Jacques o acompanhava. — Mas quem era o amo do amo de Jacques? — Bem, acaso faltam amos no mundo? O amo de Jacques tinha uma centena de amos, assim como vós. Mas dentre todos esses amos do amo de Jacques, não havia um único bom, como se pode concluir, pois ele mudava de amo todos os dias. — Ele era homem. — Homem passional como vós, leitor; curioso como vós, leitor; perguntador como vós, leitor; importuno como vós, leitor. — E por que perguntava? — Boa pergunta! Perguntava para aprender e repetir, como vós, leitor...
  O amo disse a Jacques:
  — Não me pareces disposto a retomar a história de teus amores.
  JACQUES: Meu pobre capitão! Está indo para onde todos nós iremos, onde é bastante extraordinário que não tenha chegado antes. Ai, ai!...
  O AMO: Jacques, creio que estais chorando... Chorai sem medo: vós podeis chorar sem vergonha, a morte dele vos liberta da decência escrupulosa que vos perturbava durante sua vida. Não tendes mais as mesmas razões para esconder vossa dor do que as tínheis para esconder vossa felicidade; não se pensará em tirar de vossas lágrimas as conseqüências extraídas de vossa alegria. Costuma-se perdoar a desventura. Ademais, neste momento, é preciso mostrar-se sensível ou ingrato, e, pensando bem, mais vale revelar uma fraqueza do que permitir que suponham um

vício. Vejo que vosso lamento goza a liberdade de ser menos doloroso, e é violento demais para ser menos duradouro. Lembrai-vos, exagerai o que ele era: sua penetração para sondar as mais profundas matérias; sua sutileza para discutir as mais delicadas; seu gosto sólido, que o fixava nas mais importantes; a fecundidade que lançava nas mais estéreis; a arte com a qual defendia os acusados: sua indulgência dava-lhe mil vezes mais argúcia do que o interesse ou o amor próprio podem dar a um culpado; ele só era severo para consigo mesmo. Longe de procurar desculpas para as faltas leves que pudesse cometer, empregava toda a maldade de um inimigo a fim de exagerá-las perante si mesmo, e com todo o engenho de um homem ciumento, que diminui o valor de suas virtudes fazendo um exame rigoroso dos motivos que o teriam determinado a fazer tal coisa, à sua revelia. Não prescrevei a vossos lamentos outros termos que não os impostos pelo tempo. Submetemo-nos à ordem universal quando perdemos nossos amigos, assim como a ela nos submeteremos quando lhe aprouver dispor de nós; aceitamos sem desespero o decreto da sorte que os condena, assim como o aceitaremos sem resistência quando ela se pronunciar sobre nós. Os deveres da sepultura não são os últimos deveres dos amigos. A terra que se move neste momento há de endurecer sobre a cinza de vossa amante, mas vossa alma conservará toda sua sensibilidade.

JACQUES: Meu amo, isso é muito bonito, mas para que diabo serve? Perdi meu capitão, estou desolado, e vós me distraís, como um papagaio, com um fragmento da consolação de um homem ou de uma mulher para outra mulher que perdeu o amante.

O AMO: Creio que é o fragmento da consolação de uma mulher.

JACQUES: Acho que é de um homem. Mas de homem ou de mulher, torno a perguntar: para que diabo serve? Julgais que fui amante de meu capitão? Meu capitão, senhor, era um homem forte, e eu sempre fui um rapaz honesto.

O AMO: Com quem estais discutindo, Jacques?

JACQUES: Para que diabo serve vossa consolação de homem ou de mulher para outra mulher? De tanto perguntar, talvez me digais.

O AMO: Não, Jacques, precisais descobrir isso sozinho.

JACQUES: Pensarei nisso o resto de minha vida e não advinharei; ficarei assim até o Juízo Final.
O AMO: Pareceu-me, Jacques, que escutáveis atentamente o que eu falava.
JACQUES: Acaso podemos recusar atenção ao ridículo?
O AMO: Muito bem!
JACQUES: Faltou pouco para eu explodir quando falastes das decências rigorosas que me perturbavam durante a vida de meu capitão, das quais ficara livre com sua morte.
O AMO: Muito bem, Jacques! Então consegui fazer o que me propusera fazer. Dizei-me se era possível fazer coisa melhor para consolar-vos. Estáveis chorando: se eu tivesse conservado o objeto de vossa dor, o que teria acontecido? Teríeis chorado mais ainda, e eu acabaria vos desolando por completo. Ofereci-vos uma mudança com o ridículo de minha oração fúnebre e com a pequena querela que dela se seguiu. Convenhamos agora que o pensamento de vosso capitão está tão longe de vós quanto a carruagem fúnebre que o conduzia a seu derradeiro domicílio. Por conseguinte, creio que podeis retomar a história de vossos amores.
JACQUES: Também creio.
— Doutor — disse eu ao cirurgião —, morais longe daqui?
— A um bom quarto de légua, pelo menos.
— Tendes um alojamento cômodo?
— Bastante cômodo.
— Poderíeis, então, dispor de um leito?
— Não.
— Como? Nem mesmo pagando, pagando bem?
— Ah! Pagando, e bem, perdoai-me. Mas, meu amigo, não pareceis estar em condições de pagar, e menos ainda de pagar bem.
— Isso é problema meu. Eu seria cuidado, ainda que pouco, em vossa casa?
— Muito bem cuidado. Minha mulher tratou de doentes durante toda a vida; tenho uma filha mais velha que faz a barba de todos os que aparecem, e que pode remover ataduras tão bem quanto eu.
— Quanto pediríeis pelo alojamento, alimentação e tratamento?
Coçando a orelha, o cirurgião disse:

— Pelo alojamento... alimentação... cuidados... Quem responderá pelo pagamento?
— Pagarei por dia.
— Eis o que é falar claro...
JACQUES: Meu senhor, creio que não estais ouvindo.
O AMO: Não, Jacques, estava escrito lá em cima que desta vez tu falarias, que esta provavelmente não seria a última vez, e que não serias ouvido.
JACQUES: Quando não ouvimos alguém que fala, é porque não estamos pensando em nada, ou então porque estamos pensando em algo diferente daquilo que está sendo dito: qual das duas coisas estais a fazer, senhor?
O AMO: A última. Pensava no que te dizia um daqueles criados negros que acompanhavam a carruagem fúnebre: que teu capitão fora privado, pela morte do amigo, do prazer de duelar pelo menos uma vez por semana. Compreendeste?
JACQUES: Certamente.
O AMO: Para mim, esse é um enigma que me obriga a mandar-te explicar.
JACQUES: E para que diabo isso vos interessa?
O AMO: Para pouca coisa; quando falas, aparentemente queres ser ouvido.
JACQUES: Nem é preciso dizer.
O AMO: Muito bem! Em sã consciência, não poderia responder-te, de tanto que aquela fala ininteligível me atormentou o cérebro. Tira-me essa preocupação, rogo-te.
JACQUES: Já era hora! Mas jurai-me, ao menos, que não me interrompereis mais.
O AMO: Haja o que houver, juro.
JACQUES: É que meu capitão, homem bom, galante, de mérito, um dos melhores soldados da corporação, embora um tanto heteróclito, tinha encontrado e feito amizade com um outro oficial da mesma corporação, homem igualmente bom, igualmente galante, de igual mérito, tão bom oficial quanto ele, e tão heteróclito quanto.*

Jacques ia encetar a história de seu capitão, quando ouviram uma numerosa tropa de homens e cavalos que vinha atrás deles. Era a mesma carruagem lúgubre que voltava. Estava rodeada... Pelos guardas da Fazenda? — Não. — Pelos cavaleiros da polícia? — Talvez. Não importa quem estava lá. O cortejo vinha precedido do padre de sotaina e sobrepeliz com as mãos atadas às costas, do cocheiro negro com as mãos atadas às costas e dos dois criados negros com as mãos atadas às costas. Quem ficou surpreso? Jacques, que gritou:

— Meu capitão, meu pobre capitão está morto! Deus seja louvado!... Jacques se foi. Deu meia volta, galopou em direção ao pretenso féretro. Estava mais ou menos a trinta passos do cortejo, quando os guardas da Fazenda, ou os cavaleiros da polícia, o miraram e gritaram:

— Pára, volta ou serás morto... — Jacques parou imediatamente e, por um instante, consultou o destino em sua cabeça; parecia-lhe que o destino dizia: "Volta". Foi isso que ele fez. Seu amo lhe disse:

— E então, Jacques, o que foi?

JACQUES: Por Deus, não sei.

O AMO: Por quê?

JACQUES: Também não sei.

O AMO: Vai ver são contrabandistas, que encheram o caixão com mercadorias proibidas e foram delatados à Fazenda pelos mesmos patifes dos quais as compraram.

JACQUES: Mas por que aquela carroça tem as armas de meu capitão?

O AMO: Talvez seja um seqüestro. Devem ter escondido, quem sabe, uma mulher, uma moça ou uma religiosa no ataúde; não é a mortalha que faz o morto.

JACQUES: Mas por que a carroça tem as armas de meu capitão?

O AMO: Pode ser tudo o que quiseres. Então, termina a história de teu capitão.

JACQUES: Essa história ainda? Mas talvez meu capitão esteja vivo.

O AMO: E que diferença isso faz à história?

JACQUES: Não gosto de falar dos vivos, pois de quando em quando ficamos à mercê de corar pelo bem ou pelo mal que deles falamos; pelo bem que estragam e pelo mal que reparam.

O AMO: Não sejas panigerista insosso, tampouco amargo censor: diz a coisa como ela é.

JACQUES: Isso não é fácil. Não temos nós nosso caráter, interesse, gosto, paixões, a partir dos quais a exageramos ou a atenuamos? Diz a coisa como ela é... Talvez isso não chegue a acontecer duas vezes num dia numa cidade grande. Acaso aquele que vos ouve tem mais disposição do que aquele que fala? Não. Disso decorre que, com muito custo, pode-se ouvir o que se disse duas vezes num dia numa cidade inteira.

O AMO: Com o diabo, Jacques! Eis aí máximas que prescrevem à língua e aos ouvidos a nada dizerem, a nada ouvirem e a não crerem em coisa alguma! Apesar disso, fala à tua maneira, escutarei à minha e crerei em ti como puder!

JACQUES: Se não dizemos quase nada neste mundo, que, pelo menos, sejamos entendidos da mesma maneira como dissemos; há coisa bem pior, pois, se aqui não fazemos quase nada, que pelo menos sejamos julgados do mesmo modo como fizemos.

O AMO: Talvez não exista sob o céu uma cabeça que contenha tantos paradoxos quanto a tua.

JACQUES: E que mal há nisso? Nem sempre um paradoxo é uma falsidade.

O AMO: É verdade.

JACQUES: Íamos a Orléans, meu capitão e eu. O último rumor na cidade fora provocado por uma aventura recentemente ocorrida a um cidadão chamado Sr. Le Pelletier, homem penetrado por uma comiseração tão profunda pelos infelizes que, depois de ter reduzido, com esmolas desmedidas, uma fortuna bastante considerável ao mais estritamente necessário, ia de porta em porta procurar na bolsa alheia recursos que, da sua, não tinha mais condições de extrair.

O AMO: Crês que havia duas opiniões sobre a conduta desse homem?

JACQUES: Não, entre os pobres; mas quase todos os ricos, sem exceção, o viam como uma espécie de louco, e faltou pouco para que seus próximos mandassem interditar seus atos, sob a alegação de dissipador. Enquanto nos refrescávamos num albergue, uma multidão de ociosos se reunira em torno de uma espécie de orador, o barbeiro da rua, e lhe dizia:

— Estivestes lá; contai-nos como a coisa aconteceu.

— De muito bom grado — respondeu o orador de esquina, que não queria outra coisa senão perorar. — O Sr. Aubertot,

um de meus fregueses, cuja casa fica em frente à igreja dos capuchinhos, estava à sua porta; o Sr. Le Pelletier abordou-o e disse:
— Senhor Aubertot, não poderíeis dar algo para meus amigos? — Era assim que ele chamava os pobres, como sabeis.
— Não, hoje não, Sr. Le Pelletier.
O Sr. Le Pelletier insistiu:
— Ah! Se soubésseis em nome de quem solicito vossa caridade! Em nome de uma pobre mulher que acaba de parir e não tem sequer um trapinho para enrolar seu filho.
— Não pode ser.
— Em nome de uma moça jovem e bonita, sem trabalho nem pão, a quem vossa generosidade talvez salve da desgraça.
— Não pode ser.
— Em nome de um operário que vive apenas da força de seus braços e que quebrou a perna ao cair de um andaime.
— Não pode ser, já disse.
— Vamos, Sr. Aubertot, comovei-vos e ficai certo de que nunca tivestes o ensejo de fazer uma ação mais meritória.
— Não pode ser, não pode ser.
— Meu bom e misericordioso Sr. Aubertot!
— Deixai-me em paz, Sr. Le Pelletier; quando eu quiser dar, não me farei de rogado...
Dito isso, o Sr. Aubertot virou-lhe as costas, foi para dentro de sua loja, seguido pelo Sr. Le Pelletier. Este o acompanhou da entrada da loja até a sala de trás e, da sala de trás, até seus aposentos particulares; aí o Sr. Aubertot, extenuado pela insistência do Sr. Le Pelletier, deu-lhe um bofetão...
Então meu capitão levantou-se bruscamente e disse ao orador:
— Ele não o matou?
— Não, senhor. Acaso se mata por causa disso?
— Um bofetão, irra! Um bofetão! E então, o que ele fez?
— O que se faz depois de receber um bofetão? Fez uma cara risonha e disse ao Sr. Aubertot:
— Isto foi para mim, e o de meus pobres?...
A essas palavras, todos os ouvintes exclamaram, admirados, exceto meu capitão, que lhes dizia:

— Vosso Sr. Le Pelletier, meus senhores, é apenas um vagabundo, um infeliz, um frouxo, um infame a quem esta espada teria feito justiça prontamente, se lá estivesse, e vosso Sr. Aubertot teria ficado bem feliz, se eu o tivesse privado apenas do nariz e das orelhas.

O orador replicou:

— Pelo que vejo, senhor, não teríeis dado ao insolente tempo bastante para reconhecer sua falta e para atirar-se aos pés do Sr. Le Pelletier, oferecendo-lhe a bolsa.

— Certamente que não.

— Sois um militar, e o Sr. Le Pelletier, um cristão: ambos fazem diferentes idéias acerca de um bofetão.

— A face de todos os homens honrados é a mesma.

— Essa não é exatamente a opinião do Evangelho.

— O Evangelho está em meu coração e na bainha de minha espada, não conheço outro...

O vosso, meu amo, não sei onde está; o meu está escrito lá em cima; cada um aprecia a injúria e o benefício a seu modo; talvez não tenhamos o mesmo juízo em dois instantes de nossa vida.

O AMO: E depois, tagarela maldito, e depois...

Quando o amo de Jacques ficava de mau humor, Jacques calava-se e punha-se a devanear; freqüentemente, só rompia o silêncio para enunciar algum dito relacionado a sua engenhosidade, tão descosido, porém, na conversa, quanto na leitura de um livro de que se saltassem algumas páginas. Foi precisamente isso que ocorreu quando disse:

— Meu caro amo...

O AMO: Ah! Finalmente a palavra te voltou. Alegro-me por ambos os dois, pois começava a entediar-me de não te escutar e tu de não falares. Fala, então...

JACQUES: Meu caro amo, a vida se passa em qüiprocós. Existem qüiprocós de amor, qüiprocós de amizade, qüiprocós de política, finanças, igreja, magistratura, comércio, mulheres, maridos...

O AMO: Deixa de lado esses qüiprocós e começa a perceber que é prova de incultura enfronhar-se num ponto de moral, quando se trata de um fato histórico. E a história de teu capitão?

Jacques ia começar a história de seu capitão quando, pela segunda vez, o cavalo, jogando-o bruscamente para

fora da estrada à direita, enviou-o através de uma grande planície, a um bom quarto de légua de distância; caiu exatamente em meio às forcas... Em meio às forcas! Eis um procedimento singular para um cavalo: levar seu cavaleiro ao patíbulo!...
— O que significa isso? — dizia Jacques — Será um aviso do destino?
O AMO: Não duvido, meu amigo. Teu cavalo é inspirado, e o pior é que todos esses prognósticos, inspirações e avisos que vêm do alto através de sonhos e aparições, de nada adiantam: a coisa acontece da mesma forma. Caro amigo, aconselho-te a pores tua consciência em ordem, a arranjares vossos pequenos negócios e a despachares, o mais rápido possível, a história de vosso capitão e a de vossos amores, pois eu ficaria triste de te perder sem antes a ter ouvido. Preocupar-vos mais do que já o fazeis adiantaria alguma coisa? Não. A sentença de vosso destino, duas vezes emitida por teu cavalo, há de se efetuar. Cuidado: não tendes nada a restituir a alguém? Se não, confiai-me vossas últimas vontades e ficai certo de que serão fielmente cumpridas. Se vós me tomastes alguma coisa, é vossa agora; pedi perdão a Deus e, durante o tempo mais ou menos curto que ainda viveremos juntos, tratai de não me roubar mais.
JACQUES: Por mais que eu volte ao passado, nada encontro que me possa comprometer perante a justiça dos homens. Não matei, não roubei, não violei.
O AMO: Tanto pior. Pensando bem, eu preferiria cometer um crime a ser vítima de um, e com razão.
JACQUES: Mas, meu senhor, não serei enforcado por culpa minha, mas pela de um outro.
O AMO: Pode ser.
JACQUES: E talvez só seja enforcado depois de minha morte.
O AMO: Isso também é possível.
JACQUES: Talvez eu nunca seja enforcado.
O AMO: Duvido.
JACQUES: Talvez esteja escrito lá em cima somente que assistirei o enforcamento de alguém. E quem sabe quem é esse alguém, meu senhor? Quem sabe se ele está perto ou longe?

O AMO: Sereis enforcado, Senhor Jacques, posto que a sorte assim deseja e porque o cavalo vos disse, mas não sejais insolente: acabai logo com essas conjecturas impertinentes e contai depressa a história de vosso capitão.

JACQUES: Não vos zangueis, meu senhor, às vezes pessoas muito honestas são enforcadas: é um qüiprocó da justiça.

O AMO: Esses qüiprocós são aflitivos. Falemos de outra coisa.

Mais tranqüilizado pelas diversas interpretações que encontrou para o prognóstico do cavalo, Jacques disse:

— Quando entrei para o regimento, havia dois oficiais que praticamente se equiparavam em idade, nascimento, serviço e mérito. Meu capitão era um deles. A única diferença que havia entre os dois era que um era rico e o outro não. Meu capitão era o rico. Essa conformidade deveria produzir ou a mais forte simpatia ou a mais forte antipatia; produzia tanto uma quanto a outra...

Aqui, Jacques se deteve, o que aconteceria ainda várias vezes no decurso de seu relato, a cada movimento de cabeça que o cavalo fazia, para a direita ou para a esquerda. Então, para continuar, repetia sua última frase, como se tivesse tido um soluço.

JACQUES: ...Ela produzia tanto uma quanto a outra. Havia dias em que eram os melhores amigos do mundo, e outros, em que eram inimigos mortais. Nos dias de amizade, procuravam-se, festejavam-se, abraçavam-se, contavam suas dores, prazeres, necessidades; consultavam-se sobre seus negócios mais secretos, sobre seus interesses domésticos, sobre suas esperanças, sobre seus temores e planos de melhoria. E quando se encontravam no dia seguinte? Olhavam-se altivamente, tratavam-se por senhor, dirigiam palavras duras um ao outro, empunhavam a espada e duelavam. Se um dos dois fosse ferido, o outro precipitava-se sobre o camarada, chorava, desesperava-se, acompanhava-o até a tenda e ficava junto ao seu leito até que ficasse curado. Oito, quinze dias, um mês depois, recomeçavam e, de um momento para o outro, viam-se duas pessoas fortes... duas pessoas fortes, dois amigos sinceros, expostos a perecer um pela mão do outro, não sendo de certo o morto, dos dois, o mais digno de lástima. Várias vezes lhes falaram da estranheza de sua conduta; eu mesmo, a quem meu capitão permitia falar, dizia-lhe: "Mas, meu senhor, e se viésseis a matá-lo?" Depois dessas palavras, começava a chorar, cobria os olhos com as mãos e corria para seus aposentos como um louco. Duas horas depois, o seu camarada o levava ferido para o alojamento ou ele prestava igual serviço ao camarada. Nem minhas advertências... nem minhas advertências, nem as dos outros surtiam efeito; o único remédio que se encontrou foi separá-los. O ministro da guerra foi instruído daquela singular perseverança em extremos tão opostos, e nomeou meu capitão para o comando de uma praça, com expressa injunção de ocupar imediatamente o posto e com a proibição de afastar-se de lá; uma outra imposição fixou o camarada no regimento... Creio que este maldito cavalo ainda vai me deixar louco... Mal tinham chegado as ordens do ministro, meu capitão partiu para a Corte, sob pretexto de agradecer o favor que acabara de obter. Disse que era rico, e que seu camarada, indigente; por isso, ele tinha o mesmo direito às graças do rei: disse que o posto que acabaram de lhe conferir recompensaria os serviços do amigo, supriria sua pouca fortuna, e que, por isso, ficaria cheio de alegria. Como o ministro não tivera outra intenção senão a de separar esses dois homens estranhos, e como os procedimentos generosos sempre o tocavam, ficou decidido... Besta maldita, tens a cabeça no lugar?... Ficou decidido que meu capitão permaneceria no regimento e que seu camarada ocuparia o posto na outra praça.

Tão logo se separaram, sentiram a necessidade que tinham um do outro; caíram em profunda melancolia. Meu capitão pediu um semestre de licença para ir à sua terra natal; mas a duas léguas da guarnição, vendeu o cavalo, disfarçou-se de camponês e encaminhou-se para o lugar onde o amigo era comandante. Parecia que a caminhada tinha sido combinada entre eles. Chegou!... Vai logo para onde quiseres! Ainda há por aí alguma forca que queiras visitar?... Ri bastante, meu senhor; de fato, é muito engraçado... Ele chegou, mas estava escrito lá em cima que, embora tivessem tomado precauções para ocultar a satisfação que tinham ao se reverem, abordando-se com as marcas exteriores da subordinação de um camponês diante de um comandante, houve quem desconfiasse deles e prevenisse o major da praça; esses foram alguns soldados ou oficiais que, por acaso, estavam no lugar do encontro, já tendo conhecimento de sua aventura.

O major, homem prudente, riu do aviso, mas não deixou de atribuir a ele toda a importância que merecia. Pôs espiões perto do comandante. O primeiro relatório dizia que o comandante saía pouco, e o camponês, nunca. Era impossível que os dois homens convivessem por oito dias seguidos sem que fossem tomados por sua estranha mania; isso não tardou a acontecer.

Leitor, estais vendo quão cortês sou; só dependeria de mim dar uma chicotada nos cavalos que puxam a carroça coberta de negro; reunir, na porta da próxima pousada, Jacques, seu amo, os guardas da Fazenda ou os cavaleiros da polícia, ao resto do cortejo; só dependeria de mim interromper a história do capitão de Jacques e tirar-vos a paciência a meu bel prazer; mas, para isso, seria preciso mentir, e eu não gosto da mentira, a menos que ela seja útil e forçada. O fato é que Jacques e seu amo não mais viram a carroça fúnebre, e que Jacques, ainda inquieto pelo comportamento de seu cavalo, continuou seu relato:

— Um dia os espiões relataram ao major que houve uma viva contenda entre o comandante e o camponês; que, em seguida, saíram, o camponês à frente e o comandante acompanhando-o com pesar, e entraram na casa de um banqueiro da cidade, onde ainda estavam.

Soube-se, na seqüência, que não mais esperavam reverse, e que tinham resolvido duelar até a morte. Sensível aos deveres da mais terna amizade, no exato momento da mais desconhecida ferocidade, meu capitão, que era rico, como já vos disse... Espero, meu senhor, que não me condenareis a terminar a viagem neste animal estranho... Meu capitão, que era rico, exigira de seu camarada que aceitasse uma letra de câmbio no valor de vinte e quatro mil libras, a qual lhe asseguraria do que viver no estrangeiro, caso ele morresse; protestou que não se bateria de modo algum sem esse preliminar. Respondendo à oferta, disse o outro:

— Meu amigo, crês que eu sobreviveria se te matasse?

Saíram da casa do banqueiro; estavam a caminho das portas da cidade quando viram-se cercados pelo major e alguns oficiais. Embora o encontro parecesse um incidente fortuito, nossos dois amigos, nossos dois inimigos, se assim preferirdes chamá-los, não se equivocaram. O camponês deixou-se reconhecer como sendo quem era. Foram passar a noite numa casa afastada. No dia seguinte, ao raiar do sol, meu capitão, depois de ter abraçado seu camarada várias vezes, separou-se dele para sempre. Mal chegou à sua terra, morreu.

O AMO: E quem te disse que morreu?

JACQUES: E o ataúde? E a carroça com as armas do brasão? Meu pobre capitão morreu, não há dúvida.

O AMO: E o padre com as mãos atadas? E as pessoas com as mãos atadas? E os guardas da Fazenda ou os cavaleiros da polícia? E a volta do féretro para a cidade? Teu capitão está vivo, não tenho dúvidas. E de seu camarada, não sabes nada?

JACQUES: A história de seu camarada é uma bela linha do grande pergaminho, ou do que está escrito lá em cima.

O AMO: Espero...

O cavalo de Jacques não permitiu que o amo acabasse; partiu como um relâmpago, estrada a fora, sem desviar nem para a direita, nem para a esquerda. Não se via mais Jacques; o amo, persuadido de que o caminho conduzia às forcas, rebentava de tanto rir. Uma vez que Jacques e seu amo só são bons juntos, e que nada valem separados, não mais do que Dom Quixote sem Sancho e Richardet sem Ferragus (coisa que o continuador de Cervantes e o imitador de Ariosto, Monsenhor Fortiguerra, não compreenderam suficientemente bem)[11], conversemos juntos, leitor, até que eles se encontrem.

Tomareis a história do capitão de Jacques por um conto, e estareis enganado. Asseguro-vos de que a história que ele contou a seu amo é tal e qual o relato que ouvi nos Inválidos, não sei em que ano, no dia de São Luís, à mesa de um certo Sr. de Saint-Étienne, guardião do edifício. O historiador falava na presença de vários outros oficiais da casa que tinham consciência do fato; era um personagem grave,

---

11 - Fortiguerra (1674-1735) compôs um poema heróico-cômico intitulado *Ricciardetto*, traduzido e adaptado para o francês (*Richardet*) por Dumourier em 1766. Esse poema retoma, parodiando, diversos temas de *Rolando furioso* de Ariosto.

sem nenhum aspecto de brincalhão. Repito, portanto, para este momento e os seguintes: sede circunspecto se não quiserdes tomar, neste diálogo entre Jacques e seu amo, o verdadeiro pelo falso e o falso pelo verdadeiro. Agora que fostes advertido, lavo minhas mãos. — Aí estão — dir-me-eis — dois homens extraordinários! — É disso que deveis desconfiar. Primeiramente, a natureza é tão variada, sobretudo nos instintos e nos caracteres, que nada de tão bizarro pode existir na imaginação de um poeta cuja experiência e observação não ofereçam o modelo na natureza. Eu, que vos falo, encontrei o par do *Médico sem querer*, que até hoje considerei a mais louca e alegre das ficções. — O quê? O par do marido a quem a mulher diz: "Tenho três filhos nos braços"; ao que lhe responde: "Põe-nos no chão... Se eles pedem pão, dá-lhes o chicote!" — Precisamente. Eis sua conversa com minha mulher:

— Estais aqui, Sr. Gousse[12]?
— Não, senhora, não. Sou outra pessoa.
— De onde viestes?
— De onde fui.
— O que fizestes por lá?
— Consertei um moinho que funcionava mal.
— A quem pertencia esse moinho?
— Não sei; fui até lá para consertar o moleiro.
— Estais muitíssimo bem vestido em comparação com vossos trajes habituais. Mas por que, sob essa fatiota tão limpa estais a usar uma camisa suja?
— Porque só tenho uma.
— E por que tendes apenas uma?
— Porque só tenho um corpo.
— Meu marido não está, mas isso não vos impedirá de jantar aqui.
— Não mesmo, porque não confiei a vosso marido nem meu estômago, nem meu apetite.
— E vossa mulher, como vai?
— Como lhe apraz; é da conta dela.
— E vossas crianças?

---

12 - Gousse, personagem muito semelhante ao cínico herói de *O Sobrinho de Rameau*, pode ser Louis Goussier (1722-1799), que desenhou muitas das pranchas de gravuras da *Encyclopédie*.

— Maravilhosamente!
— E aquela que tem olhos bonitos, a de aspecto robusto, de pele bonita?
— Bem melhor do que as outras: morreu.
— Estais ensinando-lhes alguma coisa?
— Não, minha senhora.
— O quê? Nem a ler e escrever, nem o catecismo?
— Nem a ler e escrever, nem o catecismo.
— E por quê?
— Porque não me ensinaram nada, e nem por isso sou mais ignorante. Se forem espertos, farão como eu; se forem tolos, aquilo que eu poderia lhes ensinar os faria mais tolos ainda...

Se acaso encontrardes este espécime original, não é necessário conhecê-lo para abordá-lo. Arrastai-o para um cabaré, dizei-lhe o que dele quereis, propondo-lhe que o siga por vinte léguas e ele vos acompanhará. Depois de tê-lo empregado, despedi-o sem um tostão; ele retornará à casa satisfeito.

Já ouvistes falar num certo Prémontval[13] que dava aulas de matemática em Paris? Era amigo dele... Mas talvez Jacques e seu amo já estejam juntos: preferis ir até eles ou ficar aqui comigo?... Gousse e Prémontval dirigiam a escola juntos. Entre os alunos, que se transformavam em multidão, havia uma moça chamada Srta. Pigeon, filha daquele hábil artista que construiu os dois belos planisférios que foram transportados do Jardim do Rei para as salas da Academia de Ciências. Todas as manhãs, a Srta. Pigeon ia para lá com a pasta debaixo do braço e o estojo de matemática na liga. Um dos professores, Prémontval, apaixonou-se pela aluna e, em meio a proposições sobre os sólidos inscritos na esfera, ela acabou tendo um filho de fato. Pigeon pai não era homem de ouvir pacientemente a verdade desse corolário. A situação dos amantes foi se tornando embaraçosa, conferenciavam sobre isso mas, não possuindo nada, absolutamente nada, qual podia ser o resultado de suas deliberações? Chamaram o amigo Gousse em seu socorro. Este, sem dizer palavra, vendeu tudo o que tinha, roupa branca, trajes,

---

13 - Prémontval (1716-1764) foi professor de geometria. Em 1743, casou-se com a Srta. Pigeon, sua aluna.

máquinas, móveis, livros; juntou uma boa quantia, colocou os dois apaixonados numa diligência; acompanhou-os, a toda brida, até os Alpes; lá chegando, esvaziou a bolsa, dando-lhes o pouco dinheiro que lhe restava, abraçou-os, desejou-lhes boa viagem e voltou a pé, pedindo esmolas até Lyon, onde ganhou, pintando as paredes de um claustro de monges, com o que voltar a Paris sem mendigar. — Isso é muito bonito. — Certamente! E depois dessa ação heróica acreditais que pudesse haver em Gousse um grande fundo moral? Muito bem! Mas não vos enganeis, em sua cabeça não havia mais moral do que na cabeça de uma solha. — Impossível. — Mas é verdade. Eu o empreguei. Dei-lhe uma ordem de pagamento no valor de oitenta libras contra meus fregueses; a importância estava escrita em algarismos. O que ele fez? Acrescentou um zero e recebeu oitocentas libras. — Ah! Que horror! Ele não é mais desonesto quando me rouba do que é honesto quando se despoja em favor de um amigo; é um espécime original sem princípios. Aqueles oitenta francos não lhe bastavam; com um traço de pena outorgou-se os oitocentos de que necessitava. E os preciosos livros com que me presenteava? — Que livros?... — Mas e Jacques e seu amo? E os amores de Jacques? — Ah! Leitor, a paciência com que me ouvis prova o pouco interesse que tendes por meus personagens; sinto-me tentado a deixá-los onde estão... Necessitava de um livro precioso, ele arranjou; algum tempo depois, necessitei de outro livro precioso, mais uma vez mo trouxe; quis pagar, recusou-se a dar o preço. Precisei de um terceiro livro precioso. Disse-me:

— Não o tereis, pois falastes demasiado tarde; meu Doutor da Sorbonne morreu.

— E o que há de comum entre a morte de vosso Doutor da Sorbonne e o livro que desejo? Pegastes os outros dois em sua biblioteca?

— Certamente!

— Sem seu consentimento?

— E que necessidade eu tinha dele para fazer uma justiça distributiva? A única coisa que fiz foi dispor melhor os livros, transferindo-os de um lugar onde eram inúteis para outro onde fizesse bom uso deles... — Depois disso, pronunciai-vos sobre o procedimento dos homens! Mas história excelente é a de Gousse com a mulher... Estou a ouvir-vos; já tivestes o bastante dela, em vossa opinião seria melhor nos reunirmos a nossos viajantes. Leitor, tratai-me como a um autômato, isso não é polido; contai os amores de Jacques, não contai os amores de Jacques... — Quero que me faleis sobre Gousse; estou farto... — Sem dúvida, devo chegar à vossa fantasia algumas vezes, mas também devo, outras tantas pensar na minha própria, para não dizer que todo ouvinte que me permite começar um relato compromete-se a ouvir o final.

Disse-vos eu, primeiramente; ora, um "primeiramente" significa, pelo menos, que haja um "em segundo lugar". Em segundo lugar, pois... Ouvi-me, não me ouvis, falarei sozinho... O capitão de Jacques e seu camarada podem ter sido afligidos por um ciúme violento e secreto: este é um sentimento que a amizade nem sempre extingue. Nada é tão difícil de perdoar quanto o mérito. Acaso não receavam uma promoção de favor que pudesse ofendê-los igualmente a ambos? Sem dúvida, procuravam, antes de tudo, desfazerem-se de um concorrente perigoso, e testavam-se para uma oportunidade futura. Mas como fazer semelhante idéia daquele que tão generosamente cede seu posto de comando ao amigo indigente? Ele cede, é verdade, mas se dele tivesse sido privado, talvez o reivindicasse com a ponta da espada. Uma promoção de favor entre militares, quando não honra aquele que dela tira proveito, desonra o rival. Mas deixemos tudo isso de lado, digamos que era seu quê de loucura. Acaso cada um de nós não tem o seu? O dos nossos dois oficiais foi, durante séculos, o de toda a Europa; a isso se chamava espírito de cavalaria. Toda aquela multidão brilhante, armada da cabeça aos pés, decorada com as diversas cores do amor, curveteando em seus cavalos de parada, lança em punho, viseira levantada ou arriada, olhando-se altivamente, medindo-se com os olhos, ameaçando-se, caindo na poeira, juncando o espaço de um vasto campo de torneio com lascas de armas quebradas, eram apenas amigos enciumados do mérito em voga. No momento em que esses amigos mantinham suas lanças em posição, cada um numa extremidade da pista, sulcavam, então, com o aguilhão, os flancos de seus corcéis, e tornavam-se, assim, os mais terríveis inimigos; misturavam-se uns aos outros com o mesmo furor com que teriam se portado num campo de batalha.

Muito bem! Nossos dois oficiais eram apenas dois paladinos nascidos em nosso tempo, mas com os costumes dos antigos. Virtudes e vícios entram e saem de moda. A força do corpo teve seu tempo, bem como a dedicação aos exercícios teve o seu. A bravura ora é mais considerada, ora menos; quanto mais comum, menos vã, menos lhe fazemos o elogio. Segui as inclinações dos homens, e notareis que parecem ter vindo ao mundo muito tarde: são de outro século. Quem nos impediria de crer que nossos dois militares tenham se envolvido nesses diários e perigosos combates unicamente pelo desejo de encontrar o lado fraco do rival e pelo de conquistar superioridade sobre ele? Os duelos se repetem em sociedade sob toda a sorte de formas, entre padres, magistrados, literatos e filósofos; cada posição tem sua lança e seus cavaleiros, e nossas mais respeitáveis e divertidas assembléias são como que pequenos torneios, para onde, às vezes, se levam os criados do amor no fundo do coração, quando não no ombro. Quanto mais espectadores, mais viva a luta; a presença de mulheres eleva ao máximo o calor e a obstinação, e a vergonha de sucumbir na frente delas não é facilmente esquecida.

E Jacques?... Jacques tinha transposto as portas da cidade, atravessado as ruas em meio às aclamações das crianças e chegado ao extremo oposto do bairro, onde seu cavalo atirou-se contra uma portinha bem baixa. Entre o lintel dessa porta e a cabeça de Jacques houve um choque terrível, no qual era necessário ou que se deslocasse o lintel ou que Jacques fosse jogado para trás. Como se pode imaginar, ocorreu a segunda hipótese. Jacques caiu, a cabeça cortada, inconsciente. Sacodem-no, chamam-no à vida com álcool; creio que foi sangrado pelo dono da casa. — Acaso esse homem era o cirurgião? — Não. Enquanto isso seu amo se aproximava, pedindo informação a todos os que encontrava:

— Por acaso não vistes um homem grande e magro montado num cavalo malhado?

— O cavalo acabou de passar, ia como se o diabo o arrastasse; deve ter chegado à casa do dono.

— E quem é ele?
— O carrasco.
— O carrasco?!

— Sim, o cavalo é dele.
— Onde mora o carrasco?
— Muito longe, mas não tenhais o trabalho de ir até lá, eis aí seus criados, que, provavelmente, poderão vos falar do homem magro que procurais, a quem tomamos por um dos serviçais...
Quem falava dessa maneira ao amo de Jacques? Um estalajadeiro, que estava parado à porta; não havia como se enganar: era baixo e gordo como um tonel, usava uma camisa com as mangas arregaçadas até os cotovelos, uma touca de algodão na cabeça, um avental de cozinha na cintura e tinha uma faca na mão.
— Depressa, depressa, uma cama para este infeliz — disse-lhe o amo de Jacques —, um cirurgião, um médico, um boticário... — Enquanto isso, deitavam Jacques a seus pés, cobrindo-lhe a fronte com uma compressa volumosa e enorme; tinha os olhos fechados.
— Jacques?
— Sois vós, meu amo?
— Sim, sou eu; olha-me.
— Não posso.
— O que aconteceu a ti?
— O cavalo! O maldito cavalo! Contarei tudo amanhã, se não morrer durante a noite.
Enquanto o transportavam para o quarto, o amo dirigia a manobra e gritava:
— Cuidado, devagar; devagar, irra! Ireis feri-lo. Tu, que o seguras pelas pernas, para a direita; tu que o seguras pela cabeça, para a esquerda. — E Jacques dizia em voz baixa:
— Então estava escrito lá em cima...
Mal se deitou, adormeceu profundamente. O amo passou a noite à sua cabeceira, tomando-lhe o pulso e umedecendo incessantemente a compressa com água vulnerária. Ao despertar, Jacques o surpreendeu nessa função e disse:
— O que estais fazendo?
O AMO: Velando-te. És meu servidor quando estou doente, mas sirvo a ti quando estás mal.
JACQUES: Fico satisfeito em saber que sois humano; esta não é exatamente a qualidade dos amos em relação a seus criados.

O AMO: Como está a cabeça?
JACQUES: Tão bem quanto o lintel contra o qual lutou.
O AMO: Pega este pano com os dentes e sacode forte... O que sentiste?
JACQUES: Nada; o cântaro parece não ter rachaduras.
O AMO: Tanto melhor. Queres levantar, creio.
JACQUES: E vós, o que quereis que eu faça?
O AMO: Quero que repouses.
JACQUES: Prefiro tomar o café e partir.
O AMO: E o cavalo?
JACQUES: Deixei-o com o dono, homem honesto, galante, que o aceitou de volta pelo mesmo tanto que nos vendeu.
O AMO: Sabes quem é esse homem honesto e galante?
JACQUES: Não.
O AMO: Dir-te-ei quando estivermos na estrada.
JACQUES: E porque não agora? Que mistério há nisso?
O AMO: Com ou sem mistério, que diferença faz tratar desse assunto agora, ou mais tarde?
JACQUES: Nenhuma.
O AMO: Mas precisas de um cavalo.
JACQUES: O hospedeiro talvez não peça muito para ceder um dos seus.
O AMO: Dorme mais um pouco, vou cuidar disso.

O amo de Jacques pediu o café, comprou o cavalo, subiu e encontrou Jacques vestido. Tomaram o café e partiram. Jacques ia reclamando; dizia que seria desonesto ir embora sem antes fazer uma visita de cortesia ao cidadão em cuja porta quase morrera e que tão atenciosamente o socorrera. Seu amo tranqüilizou-o quanto à necessidade de tal delicadeza, assegurando-lhe que havia recompensado muito bem os serviçais que o levaram para o albergue. Jacques achava que o dinheiro dado aos criados não o desobrigava para com o amo, que era assim que se inspirava nos homens o arrependimento e o desgosto pelos benefícios e que se imputava a si mesmo o caráter de um ingrato.

— Meu amo, posso ouvir tudo o que aquele homem diz de mim pelo que eu diria dele, se estivesse em meu lugar e eu no dele...

Estavam saindo da cidade quando encontraram um homem grande e vigoroso, com o chapéu inclinado sobre o

rosto, envergando um traje cujos galões recobriam as costuras; caminhava sozinho, se não considerarmos os dois grandes cães que o precediam. Tão logo Jacques o viu, desceu do cavalo e exclamou:
— É ele! — e, numa questão de instantes, estava atirado ao seu pescoço. O homem com os dois cães parecia estar muito embaraçado com as carícias de Jacques; afastando-o polidamente, dizia-lhe:
— Senhor, estais honrando-me por demais.
— Não! Vos devo a vida e não saberia como vos agradecer por isso.
— Não sabeis quem sou.
— Ora, sois o cidadão prestativo que me socorreu, sangrou e que me fez o curativo quando meu cavalo...
— É verdade.
— Sois o cidadão honesto que recuperou o cavalo pelo mesmo preço que me vendeu...
— É verdade.

Jacques beijou-o nas duas bochechas, seu amo sorriu, os dois cães ficaram em pé com o focinho no ar, como que maravilhados pela cena que assistiam pela primeira vez. Depois de ter acrescentado afetadas reverências às demonstrações de gratidão — as quais seu benfeitor não retribuía — e de fazer reiterados votos de felicidade — os quais foram recebidos friamente —, Jacques montou o cavalo e disse a seu amo:
— Tenho a mais profunda veneração por este homem. Dizei-me quem é ele.

O AMO: E por que, Jacques, ele é tão venerável aos vossos olhos?

JACQUES: Porque para deixar de atribuir importância aos serviços que presta, ele deve ser naturalmente oficioso e deve ter um velho hábito de praticar a caridade.

O AMO: Julgais isso pelo quê?

JACQUES: Pelo aspecto frio e indiferente com que recebeu meus agradecimentos; ele não me saudou, não disse uma palavra, pareceu nunca me ter visto; talvez neste momento pense em si mesmo com um sentimento de desprezo; a caridade deve ser muito estranha àquele viajante, o exercício da justiça lhe deve ser muito penoso, visto que ficou tão tocado... O que há, pois, de tão absurdo no que estou dizendo

para que estejais a rir com tanto dispor?... Qualquer que seja, dizei-me o nome do homem, para que eu o escreva em meu álbum de recordações.
O AMO: De muito bom grado; escrevei.
JACQUES: Podeis dizer.
O AMO: Escrevei: O homem pelo qual tenho a mais profunda veneração...
JACQUES: A mais profunda veneração...
O AMO: É...
JACQUES: É...
O AMO: O carrasco de ***
JACQUES: O carrasco!
O AMO: Sim, sim, o carrasco.
JACQUES: Poderíeis dizer onde está a graça dessa brincadeira?
O AMO: Não estou brincando. Analisai os fatos: necessitáveis de um cavalo, a sorte vos guiou para um passante; ele é um carrasco. Esse cavalo vos conduziu duas vezes ao patíbulo das forcas; na terceira, depositou-vos em casa de um carrasco; caístes lá sem vida: de lá vos levaram para onde? Para um albergue, uma pousada, um abrigo comum. Jacques, conheceis a história da morte de Sócrates?
JACQUES: Não.
O AMO: Ele era um sábio de Atenas. Faz muito tempo que o papel de sábio é perigoso para as pessoas loucas. Seus concidadãos o condenaram a beber cicuta. Muito bem! Sócrates fez o mesmo que acabastes de fazer: tratou o carrasco que lhe deu a cicuta tão polidamente quanto vós. Jacques, sois uma espécie de filósofo, como haveis de convir. Bem sei que essa é uma raça odiosa aos grandes, perante os quais não se curvam; é odiosa aos magistrados, protetores, por causa de sua condição, dos preconceitos que seguem; é odiosa aos padres, que raramente os vêem ao pé dos altares; é odiosa aos poetas, pessoas sem princípios que vêem tolamente a filosofia como o machado das Belas Artes, para nada dizer daqueles que, dentre os poetas, exercitaram-se no odioso gênero da sátira e que não passam de aduladores; é odiosa aos povos desde sempre, tanto para os escravos dos tiranos que os oprimem, quanto para os patifes que os enganam e para os bufões que os divertem. Como podeis ver, reconheço todo o perigo de vossa profissão e toda a importância da

confissão que gostaria de vos ouvir fazer, e não abusarei de vosso segredo. Jacques, meu amigo, sois um filósofo, aflijo-me por vós. Se for permitido ler nas coisas de agora as que devem acontecer um dia, e se o que está escrito lá em cima às vezes se manifesta para os homens muito tempo antes do acontecimento, presumo que vossa morte será filosófica e que recebereis o laço de tão boa vontade quanto Sócrates recebeu a taça de cicuta.

JACQUES: Meu amo, um profeta não diria melhor, mas felizmente...

O AMO: Não acreditais muito nisso, o que dá mais força ainda ao meu pressentimento.

JACQUES: E vós, meu senhor, acreditais?

O AMO: Acredito; e mesmo que não acreditasse, ele teria conseqüências.

JACQUES: Por quê?

O AMO: Porque só há perigo para os que falam, e eu me calo.

JACQUES: E quanto aos pressentimentos?

O AMO: Rio deles, mas vos confesso que tremendo. Alguns têm um caráter tão surpreendente! Desde cedo somos embalados com esses contos! Se vossos sonhos tivessem se realizado cinco ou seis vezes e vos ocorresse sonhar que vosso amigo morreu, pela manhã iríeis bem depressa à casa dele para saber o que aconteceu. Mas os pressentimentos dos quais não podemos nos defender são, sobretudo, aqueles que se apresentam no momento em que a coisa acontece longe de nós, tendo um aspecto simbólico.

JACQUES: Às vezes sois tão profundo e sublime que não vos entendo. Não poderíeis esclarecer-me com um exemplo?

O AMO: Nada mais fácil. Uma mulher vivia no campo com seu marido octogenário que sofria de cálculos renais. O marido deixou a mulher e foi à cidade a fim de se submeter a uma operação. Na véspera da operação escreveu à mulher: "Quando receberdes esta carta, estarei sob o bisturi do Frei Cosme..." Conheces esses anéis de casamento que se separam em duas partes, em cada uma das quais estão gravados o nome do esposo e da mulher. As duas metades desse anel se separaram na hora da cirurgia; a que tinha seu nome ficou no dedo; a que tinha o nome do marido, caiu e quebrou em cima da carta que ela estava lendo... Diz-me, Jacques, crês que exista uma cabeça forte o bastante, uma alma firme o bastante a ponto de não se abalar nem um pouco com semelhante incidente e em semelhante circunstância? A mulher quase morreu. Seus transes duraram até o dia da próxima entrega do correio; o marido lhe escreveu que a operação tinha sido bem sucedida, que estava fora de qualquer perigo e que se gabava de poder abraçá-la antes do fim do mês.

JACQUES: E a abraçou, com efeito?

O AMO: Sim.

JACQUES: Perguntei porque tenho notado que várias vezes o destino é cauteloso. No primeiro momento, costuma-se dizer que mentiu e, no segundo, que disse a verdade. Então, meu senhor, acreditais que estou no caso do pressentimento simbólico e que, contrariamente à vossa vontade, me vedes ameaçado da morte do filósofo?

O AMO: Não posso negar tal coisa mas, para afastar essa triste idéia, não poderias...

JACQUES: Retomar a história de meus amores?

Jacques retomou a história de seus amores. Nós o tínhamos deixado, creio, com o cirurgião.

O CIRURGIÃO: Temo que haja trabalho para mais de um dia nesse joelho.

JACQUES: E que importa se houver trabalho exatamente para todo o tempo que estiver escrito lá em cima?

O CIRURGIÃO: A tanto por dia pelo alojamento, alimentação e tratamento, isso dará uma bela importância.

JACQUES: Doutor, não se trata da despesa correspondente ao tempo todo, mas da despesa diária.

O CIRURGIÃO: Seria muito vinte e cinco soldos?

JACQUES: Muito? Demais! Ora, doutor, sou um pobre diabo: reduzamos a coisa à metade e providenciai o quanto antes minha remoção para vossa casa.

O CIRURGIÃO: Doze soldos e meio não é grande coisa; arredondemos para treze.

JACQUES: Doze e meio, treze... Aceito.

O CIRURGIÃO: E pagareis todos os dias?

JACQUES: É o combinado.

O CIRURGIÃO: É que tenho o diabo de uma mulher, vós a vereis, mas não a leveis a mal.

JACQUES: Doutor, mandai que me removam bem depressa para perto de vosso diabo de mulher.
O CIRURGIÃO: Um mês a treze soldos por dia fazem dezenove libras e dez soldos. Arredondemos para vinte francos?
JACQUES: Vinte francos, que seja.
O CIRURGIÃO: Quereis ser bem alimentado, bem cuidado e prontamente curado. Além da alimentação, alojamento e cuidados, haverá talvez medicamentos, roupa branca...
JACQUES: E daí?
O CIRURGIÃO: Por Deus, tudo isso vale bem uns vinte e quatro francos.
JACQUES: Que sejam vinte e quatro francos, e basta.
O CIRURGIÃO: Um mês a vinte e quatro francos; dois meses fazem quarenta e oito libras; três meses fazem setenta e duas. A doutora ficaria contente se pudésseis adiantar-lhe, na entrada, a metade dessas setenta e duas libras.
JACQUES: Concordo.
O CIRURGIÃO: Ela ficaria mais contente ainda...
JACQUES: Se eu pagasse o trimestre? Pagarei.

Jacques acrescentou: o cirurgião saiu à procura de meus hospedeiros, a fim de preveni-los do nosso arranjo e, um momento depois, o homem, a mulher e as crianças se reuniram junto ao meu leito com ar sereno; acabaram-se as infinitas questões sobre minha saúde e meu joelho, os elogios ao cirurgião, seu compadre e à mulher, acabaram-se os infinitos votos, a afabilidade, o interesse! O zelo em me servir! O cirurgião não lhes tinha dito que eu possuía algum dinheiro, mas conheciam o homem; levar-me-ia para sua casa, já sabiam. Paguei o que devia àquelas pessoas; fiz pequenos regalos às crianças, que o pai e a mãe não deixaram por muito tempo em suas mãos. Era de manhã. O hospedeiro foi para o campo, a hospedeira pôs o cesto nas costas e partiu; as crianças, tristes e descontentes por terem sido espoliadas, desapareceram, e quando chegou a hora de me tirarem do catre, de me vestirem e de arranjarem na padiola, só o doutor estava lá, e ele se pôs a gritar a plenos pulmões, mas ninguém o ouviu.

O AMO: E Jacques, que adora falar sozinho, provavelmente

dizia: "Nunca pagai adiantado se não quiserdes ser mal servido."

JACQUES: Não, não, meu amo; não era hora de moralizar, e sim de ficar impaciente e praguejar. Perdi a paciência, praguejei e, em seguida, moralizei. Enquanto moralizava, o doutor, que me deixara sozinho, voltou com dois camponeses que tratara para o transporte, à minha custa, coisa que não permitiu que eu ignorasse. Esses homens tomaram todos os cuidados preliminares para minha instalação numa espécie de padiola que fizeram com um colchão estendido sobre duas varas.

O AMO: Deus seja louvado! Eis-te em casa do cirurgião, apaixonado pela mulher ou pela filha do doutor.

JACQUES: Meu amo, creio que estais enganado.

O AMO: E achas que passarei três meses em casa do doutor antes de ter ouvido a primeira palavra sobre os teus amores? Ah! Jacques! Isso não pode ser. Faz a graça, rogo-te, de me poupares da descrição da casa, do caráter do doutor, do humor da doutora e dos progressos de tua cura. Pula, pula tudo isso. Ao fato! Vamos ao fato! Eis teu joelho quase curado, estás passando bem e amando.

JACQUES: Então estou amando, dado que tendes tanta pressa.

O AMO: E a quem amas?

JACQUES: Uma grande morena de dezoito anos, bem torneada, com grandes olhos negros, boquinha vermelha, belos braços, lindas mãos... Ah! Meu senhor, lindas mãos!... Essas mãos...

O AMO: Crês que ainda as seguras.

JACQUES: É que vós as pegastes e segurastes mais de uma vez, às escondidas, e só delas dependeu não terdes feito tudo o que vos aprouvesse.

O AMO: Por Deus, Jacques, eu não esperava por isso.

JACQUES: Nem eu.

O AMO: Por mais que eu pense, não consigo me lembrar de uma morena grande, nem de lindas mãos: trata de explicar-te.

JACQUES: Concordo, mas com a condição de voltarmos atrás e de entrarmos na casa do cirurgião.

O AMO: Crês que isso esteja escrito lá em cima?

JACQUES: Sois vós quem ireis dizer; aqui embaixo está escrito que quem *va piano va sano*.¹⁴

O AMO: E quem *va sano va lontano*¹⁵, e eu bem que gostaria de chegar.

JACQUES: Muito bem! O que resolvestes?

O AMO: O mesmo que vós.

JACQUES: Nesse caso, voltemos à casa do cirurgião; estava escrito lá em cima que voltaríamos. O doutor, a mulher e os filhos combinaram muito bem que haveriam de consumir minha bolsa com toda sorte de pequenas rapinas, e nisso logo foram bem sucedidos. A cura de meu joelho parecia muito adiantada, sem o estar, a chaga estava um pouquinho mais fechada e eu podia sair com a ajuda de muletas. Restavam-me ainda dezoito francos. Ninguém gosta mais de falar do que os gagos, ninguém gosta mais de andar do que os mancos. Num belo dia de outono, depois do café, planejei uma longa caminhada; da aldeia onde estava à aldeia vizinha havia mais ou menos duas léguas de distância.

O AMO: E como se chamava essa aldeia?

JACQUES: Se eu disser o nome, adivinhareis tudo. Lá chegando, entrei num cabaré, repousei e refresquei-me. A noite estava chegando, e eu me dispunha a voltar à pousada quando, do lugar onde estava, ouvi uma mulher soltando os gritos mais agudos do mundo. Saí; uma multidão se juntou a seu redor. Ela estava no chão, arrancando os cabelos e, mostrando os cacos de uma grande bilha, dizendo:

— Estou arruinada, estou arruinada por um mês; quem alimentará meus pobres filhinhos nesse período? O intendente, que tem a alma mais dura do que uma pedra, não me perdoará um soldo sequer. Como sou infeliz! Estou arruinada! Estou arruinada!... — Todos a lastimavam; a seu redor eu só ouvia: "pobre mulher!", mas ninguém punha a mão no bolso. Aproximei-me bruscamente e lhe disse:

— O que aconteceu, minha cara?

— O que aconteceu? Não estais vendo, senhor? Mandaram-me comprar uma bilha de óleo: dei um passo em falso, caí, minha bilha se quebrou e aí está o óleo que continha...

— Nesse momento, chegaram os filhos da mulher; estavam

---

14 - "Quem vai devagar, vai bem". Em italiano no original.

15 - "Quem vai bem, vai longe". Em italiano no original.

quase nus e as vestes da mãe mostravam a total miséria da família; a mãe e os filhos começaram a gritar. Vós me conheceis, eu me comoveria com uma coisa dez vezes menos triste; minhas entranhas se moveram de compaixão, lágrimas vieram-me aos olhos. Perguntei à mulher, com a voz entrecortada, quanto havia de óleo em sua bilha.

— Quanto? respondeu-me levantando os olhos. Nove francos, mais do que eu poderia ganhar num mês...

Nesse instante, desamarrando minha bolsa, dei-lhe dois escudos:

— Tomai, minha cara, agora tendes doze... — e, sem esperar seus agradecimentos, retomei o caminho da aldeia.

O AMO: Jacques, fizeste uma bela ação.

JACQUES: Fiz uma tolice; espero não vos decepcionar por causa disso. Não estava a cem passos da aldeia quando disse isso a mim mesmo; ainda não chegara à metade do caminho quando disse a mim mesmo que fizera o melhor que podia ter feito; mas, quando cheguei à casa do cirurgião com o bolso do colete vazio, meu sentimento foi bem diferente.

O AMO: Até que poderias ter razão; meu elogio seria tão descabido quanto tua comiseração... Não, não, Jacques, persisto em meu primeiro juízo: foi o esquecimento de tua própria necessidade que constituiu principal mérito de tua ação. Vejo as conseqüências: vais expor-te à desumanidade de teu cirurgião e da mulher; vão expulsar-te de casa, mas, se estivesses para morrer à porta deles em cima de um monte de estrume, sobre esse estrume estaríeis satisfeito contigo mesmo.

JACQUES: Meu amo, não tenho tanta força. Caminhava de maneira precária e, devo reconhecer, lamentando os dois escudos que havia dado, e estragando com meu lamento a obra que fizera. Encontrava-me no meio do caminho entre as duas aldeias e o dia já se fora completamente, quando três bandidos saíram do mato que margeava a trilha, atiraram-se sobre mim, jogaram-me no chão e, revistando-me, espantaram-se de ver o pouco dinheiro que eu tinha. Contavam com presa melhor; testemunhas da esmola que dera na aldeia, imaginaram que aquele que pode se desfazer tão levianamente de meio luís devia ter pelo menos uns vinte. No furor de verem sua esperança enganada e de se exporem a ter os ossos quebrados num cadafalso por causa de um punhado de soldos marcados, se acaso eu os denunciasse, se fossem pegos e eu os reconhecesse, hesitaram por um momento se me assassinariam ou não. Felizmente, ouviram barulho; fugiram e eu fui deixado com algumas contusões, resultantes da queda e do ataque que recebi quando me roubaram. Quando os bandidos estavam longe, parti; voltei à aldeia como pude. Cheguei às duas horas da madrugada, pálido, desfeito, com a dor no joelho em muito agravada, padecendo em diversos lugares do corpo devido aos golpes que recebera. O doutor... Meu amo, o que tendes? Estais cerrando os dentes, agitado como se estivésseis diante de um inimigo.

O AMO: Estou, com efeito. Tenho a espada na mão; invisto contra teus ladrões e vingo-te. Diz, então, como aquele que escreveu o grande pergaminho pôde escrever que essa seria a recompensa por uma ação generosa? Pois eu, que não passo de um miserável cheio de defeitos, tomo tua defesa, enquanto Ele via tranqüilamente seres atacado, jogado, maltratado; Ele, que dizem ser o conjunto de toda a perfeição!...

JACQUES: Calma, calma, meu amo: o que estais dizendo parece coisa do diabo.

O AMO: O que estás olhando?

JACQUES: Estou vendo se não há ninguém a nosso redor que possa nos ter ouvido... O doutor tomou meu pulso e detectou febre. Deitei-me sem falar da minha aventura, sonhando em meu catre, às voltas com duas almas... Deus! Que almas! Não tinha um soldo, nem a menor dúvida de que, no dia seguinte, ao despertar, exigiriam a paga que tínhamos combinado por dia.

Neste momento, o amo atirou os braços ao redor do pescoço do criado, exclamando:

— Meu pobre Jacques, o que farás? O que será de ti? Tua posição apavora-me.

JACQUES: Tranqüilizai-vos, meu amo, estou aqui.

O AMO: Não pensava nisso; eu estava no outro dia, a teu lado, em casa do doutor, no momento em que acordavas e que vinham exigir-te dinheiro.

JACQUES: Meu amo, na vida não sabemos do que nos alegrar, nem do que nos afligir. O bem traz o mal e o mal traz o bem. À noite andamos sob o que está escrito lá em cima, somos igualmente insensatos em nossos anseios,

alegrias e aflições. Quando choro, freqüentemente penso que sou um tolo.
O AMO: E quando ris?
JACQUES: Também penso que sou tolo, contudo não posso impedir-me de chorar nem de rir: é isso que faz com que eu me enfureça. Tentei cem vezes... Não preguei os olhos durante a noite.
O AMO: Não, não, diz-me o que tentaste fazer.
JACQUES: Zombar de tudo. Ah! Se eu tivesse tido êxito!
O AMO: E isso teria te servido de quê?
JACQUES: Teria servido para me livrar da preocupação, para não ter mais necessidade de nada, para me tornar plenamente senhor de mim, para considerar que minha cabeça está bem tanto em cima de um bloco de pedra numa esquina, quanto sobre um bom travesseiro. Às vezes sou assim, mas o diabo é que isso não prevalece e que, duro e firme como um rochedo nas grandes ocasiões, freqüentemente acontece de uma contradiçãozinha, uma bagatela, atrapalhar-me, então é hora de dar uns bofetões em alguém. Renunciei a isso; decidi ser como sou, e percebi, pensando um pouco, que isso levava à mesma coisa; pude acrescentar a isso: que importa como a gente é? Trata-se de uma resignação mais fácil e cômoda.
O AMO: Certamente é mais cômoda.
JACQUES: Pela manhã, o cirurgião puxou o cortinado e disse:
— Vamos, amigo, onde está o joelho? Estou indo para longe.
— Doutor — respondi-lhe num tom doloroso —, estou com sono.
— Tanto melhor! É bom sinal.
— Deixai-me dormir, não quero saber de curativos agora.
— Não há grande inconveniente nisso, dormi...
Dito isso, fechou o cortinado, mas não adormeci. Uma hora depois, a doutora correu o cortinado e disse:
— Vamos, meu amigo, tratai de comer vossa torrada com açúcar.
— Senhora doutora — respondi-lhe num tom doloroso —, estou sem apetite.
— Comei, comei, não ireis pagar a mais por causa dela.
— Não quero comer.

— Tanto melhor! Irá para as crianças e para mim.

Dito isso, fechou o cortinado, chamou os filhos e ei-los absortos na tarefa de despachar minha torrada com açúcar.

Leitor, se eu fizesse aqui uma pausa para retomar a história do homem que só tinha uma camisa porque só tinha um corpo, bem que eu gostaria de saber o que pensaríeis a respeito. Estou metido num impasse à Voltaire ou, como se diz vulgarmente, num beco sem saída, de onde não sei como sair; entrego-me, por isso, a um conto feito para agradar, a fim de ganhar tempo e de encontrar algum meio de sair da história que comecei. Muito bem, leitor! Não vos agasteis completamente. Sei muito bem que Jacques sairá da angústia e que tudo o que vos direi agora acerca de Gousse, o homem que só tinha uma camisa porque só tinha um corpo, não é de modo algum um conto.

Numa manhã de Pentecostes, recebi um bilhete de Gousse, no qual suplicava-me para visitá-lo na prisão onde estava confinado. Enquanto me vestia, pensava em sua aventura; pensava que seu alfaiate, ou padeiro, ou fornecedor de vinho, ou senhorio tinham obtido e posto em execução uma ordem de prisão contra ele. Cheguei; encontrei-o numa cela comum com outros personagens agourentos. Perguntei-lhe quem eram.

— O velho de óculos no nariz é um homem correto, profundo conhecedor de cálculos; tentou adaptar os registros que copiou às suas próprias operações. É raro conversarmos sobre isso, mas tenho certeza de que logrou êxito.

— E o outro?

— É um tolo.

— Só isso?

— Um tolo que inventou uma máquina que imita dinheiro; máquina ruim, cheia de vícios, tem uns vinte defeitos.

— E o terceiro, que está de libré, a tocar o baixo?

— Está apenas esperando; como seu caso não tem importância, talvez seja transferido para Bicêtre esta noite ou amanhã de manhã.

— E vós?

— Eu? Meu caso tem menos importância ainda.

Depois desta resposta, levantou-se, pôs o gorro em cima da cama e, no mesmo instante, seus três camaradas de prisão desapareceram. Quando entrei, encontrei Gousse com

um roupão, sentado a uma mesinha, traçando figuras geométricas, trabalhando tão tranqüilamente como se estivesse em sua casa. Estávamos a sós.
— E vós, o que fazeis aqui?
— Trabalho, como podeis ver.
— Quem mandou colocar-vos aqui?
— Eu.
— Como?!
— Sim, senhor, eu.
— E como impetrastes a ação?
— Como se impetra uma ação contra qualquer um. Abri um processo contra mim mesmo e, em conseqüência da sentença que obtive contra mim e do decreto que dela se seguiu, fui preso e trazido para cá.
— Estais louco?
— Não, senhor, estou dizendo a coisa tal como ocorreu.
— Não poderíeis abrir um outro processo contra vós mesmo, ganhá-lo e, em conseqüência de outra sentença e de outro decreto, conseguir a liberdade?
— Não, senhor.
Gousse tinha uma criada bonita, que lhe servia de cara metade com mais freqüência do que a própria esposa. Essa partilha desigual perturbara a paz doméstica. Embora nada fosse mais difícil do que atormentar esse homem, que, de todos, era quem menos temia rumores, tomou a decisão de largar a mulher e viver com a criada. Porém, toda sua fortuna consistia em móveis, máquinas, desenhos, ferramentas e outros pertences mobiliários; ele preferia deixar a mulher nua a partir de mãos vazias; por conseqüência, eis o projeto que concebeu: dar títulos de dívida à criada, que exigiria o pagamento, obteria a apreensão de seus pertences e realizaria a venda; eles iriam da ponte Saint-Michel para a residência onde pretendia instalar-se com ela. Encantado com a idéia, emitiu os títulos, assinou; arranjou dois procuradores. Ei-lo correndo da casa de um para a do outro, perseguindo a si mesmo com toda a vivacidade possível, atacando-se bem e defendendo-se mal; ei-lo condenado a pagar a dívida, sob as penas previstas na lei; ei-lo apossando-se, em idéia, de tudo o que podia haver em sua casa. Todavia, a coisa não se passou exatamente assim. Meter-se com uma malandrinha muito astuta que, em vez de

mandar executar a sentença nos bens, lançou-se contra sua pessoa, fê-lo prender e pôr na prisão, de modo que, por estranhas que fossem as justificativas enigmáticas que deu, não eram, entretanto, menos verdadeiras.
Enquanto eu vos narrava essa história que tomáveis por um conto... — E a história do homem de libré que arranhava o baixo? — Leitor, prometo contá-la; palavra de honra, não a perdereis, mas permiti que eu volte a Jacques e seu amo. Jacques e seu amo chegaram a uma pousada onde passariam a noite. Era tarde, a porta da cidade estava fechada, e eles foram obrigados a parar nos arredores. Ouvi um alarido... — Como poderíeis ter ouvido? Não estáveis lá; não é de vós que se está falando. — É verdade. Muito bem. Jacques... seu amo... ouvira um alarido assustador. Vi dois homens... — Não poderíeis ter visto nada; não é de vós que se está falando, não estáveis lá. — É verdade. Havia dois homens à mesa, conversando tranqüilamente à porta do quarto que ocupavam; uma mulher com as duas mãos na cintura vomitava-lhes uma torrente de injúrias, e Jacques tentava acalmar a mulher, que não escutava seus discursos pacificadores com mais atenção que as duas pessoas às quais dirigia suas invectivas.
— Vamos, minha cara, — dizia-lhes Jacques — paciência, tranqüilizai-vos; vejamos, de que se trata? Estes senhores me parecem ser pessoas honestas.
— Eles, pessoas honestas? São brutos, sem piedade, sem humanidade, sem nenhum sentimento. Que mal lhes fez a pobre Nicole para que a maltratassem assim? Talvez ela fique estropiada para o resto da vida.
— Talvez o mal não seja tão grande quanto pensais.
— O golpe foi terrível, estou dizendo; ela ficará estropiada.
— É preciso ver, é preciso mandar buscar o cirurgião.
— Já foram buscá-lo.
— É preciso colocá-la na cama.
— Já pusemos; solta urros de cortar o coração. Minha pobre Nicole!...
Em meio a essas lamentações, num canto tocavam uma campainha e gritavam: — Vinho, minha senhora... — Ela respondia: — Já vai. — Tocavam de outro lado e gritavam: — Roupa branca, minha senhora... — Ela respondia: — Já

vai. — As costeletas e o pato! — Já vai. — Uma moringa, um urinol! — Já vai, já vai. — E, de um outro canto do estabelecimento, um homem arrebatado dizia: — Maldito tagarela! Tagarela raivoso! O que estás querendo? Resolveste me fazer esperar até amanhã? Jacques! Jacques!
A hospedeira, um pouco mais recomposta da dor e da ira, disse a Jacques:
— Deixai-me, senhor, sois boníssimo.
— Jacques! Jacques!
— Depressa! Ah! Se soubésseis dos infortúnios daquela pobre criatura!...
— Jacques! Jacques!
— Ide, pois creio que vosso amo vos chama.
— Jacques! Jacques!
Com efeito, era o amo de Jacques, que tinha se despido sozinho, estava a morrer de fome e impaciente por não ser servido. Jacques subiu e, um momento depois, subiu a hospedeira, com um aspecto verdadeiramente abatido:
— Senhor — disse ao amo de Jacques —, mil perdões; há coisas na vida que não podemos engolir. O que desejais? Tenho frango, pombo, um excelente lombo de lebre, coelho: esta região tem ótimos coelhos. Apreciaríeis uma ave do regato?
Jacques pediu a ceia de seu amo, como se fosse para si, como de costume. Serviram; devorando-a, o amo disse a Jacques:
— E então, que diabo estavas fazendo lá embaixo?
JACQUES: Talvez um bem, talvez um mal: quem sabe?
O AMO: E que bem ou que mal estavas fazendo lá embaixo?
JACQUES: Impedia aquela mulher de ser espancada por dois homens que lá estavam e que quebraram pelo menos um braço de sua criada.
O AMO: Talvez ser espancada tivesse sido para ela um bem...
JACQUES: Por dez razões, umas melhores do que as outras. Uma das maiores felicidades que me aconteceu na vida, a mim que vos falo...
O AMO: Foi ter sido espancado?... Bebamos.
JACQUES: Sim, meu senhor, espancado, espancado numa

estrada, à noite, voltando da aldeia, como vos dizia, depois de ter feito, como penso, a besteira, e como pensais, a bela obra de dar meu dinheiro.
O AMO: Lembro-me... Bebamos... E qual era a origem da querela que apaziguavas lá embaixo, do mau tratamento dado à filha ou à serviçal da hospedeira?
JACQUES: Por Deus, ignoro.
O AMO: Ignoras o cerne do problema e te metes nele! Jacques, isso não é conforme à prudência, nem à justiça, nem aos princípios... Bebamos...
JACQUES: Não sei o que são princípios, senão regras que se prescrevem aos outros em benefício próprio. Penso de uma maneira e não posso evitar agir de outra. Todos os sermões assemelham-se aos preâmbulos dos éditos reais; todos os pregadores gostariam que suas lições fossem praticadas, talvez porque encontraríamos outras melhores para nós; mas, certamente, eles... A virtude...
O AMO: A virtude, Jacques, é uma coisa boa; os maus e os bons dizem o mesmo do bem... Bebamos...
JACQUES: Porque ambos encontram na virtude o que lhes convém.
O AMO: E como ser espancado pôde ter sido para ti uma grande felicidade?
JACQUES: Já é tarde, ceamos bem; estamos ambos cansados, é melhor nos deitarmos.
O AMO: Isso não, a hospedeira ainda nos deve algo. Enquanto esperamos, retoma a história de teus amores.
JACQUES: Onde eu estava? Por favor, meu amo, indicai-me esta e todas as outras vezes em que ponto parei.
O AMO: Encarrego-me disso, e, para começar minha função de ponto, estavas em teu leito, sem dinheiro, em muito impedido do exercício de tua pessoa, enquanto a doutora e os filhos comiam tua torrada com açúcar.
JACQUES: Então ouvimos uma carroça parar à porta da casa. Um criado entrou e perguntou:
— É aqui que mora um pobre homem, um soldado que anda de muletas, que veio ontem à noite da aldeia vizinha?
— Sim — respondeu a doutora —, o que quereis com ele?
— Pô-lo na carroça e levá-lo comigo.
— Ele está na cama, correi o cortinado e falai com ele.

Jacques estava neste ponto quando a hospedeira entrou e disse-lhes:
— O que desejais como sobremesa?
O AMO: O que houver.
Sem se dar ao trabalho de descer, a hospedeira gritou do quarto:
— Nanon, trazei frutas, biscoitos, geléias...
Ao ouvir a palavra *Nanon*, Jacques disse à parte:
— Ah! É a filha que maltrataram. Por muito menos, qualquer um teria se encolerizado...
E o amo disse à hospedeira:
— Estáveis muito zangada agora há pouco, não é?
A HOSPEDEIRA: E quem não se zangaria? A pobre criatura não lhes fez nada; mal entrara em seu quarto, ouvi-a gritar, e que gritos... Obrigada, meu Deus! Estou mais tranqüila; o cirurgião acha que não acontecerá nada; entretanto ela está com duas contusões enormes, uma na cabeça e outra no ombro.
O AMO: Está aqui há muito tempo?
A HOSPEDEIRA: Há uns quinze dias, no máximo. Ela foi abandonada no posto vizinho.
O AMO: Como? Abandonada?
A HOSPEDEIRA: Sim, meu Deus! Há pessoas mais duras que pedra. Pensou que se afogaria atravessando o regato que corre aqui perto; chegou como que por milagre, e eu a recebi por caridade.
O AMO: Que idade ela tem?
A HOSPEDEIRA: Creio que um ano e meio...
Depois dessas palavras, Jacques soltou uma gargalhada e exclamou:
— É uma cadela!
A HOSPEDEIRA: O mais lindo animal do mundo; não daria minha Nicole nem por dez luíses. Pobre Nicole!
O AMO: Tendes bom coração, senhora.
A HOSPEDEIRA: Como dizeis, tenho bom coração: meus animais e criados são testemunhas disso.
O AMO: No que fazeis muito bem. E quem são esses que maltrataram tanto a vossa Nicole?
A HOSPEDEIRA: Dois burgueses da cidade vizinha. Eles cochicham sem parar; imaginam que não sabemos o que dizem e que ignoramos sua aventura. Não faz nem três horas

que estão aqui e já sei de tudo que lhes diz respeito. É engraçado, se não estivésseis mais aflito para vos deitar do que eu, contaria o caso todo, exatamente como o criado o contou à minha serviçal, que, por acaso, descobriu ser sua conterrânea, e que, por sua vez, contou-o a meu marido, que mo contou. A sogra do mais novo dos dois passou por aqui não faz três meses; ia, muito a contragosto, para um convento da província, onde se transformou num monte de ossos velhos; morreu lá, e eis o porquê de nossos dois jovens estarem de luto... Mas eis que, sem perceber, estou a começar a história. Boa noite, meus senhores, boa noite. O vinho estava bom?

O AMO: Muito bom.

A HOSPEDEIRA: Ficastes satisfeitos com a ceia?

O AMO: Muito, embora o espinafre estivesse um pouco salgado.

A HOSPEDEIRA: Às vezes tenho a mão pesada. Dormireis bem e em lençóis lavados na barrela; aqui nunca são usados mais de duas vezes.

Dito isso, a hospedeira retirou-se, e Jacques e seu amo entreolharam-se, já na cama, rindo do qüiproquó que os levara a confundir uma cadela com a filha ou a criada da casa, e da paixão da hospedeira pela cadela perdida de que era dona há somente quinze dias. Enquanto atava o cordão da touca de dormir, Jacques disse ao amo:

— Aposto que, de tudo o que tem vida neste albergue, só Nicole é amada.

Seu amo respondeu:

— Pode ser, Jacques, mas trata de dormir.

Enquanto Jacques e seu amo repousam, cumprirei minha promessa de narrar a história do homem da prisão, o que arranhava o baixo, ou melhor, de seu camarada, o Sr. Gousse.

— Aquele ali — disse-me — é intendente de uma grande casa. Apaixonou-se por uma confeiteira da rua da Universidade. O confeiteiro era um bom homem, olhava o forno mais de perto que a conduta da mulher. Se não era o ciúme, era a assiduidade que perturbava nossos dois amantes. O que fizeram para livrar-se daquele embaraço? O intendente apresentou a seu superior uma petição judicial na qual o confeiteiro era descrito como um homem de maus

costumes, como um ébrio que não saía da taberna, como um bruto que batia na esposa, a mais honesta e infeliz das mulheres. Com essa petição, obteve um mandado de prisão, e este, que dispunha da liberdade do marido, foi posto nas mãos de um agente de polícia, a fim de ser executado sem demora. Por acaso, esse policial era amigo do confeiteiro. De quando em quando iam ao mercador de vinho: o confeiteiro oferecia os pastéis, e o agente pagava a bebida. Este, munido do mandado de prisão, passou na frente da casa do confeiteiro e fez-lhe o sinal combinado. E lá foram os dois a comer e molhar os pastéis no vinho. O policial perguntou ao camarada como iam os negócios:
— Muito bem.
— Há algum problema?
— Nenhum.
— Tens inimigos?
— Se tenho, não os conheço.
— Como convives com os parentes, vizinhos e mulher?
— Em paz e amizade.
— De onde, então — acrescentou o policial — poderia ter vindo a ordem que tenho de prender-te? Se eu cumprisse meu dever, meteria a mão no teu pescoço, haveria um carro bem perto daqui, e eu te conduziria ao lugar prescrito por este mandado de prisão. Toma, lê...
O confeiteiro leu e empalideceu. O policial lhe disse: — Acalma-te, tratemos do que podemos fazer de melhor para minha segurança e a tua. Quem freqüenta tua casa?
— Ninguém.
— Tua mulher é galante e bonita.
— Deixo-a fazer o que quiser.
— Ninguém a está cobiçando?
— Não, por Deus, a não ser um certo intendente que às vezes vem segurar-lhe as mãos, dizer-lhe umas futilidades; mas é em minha loja, na minha frente, na presença de meus filhos, e creio que entre eles não acontece nada que não seja bom e honroso.
— És um bom homem!
— Pode ser, mas o melhor de tudo é crer na honestidade da mulher: é o que faço.
— E esse homem é intendente de quem?
— Do Sr. de Saint-Florentin.

— E de que repartição crês que foi expedido o mandado de prisão?
— Da repartição do Sr. de Saint-Florentin, talvez.
— Exatamente.
— Oh! Comer meus doces, beijar minha mulher e mandar prender-me? Isso é muito sujo, não posso acreditar.
— És um bom homem! Como tens achado tua mulher nos últimos dias?
— Mais triste do que alegre.
— E o intendente, não o vês há muito tempo?
— Vi-o ontem, creio; sim, ontem.
— Não notaste nada?
— Não costumo notar muitas coisas, mas pareceu-me que, ao se separarem, trocavam sinais com a cabeça, como quando um diz sim, e o outro, não.
— Qual cabeça que dizia sim?
— A do intendente.
— Ou eles são inocentes, ou então são cúmplices. Ouve, meu amigo, não volta à tua casa; foge, procura ganhar algumas léguas de segurança, vai ao templo, à abadia, aonde quiseres, deixa-me cuidar disso; sobretudo, lembra-te de...
— De não aparecer e de ficar calado.
— Isso.

No mesmo momento a casa do confeiteiro foi cercada por espiões. Alcagüetes vestidos de todas as maneiras, dirigiram-se à porta da confeiteira e perguntaram pelo marido: a um ela disse que estava doente; a outro, que viajara para participar de uma festa; a um terceiro, que viajara para um casamento. Quando voltaria? Ela não sabia.

No terceiro dia, por volta das duas da manhã, vêm advertir o agente da polícia de que um homem tinha sido visto, com o nariz metido num casaco, abrindo devagar a porta da rua e deslizando suavemente para dentro da casa do confeiteiro.

Imediatamente, o policial acompanhado de um comissário, de um serralheiro, de um fiacre e alguns arqueiros dirigiram-se a seus postos. A porta foi aberta com uma gazua, o policial e o comissário subiram, fazendo o mínimo de ruído. Bateram à porta do quarto da confeiteira: nenhuma resposta; bateram de novo: nenhuma resposta; na terceira vez, perguntaram lá de dentro:

— Quem é?
— Abri.
— Quem é?
— Abri, é da parte do rei.
— Bom! — disse o intendente à confeiteira com quem dormia. — Não há nenhum perigo: é o policial executando a ordem. Abri; darei meu nome, ele se retirará e tudo estará terminado.

A confeiteira, de camisola, foi abrir a porta, logo voltando para sua cama.

O POLICIAL: Onde está vosso marido?
A CONFEITEIRA: Ele não está.
O POLICIAL (correndo o cortinado): Então, quem é este aqui?
O INTENDENTE: Sou eu, o intendente do Sr. de Saint-Florentin.
O POLICIAL: Estais mentindo, sois o confeiteiro, pois é o confeiteiro que dorme com a confeiteira. Levantai-vos e segui-me.

Era preciso obedecer; conduziram-no para cá. O ministro, instruído do ato celerado de seu intendente, aprovou a conduta do policial, que, nesta noite, ao cair do sol, deve transferi-lo para Bicêtre, onde, graças à economia dos administradores, comerá seu quarto de pão ruim, sua onça de carne de vaca e arranhará o baixo da manhã à noite... E se eu também fosse descansar minha cabeça no travesseiro, enquanto aguardo o despertar de Jacques e de seu amo, o que diríeis?

No dia seguinte, Jacques levantou-se muito cedo, pôs a cabeça na janela para ver como estava o tempo, viu que o dia estava detestável, voltou a deitar-se e deixou-nos dormir, ao amo e a mim, o quanto quiséssemos.

Jacques, seu amo e outros viajantes que pararam na mesma pousada pensaram que o céu ia clarear por volta do meio-dia, mas isso não aconteceu; a água da tempestade encheu o riacho que separava o subúrbio da cidade, de modo que era perigoso atravessar, e, então, todos aqueles cujo caminho conduzia para esses lados decidiram perder um dia e esperar. Uns puseram-se a conversar; outros, a andar de um lado para outro, pondo o nariz na porta, olhando para o céu, praguejando ao entrar e batendo o pé; vários

puseram-se a politicar e a beber; muitos, a jogar, e o resto, a fumar, dormir e a nada fazer. O amo disse a Jacques:
— Espero que Jacques retome o relato de seus amores e que o céu, que quer que eu tenha a satisfação de ouvir o final, nos retenha aqui em virtude do mau tempo.
JACQUES: O céu querendo! Nunca se sabe o que o céu quer ou não quer, talvez nem mesmo ele saiba. Meu pobre capitão, que não mais existe, disse-me isso cem vezes; quanto mais eu vivo, mais me convenço de que ele tinha razão... À vossa saúde, meu amo.
O AMO: Estou te ouvindo. Estavas na carroça e no criado, a quem a doutora disse para abrir o cortinado e falar contigo.
JACQUES: Esse criado aproximou-se de meu leito e disse:
— Vamos, camarada, de pé, vesti vossas roupas; partamos.
Dentre os lençóis e as cobertas que envolviam minha cabeça, respondi, sem vê-lo e sem ser visto:
— Quero dormir, camarada, ide.
O criado replicou que tinha ordens de seu amo e que precisava executá-las.
— Acaso esse vosso amo, que dá ordens a um homem que não conhece, mandou pagar o que ele está devendo?
— Esse assunto já está resolvido. Apressai-vos, todos vos esperam no castelo, onde garanto que estareis melhor do que aqui, se futuramente corresponderdes à curiosidade que têm de vós.
Deixei-me persuadir; levantei-me, vesti-me, pegaram-me pelos braços. Dei adeus à doutora e estava subindo na carroça quando a mulher, aproximando-se de mim, puxou-me pela manga e chamou-me a um canto do quarto porque tinha algo a me dizer. Acrescentou:
— Amigo, imagino que não tendes queixa de nós; o doutor vos salvou uma perna, eu cuidei bem de vós e espero que não nos esqueçais quando estiverdes no castelo.
— O que eu poderia fazer por vós?
— Pedir que meu marido seja incumbido de fazer vossos curativos; há muita gente por lá! Ele é o melhor prático da região; sois um homem generoso, pagou-nos prodigamente; nossa fortuna só depende de vós. Várias vezes meu marido tentou introduzir-se nesse meio, inutilmente.

— Mas já não há um cirurgião no castelo, senhora doutora?
— Certamente!
— E se esse outro fosse vosso marido, seria de vosso agrado que o dispensassem, que o expulsassem?
— Esse cirurgião é um homem a quem nada deveis, mas, já a meu marido, creio que deveis alguma coisa: se andais com dois pés como antes, é por obra dele.
— E por que vosso marido me fez um bem, devo fazer mal aos outros? Se ao menos o lugar estivesse vago...
Jacques ia continuar, quando a hospedeira entrou, trazendo nos braços Nicole enfaixada, beijando-a, lamentando-a, acariciando-a e falando-lhe como a um filho:
— Minha pobre Nicole, não deu um só gemido a noite inteira. E os senhores, dormiram bem?
O AMO: Muito bem.
A HOSPEDEIRA: O tempo está piorando.
JACQUES: Estamos agastados com isso.
A HOSPEDEIRA: Ireis para longe, senhores?
JACQUES: Não sabemos.
A HOSPEDEIRA: Estão seguindo caminho atrás de alguém?
JACQUES: Não seguimos ninguém.
A HOSPEDEIRA: Seguis e parais conforme os negócios que tendes no caminho?
JACQUES: Não temos negócios.
A HOSPEDEIRA: Viajais por prazer, meus senhores?
JACQUES: Talvez por castigo.
A HOSPEDEIRA: Faço votos de que seja por prazer.
JACQUES: Vossos votos não fazem a menor diferença; as coisas acontecem de acordo com o que está escrito lá em cima.
A HOSPEDEIRA: Oh! Trata-se de um casamento!
JACQUES: Talvez sim, talvez não.
A HOSPEDEIRA: Cuidado, senhores. O homem que está lá embaixo e que tratou tão rudemente minha pobre Nicole fez um casamento bem extravagante... Vem, pobre animal; vem para eu te beijar; prometo-te que isso não acontecerá mais. Estais vendo como seus membros tremem?
O AMO: E o que há, enfim, de tão singular no casamento desse homem?
À questão do amo de Jacques, a hospedeira respondeu:

— Estou ouvindo barulho lá embaixo, vou dar as ordens e logo voltarei para vos contar tudo...

Seu marido, cansado de gritar: "Mulher, mulher!" sobe, e, atrás dele, seu compadre, sem que ninguém os visse. O hospedeiro disse à mulher:

— Que diabo estais fazendo aqui?...

Depois, voltando-se e notando o compadre, disse:

— Trouxestes meu dinheiro?

O COMPADRE: Não, compadre, bem sabeis que não o tenho.

O HOSPEDEIRO: Não o tendes? Com vossa charrete, cavalos, bois e vossa cama, eu bem seria capaz de fazer algum. Como então, patife?...

O COMPADRE: Não sou patife.

O HOSPEDEIRO: Então o que és? Estás na miséria, não sabes onde arranjar com que semear teus campos; teu arrendador, cansado de te dar adiantamentos, não quer te dar mais nada. Vens a mim; esta mulher intercede, esta maldita tagarela, que é a causa de todas as tolices que já fiz na vida, faz com que eu te empreste; faço-te o empréstimo; prometes pagar-me; faltas-me umas dez vezes. "Oh! Prometo que não faltarei..." Sai daqui...

Jacques e seu amo preparavam-se para interceder pelo pobre diabo, mas a hospedeira, levando o dedo à boca, fez-lhes sinal para se calarem.

O HOSPEDEIRO: Sai daqui.

O COMPADRE: Tudo o que estais a dizer é verdadeiro, como também é verdadeiro que os oficiais de justiça estejam em minha casa, e que, num momento, minha filha, meu menino e eu ficaremos reduzidos cada qual ao seu alforge.

O HOSPEDEIRO: É a sorte que mereces. O que vieste fazer aqui esta manhã? Largo o engarrafamento de meu vinho, subo da adega e não te encontro mais. Sai daqui, já disse.

O COMPADRE: Compadre, eu vim, mas temi pela recepção que me daríeis; recuei e agora me vou.

O HOSPEDEIRO: E farás bem.

O COMPADRE: Eis que minha pobre Marguerite, que é tão ajuizada e bonita, irá para Paris como criada.

O HOSPEDEIRO: Como criada! Em Paris! Queres fazer dela uma infeliz?

O COMPADRE: Não sou eu quem quer, é o homem duro com quem estou falando.

O HOSPEDEIRO: Eu, duro? Não sou assim, nunca fui, sabes muito bem.

O COMPADRE: Não estou mais em condições de alimentar nem minha filha, nem meu filho; ela servirá e ele se alistará.

O HOSPEDEIRO: E eu serei a causa! Não há de ser assim. És um homem cruel, enquanto viveres serás meu suplício. Então, vejamos de quanto precisas.

O COMPADRE: Não preciso de nada. Muito lamento porque vos devo, nunca em minha vida vos devi. Fazeis mais mal ainda com vossas injúrias do que bem com vossos serviços. Se eu tivesse dinheiro, atirava-o em vossa cara, mas não tenho. De minha filha, será o que Deus quiser; meu filho se deixará matar, se preciso; eu mendigarei, mas não na tua porta. Basta de obrigações para com o homem vil que sois. Embolsai o dinheiro de meus bois, cavalos e utensílios; tirai disso bom proveito. Nascestes para criar ingratos, e eu não quero ser mais um. Adeus.

O HOSPEDEIRO: Mulher, ele está indo; não permitas.

A HOSPEDEIRA: Ora, compadre, pensemos num meio de vos ajudar.

O COMPADRE: Não quero vossa ajuda, ela é muito cara...

E o hospedeiro continuava dizendo baixinho à mulher:

— Não o deixes ir, detém-no. A filha em Paris! O filho no exército! Ele na porta da paróquia! Eu não poderia suportar...

Contudo os esforços da mulher eram inúteis; o camponês, que tinha alma, não queria aceitar nada e procurava conter-se. Com lágrimas nos olhos, o hospedeiro dirigia-se a Jacques e seu amo, dizendo-lhes:

— Meus senhores, tentai dobrá-lo...

Jacques e seu amo encarregaram-se dessa parte, enquanto conjuravam o camponês. Se eu nunca tivesse visto...

— Se nunca tivésseis visto! Não estáveis lá... Dizei: Se nunca tivéssemos visto. — Muito bem, que seja. Se nunca tivéssemos visto um homem confundido face a uma recusa, enlevado pela idéia de querer que aceitassem seu dinheiro, esse homem seria o hospedeiro. Ele abraçava a mulher, abraçava Jacques e seu amo e exclamava:

— Vamos expulsar da casa dele esses execráveis oficiais de justiça; façamos isso depressa.

O COMPADRE: Haveis de convir também...
O HOSPEDEIRO: Que estrago tudo; mas compadre, o que queres? Tu estás me vendo como sou. A natureza fez de mim o mais duro e ao mesmo tempo o mais terno dos homens; não sei dar nem recusar.
O COMPADRE: Não poderíeis ser de outro jeito?
O HOSPEDEIRO: Estou numa idade em que ninguém se corrige facilmente, mas se os primeiros que se dirigiram a mim me tivessem tratado com aspereza, como fizeste, talvez eu me tivesse tornado um homem melhor. Compadre, agradeço tua lição, talvez possa aproveitá-la... Mulher, depressa, desce e dá a ele o que for preciso. Que diabo, anda, irra! Anda, vai!... Mulher, peço que te apresses um pouco e que não o faças esperar; logo voltarás a ter com estes senhores, com os quais, parece-me, estavas bem...

A mulher e o compadre desceram; o hospedeiro ficou mais um momento; quando ele se foi, Jacques disse a seu amo:

— Aí está um homem singular! O céu mandou o mau tempo que nos retém aqui porque queria que eu vos contasse meus amores; e agora, o que ele quer?

O amo, espreguiçando-se na poltrona, bocejando, batendo os dedos na tabaqueira, respondeu:

— Jacques, ainda viveremos juntos por mais de um dia, a menos que...

JACQUES: Quereis dizer que, para hoje, o céu quer que eu me cale, e que a hospedeira fale; aquela tagarela não quer outra coisa; que ela fale, então.

O AMO: Estás mal-humorado.

JACQUES: É que eu também gosto de falar.

O AMO: Tua vez chegará.

JACQUES: Ou não chegará.

Estou a ouvir-vos, leitor. Dizeis: — Eis o verdadeiro desenlace do *Carrasco Benfeitor*[16]. — Reconheço. Se acaso fosse o autor, eu teria introduzido nessa peça um personagem que seria tomado como episódico, mas que não o seria de modo algum. Esse personagem seria mostrado às vezes, e sua presença seria motivada. Na primeira vez, viria pedir

---

16 - Comédia de Goldoni (1771) representada com sucesso em Paris.

perdão, mas o temor de uma má acolhida o faria sair antes da chegada de Géronte. Forçado pela irrupção dos oficiais de justiça em sua casa, teria tido, na segunda aparição, coragem de esperar Géronte, mas este se recusaria a vê-lo. No final, eu o teria levado ao desenlace, no qual faria exatamente o papel do camponês com o hospedeiro; como o camponês, ele teria tido uma filha, que se colocaria na casa de uma modista, um filho, que ele tiraria da escola para trabalhar como criado; ele próprio se decidiria a mendigar até que se cansasse de viver. Teríamos visto o Carrasco Benfeitor aos pés deste homem; teríamos ouvido o Carrasco Benfeitor receber a repreensão que merecia e forçado a dirigir-se à família inteira, à sua volta, para ajudá-lo a convencer o devedor e obrigá-lo a aceitar novos auxílios. O Carrasco Benfeitor teria sido punido; prometeria corrigir-se, mas, nesse mesmo momento, recuperaria seu caráter e, perdendo a paciência para com as personagens em cena, que teriam feito delicadezas para entrar em casa, teria dito bruscamente: "Que o diabo carregue as cerim..." Todavia, no meio da palavra, pararia sem mais e, com um tom mais brando, diria às sobrinhas: "Vamos sobrinhas, dêem-me a mão; caminhemos". — E, para que esse personagem tivesse relação com o enredo, teríeis feito dele um protegido do sobrinho de Géronte? — Maravilhoso! — E esse empréstimo teria sido uma afronta do tio ao sobrinho? — Isso mesmo. — E o desenlace dessa agradável peça não teria sido uma repetição geral, com toda a família de corpo presente, do que ele fizera antes com cada um deles em particular? — Tendes razão. — E sempre que eu encontrar o Sr. Goldoni, hei de relatar a cena do albergue. — E fareis bem; é um homem hábil bastante para tirar dela bom proveito.

 A hospedeira entrou com Nicole no colo, como sempre, e disse:

 — Espero que o almoço esteja bom; o caçador clandestino acaba de chegar; o guarda do proprietário das terras não demora...

 Enquanto falava, ia puxando uma cadeira. Ei-la sentada, e a história, começada.

 A HOSPEDEIRA: É preciso desconfiar dos criados de quarto; os amos não têm inimigos piores do que eles...

JACQUES: Não sabeis o que estais dizendo; há bons criados e maus; talvez existam mais criados bons do que bons amos.
O AMO: Jacques, não estais dando ouvidos a vós mesmo; estais cometendo precisamente a mesma indiscrição que vos chocou.
JACQUES: É que os amos...
O AMO: É que os criados...
Muito bem, leitor! Onde estou com a cabeça que não inicio uma violenta querela entre esses três personagens? Por que a hospedeira não é agarrada pelos ombros e jogada por Jacques para fora do quarto? Por que Jacques não é agarrado pelos ombros e expulso pelo amo? Por que cada um não vai para o seu lado? Por que não estais a ouvir nem a história da hospedeira, nem a continuação dos amores de Jacques? Tranqüilizai-vos, eu não farei nada. A hospedeira, então, retomou:
— É preciso convir que existem homens muito maus, que existem mulheres muito más.
JACQUES: E que não é preciso ir longe para encontrá-los.
A HOSPEDEIRA: Por que haveis de vos meter nisso? Sou mulher e convém a mim dizer das mulheres tudo o que me aprouver; não careço de vossa opinião.
JACQUES: Minha opinião tem tanto valor quanto qualquer outra.
A HOSPEDEIRA: Aí está, meu senhor, um criado que se faz de entendido e que vos falta quando dele precisais. Também tenho criados e, se porventura se atrevessem!...
O AMO: Jacques, calai-vos e deixai a senhora falar.
Encorajada pela ordem do amo de Jacques, a hospedeira levantou-se, virou-se para Jacques, pôs as mãos na cintura, esqueceu-se de que estava com Nicole, deixou-a cair, e eis Nicole no ladrilho, toda encolhida, debatendo-se nos cueiros, ladrando a plenos pulmões; eis Jacques a gargalhar dos latidos de Nicole e dos gritos da hospedeira, fungando seu rapé: nada podia conter seu riso. Eis a estalagem inteira em tumulto.
— Nanon, Nanon, depressa, depressa, trazei a garrafa de aguardente... Minha pobre Nicole morreu... Livrai-a dos cueiros... Como sois desajeitado!
— Faço o melhor que posso.

— Como grita! Sai da frente, eu faço... Ela morreu!... Ri bastante, grande pateta; com efeito, há muito do que rir... Minha pobre Nicole morreu!

— Não, minha senhora, não, creio que ela está voltando a si, olhai, está se mexendo.

E lá estava Nanon a esfregar aguardente no focinho da cadela e a fazê-la sorver; lá estava a hospedeira a lamentar-se e a irritar-se com os criados impertinentes, e Nanon a dizer:

— Atenção, minha senhora, ela está abrindo os olhos, está vos olhando.

— Pobre animal, como fala! Quem não se comoveria com isso?

— Acariciai-a um pouco, senhora; respondei-lhe.

— Vem, minha pobre Nicole; geme, minha criança, geme que te alivia. Há uma sorte para os animais e outra para as pessoas; ela manda felicidade aos desocupados rabujentos, gritadores e gulosos, e infelicidade para outros, que podem ser as melhores criaturas do mundo.

— Tendes razão, senhora: aqui embaixo não existe justiça.

— Calai-vos, enrolai-a nos cueiros, colocai-a em meu travesseiro e lembrai de que haveis de me pagar pelo menor gemido. Pobre animal, vem para que eu te abrace mais uma vez antes de te levarem. Aproximai-a, imbecil... Os cães são tão bons; valem mais do que...

JACQUES: Do que pai, mãe, irmãos, irmãs, filhos, criados, esposos...

A HOSPEDEIRA: Mas é claro! Não há motivo para riso. São tão inocentes, tão fiéis, nunca fazem mal, ao passo que o resto...

JACQUES: Vivam os cães! Não há nada mais perfeito sob o céu...

A HOSPEDEIRA: Se houver algo mais perfeito, não é o homem. Eu gostaria que conhecêsseis o cão do moleiro, o namorado da minha Nicole; não há um dentre vós, os homens, a quem ele não faça corar de vergonha. Vem ao amanhecer, de uma distância superior a uma légua; planta-se em frente desta janela, e então começam os suspiros, suspiros de dar dó. Não importa o tempo que faça, ele continua lá; a chuva cai em seu corpo; seu corpo afunda na areia; mal se vêem as orelhas e a ponta do focinho. Faríeis o mesmo pela mulher que mais amásseis?

O AMO: Isso é muito galante.

JACQUES: Por outro lado, onde se poderia encontrar uma mulher tão digna desses cuidados quanto a vossa Nicole?

A paixão da hospedeira pelos animais não era, contudo, sua paixão dominante, como se poderia imaginar; sua paixão dominante era falar. Quanto mais prazer e paciência se demonstrasse ao ouvi-la, mais mérito se tinha; assim, não se fez de rogada ao retomar a história interrompida do casamento singular, mas impôs a condição de que Jacques se calasse. O amo prometeu o silêncio de Jacques. Jacques instalou-se desleixadamente num canto, com os olhos fechados, a touca enterrada até as orelhas, e as costas meio voltadas para a hospedeira. O amo tossiu, cuspiu, assoou-se, tirou o relógio, viu que horas eram, pegou sua tabaqueira, bateu no fecho, cheirou o rapé; a hospedeira impôs a si mesma o dever de desfrutar o delicioso prazer de discursar.

A hospedeira ia começar, quando ouviu sua cadela ganir: — Nanon, acodi logo esse pobre animal... Isso me perturba, não sei onde estava.

JACQUES: Ainda não dissestes nada.

A HOSPEDEIRA: Os dois homens com os quais estava discutindo por causa de minha pobre Nicole, quando chegastes, senhor...

JACQUES: Dizei, senhores.

A HOSPEDEIRA: Por quê?

JACQUES: Porque até agora nos trataram dessa maneira delicada, e porque me habituei a ela. Meu amo chama-me Jacques, os outros, Sr. Jacques.

A HOSPEDEIRA: Não vos chamo nem de Jacques, nem de Sr. Jacques, não estou vos falando... (— *Senhora? — O que é? — Onde está a conta do número cinco? — Olhai no canto da lareira.*) Ambos os dois são bons e gentis homens; vêm de Paris e estão indo para a terra do mais velho deles.

JACQUES: Quem sabe?

A HOSPEDEIRA: Eles que disseram.

JACQUES: Bom motivo para ter certeza!...

O amo fez um sinal para a hospedeira, pelo qual ela compreendeu que o cérebro de Jacques estava confuso. A

hospedeira respondeu ao sinal com um movimento compassivo dos ombros e acrescentou:
— Em vossa idade isso é muito incômodo!
JACQUES: Incômodo é nunca saber para onde se vai.
A HOSPEDEIRA: O mais velho dos dois chama-se Marquês des Arcis. Era um homem galante, amável, que pouco valor dava à virtude das mulheres.
JACQUES: Com razão.
A HOSPEDEIRA: Sr. Jacques, estais a interromper-me.
JACQUES: Sra. hospedeira do *Grand-Cerf*, não estou vos falando.
A HOSPEDEIRA: Entretanto, o Sr. Marquês encontrou uma mulher estranha o bastante para manter sua virtude com rigor. Chamava-se Sra. de La Pommeraye. Era uma viúva de costumes, nascimento, fortuna e alta posição. O Sr. des Arcis rompeu com todas as mulheres de suas relações, apegou-se unicamente à Sra. de La Pommeraye, fez-lhe a corte com a maior assiduidade, empenhou-se na tarefa de provar que a amava, fazendo todos os sacrifícios imagináveis, propôs-se, inclusive, a desposá-la, mas, essa mulher tinha sido tão infeliz com o primeiro marido, que... (— *Senhora!* — *O que é?* — *Onde está a chave do cofre de aveia?* — *Olhai no prego, se não estiver lá, está no depósito.*) que ela preferia antes expor-se a toda sorte de infelicidades que ao perigo de um segundo casamento.
JACQUES: Ah! Se estivesse escrito lá em cima!
A HOSPEDEIRA: Essa mulher vivia em retiro. O Marquês era um velho amigo de seu marido; ela o recebera e continuava a recebê-lo em sua casa. Se lhe fosse perdoado o gosto desenfreado pela galantaria, seria o que se costuma chamar de um homem honrado. A constante perseguição do Marquês, juntamente com suas qualidades pessoais, juventude, figura, maneiras, com as aparências da mais verdadeira paixão, da solidão, do pendor à ternura, numa palavra, de tudo o que faz com que nos entreguemos à sedução dos homens... (— *Senhora!* — *O que é?* — *É o correio.* — *Ponde-o no quarto verde e distribuí como de costume.*) surtiu efeito, e a Sra. de La Pommeraye, depois de ter lutado durante vários meses contra o Marquês e contra si mesma, fez exigências, de acordo com o costume dos mais solenes juramentos, e fez a felicidade do Marquês, que teria

desfrutado a mais doce sorte, se tivesse conseguido manter para com a amante os mesmos sentimentos que jurou ter e que lhe eram retribuídos. Como podeis ver, senhor, só as mulheres sabem amar; os homens não entendem nada disso... (— *Senhora! — O que é? — O Irmão da coleta. — Dá-lhe doze soldos em nome destes senhores que estão aqui, seis soldos em meu nome, e ele que vá aos outros quartos.*) Ao cabo de alguns anos, o Marquês começou a achar a vida da Sra. de La Pommeraye demasiado limitada. Propôs-lhe freqüentar a sociedade: ela concordou; propôs-lhe receber alguns homens e mulheres: ela concordou; propôs-lhe oferecer jantares: ela concordou. Pouco a pouco, ficava um ou dois dias sem vê-la; pouco a pouco, ia faltando aos jantares que marcava; pouco a pouco, ia diminuindo as visitas, os negócios começavam a requisitá-lo: quando chegava, dizia alguma coisa, instalava-se numa poltrona, pegava um livro, punha-o de lado, brincava com o cão ou adormecia. À noite, sua saúde, que se tornara miserável, exigia que ele se retirasse cedo: era a recomendação de Tronchin. "Tronchin é um grande homem! Por Deus, não duvido de que cure facilmente nossa amiga, cujo caso tem impressionado tanto os outros." E, falando assim, pegava a bengala, o chapéu e ia, às vezes esquecendo-se de beijá-la. A Sra. de La Pommeraye... (— *Senhora! — O que é? — O tanoeiro. — Mandai-o à adega para ver os dois tonéis do canto.*) A Sra. de La Pommeraye pressentiu que não era mais amada; só faltava certificar-se disso, e eis o que fez... (— *Senhora! — Estou indo, estou indo.*)

Cansada das interrupções, a hospedeira desceu e, aparentemente, tomou medidas para que cessassem.

A HOSPEDEIRA: Um dia, depois do almoço, ela disse ao Marquês:

— Estais devaneando, meu amigo.
— Também estais distraída, Marquesa.
— É verdade, e com tristeza.
— O que tendes?
— Nada.
— Não é verdade. Vamos, Marquesa, — disse bocejando — contai-me; livrar-vos-ei do tédio e a mim também.
— Estais entediado?
— Não, mas há dias...

— Em que nos entediamos.
— Estais enganada, minha amiga; juro que estais enganada: com efeito, há dias... Não sabemos por que razão...
— Meu amigo, há muito tempo estou tentada a vos fazer uma confidência, mas temo afligir-vos.
— Acaso poderíeis afligir-me?
— Talvez, mas o céu é testemunha de minha inocência...
(— *Senhora! Senhora! Senhora! — Para quem e para o que quer que seja, estais proibido de chamar-me; chamai meu marido. — Ele não está.*) Meus senhores, peço-vos perdão, num momento estarei a vosso dispor.
A hospedeira desceu, subiu e retomou a narração:
— Mas isto ocorreu sem que eu quisesse, à minha revelia, por causa de uma maldição à qual provavelmente toda a espécie humana está sujeita, dado que eu mesma não pude evitar.
— Ah! Vós... Tenho medo... Do que se trata?
— Marquês, trata-se... Estou desolada, vou desolar-vos; pensando bem, creio que é melhor me calar.
— Não, não, minha amiga, falai; guardai um segredo no fundo do coração? Acaso nosso primeiro acordo não foi abrir nossas almas uma para a outra, sem reservas?
— É verdade, e é isso o que me pesa; é uma ressalva que coroa outra, muito mais importante do que a que estou fazendo a mim mesma. Não percebestes que não tenho mais a mesma alegria? Perdi o apetite; só como e bebo por obrigação, não consigo dormir. Nossos amigos mais íntimos me desagradam. À noite, interrogo-me e digo a mim mesma: ele está sendo menos amável? Não. Tendes queixas dele? Não. Teríeis a reprovar-lhe algumas relações suspeitas? Não. Sua ternura por vós diminuiu? Não. Então por que, se vosso amigo é o mesmo, vosso coração mudou? Mudou: não podeis esconder; não mais o esperais com a mesma impaciência; não tendes mais o mesmo prazer em vê-lo; não mais vos inquietais em demasia quando ele tarda a chegar; não sentis mais aquela doce emoção ao ouvir o ruído de sua carruagem, ao ouvi-lo anunciar-se; quando ele chega, não provais mais as mesmas sensações.
— Como! Senhora!...
Então a Marquesa de La Pommeraye cobriu os olhos

com as mãos, abaixou a cabeça e calou-se por um momento. Em seguida acrescentou:
— Marquês, já esperava vosso espanto e todas as coisas amargas que me ireis dizer. Poupai-me, Marquês... Não, não me poupai, dizei-me; ouvirei com resignação, pois assim mereço. Sim, caro Marquês, é verdade... Sim, estou... Mas já não é infelicidade suficiente a coisa ter acontecido; acaso devo acrescentar a ela a vergonha, o desprezo de ser falsa por vos esconder isso? Sois o mesmo, mas vossa amiga mudou, vossa amiga vos venera, vos estima tanto ou mais do que nunca; porém... porém, uma mulher habituada, como ela, a examinar de perto o que acontece nos mais secretos recônditos de sua alma e a não se deixar levar por coisa alguma, não pode esconder de si mesma que o amor acabou. A descoberta é horrível, mas não é menos real. Eu, a Marquesa de La Pommeraye, eu, inconstante, leviana!... Enfureci-vos, Marquês, procurai os mais odiosos nomes; já os atribuí a mim mesma antecipadamente; atribuí-os a mim, estou pronta a aceitar todos, todos, exceto o de mulher falsa, de que, espero, haveis de poupar-me, pois, na verdade, não sou falsa... (— *Mulher! — Que é? — Nada.* — Não se tem um momento de sossego nesta casa, nem nos dias em que não há quase ninguém e que se crê não ter nada a fazer. Uma mulher em minhas condições é de se lamentar, sobretudo com uma besta de marido como o meu!) Dito isso, a Sra. de La Pommeraye jogou-se em sua poltrona e pôs-se a chorar. O Marquês atirou-se a seus pés e disse-lhe:
— Sois uma mulher encantadora, uma mulher adorável, uma mulher sem igual. Vossa franqueza, vossa honestidade confundem-me e deveriam fazer com que eu morresse de vergonha. Ah! Quanta superioridade este momento vos confere! Quão grande vos vejo e quão pequeno me sinto! Se falastes primeiro, eu fui o primeiro culpado. Minha amiga, vossa sinceridade arrebata-me; eu seria um monstro se não me arrebatasse, e vos confesso que a história de vosso coração é, palavra por palavra, a história do meu. Tudo o que pensastes, eu disse a mim mesmo, mas me calava, sofria e não sabia quando teria coragem de falar-vos.
— Verdade, meu amigo?

— Nada mais verdadeiro; só nos resta felicitarmo-nos reciprocamente por termos perdido ao mesmo tempo o sentimento frágil e enganador que nos unia.

— Com efeito, que infelicidade seria o meu amor perdurar, se o vosso acabasse!

— Ou se em mim acabasse primeiro.

— Sinto que tendes razão.

— Nunca me parecestes tão amável, tão bela quanto neste momento; se a experiência do passado não me tivesse tornado circunspecto, creria amar-vos agora mais do que nunca. Falando assim, o Marquês pegava suas mãos e as beijava... (— *Mulher! — Que é? — O vendedor de palha. — Olha no registro. — Onde está o registro?... Fica, fica, encontrei.*) Conservando para si mesma o despeito mortal que a dilacerava, a Sra. de La Pommeraye retomou a palavra e disse ao Marquês:

— Marquês, o que será de nós?

— Não nos enganamos um ao outro; tendes direito a toda minha estima; creio não ter perdido inteiramente o direito à vossa: continuaremos a nos ver, entregar-nos-emos à confiança da mais terna amizade. Todo tédio nos será poupado, bem como todas essas pequenas perfídias, reprovações, todo o mau humor que, comumente, acompanham as paixões que terminam; seremos únicos em nossa espécie. Recuperareis vossa liberdade e devolvereis a minha; viajaremos pelo mundo; serei o confidente de vossas conquistas e não vos esconderei as minhas, se acaso fizer alguma, o que duvido muito, pois fizestes de mim um homem difícil. Será delicioso! Ajudar-me-eis com vossos conselhos, e eu não vos recusarei os meus nas mais perigosas circunstâncias em que acreditardes ter necessidade deles. Quem sabe o que pode acontecer?

JACQUES: Ninguém.

O MARQUÊS: É bastante verossímil que, se eu for, ganharei mais, comparativamente, e voltarei mais apaixonado, ficarei mais terno e convencido do que nunca de que a Sra. de La Pommeraye era a única mulher nascida para me fazer feliz. Quando eu voltar, terei certeza de que ficarei convosco até o fim de minha vida.

— E se não mais me encontrardes quando de vosso retorno? Afinal, Marquês, nem sempre somos justos, e não

seria impossível que eu tomasse gosto, capricho, ou até me apaixonasse por alguém que não chegasse a vossos pés...
— Certamente eu ficaria desolado, mas de modo algum me queixaria; ater-me-ia apenas à sorte, que nos separou quando estávamos unidos e que nos teria reaproximado num momento em que não mais poderíamos nos unir...
Depois dessa conversa, começaram a moralizar acerca da inconstância do coração humano, da frivolidade dos juramentos e do casamento... (— *Senhora!* — *Que é?* — *O coche.*)
— Senhores — disse a hospedeira —, preciso deixar-vos. Esta noite, quando todos os meus afazeres estiverem terminados, voltarei e contarei o resto da aventura, se estais curiosos para saber o fim... (— *Senhora!...* *Mulher!...* *Hospedeira!...* — *Estou indo, estou indo.*)
A hospedeira se foi, o amo disse ao criado:
— Jacques, notaste uma coisa?
JACQUES: O quê?
O AMO: Esta mulher conta muito melhor do que convém a uma mulher de albergue.
JACQUES: É verdade. As freqüentes interrupções das pessoas da casa várias vezes me tiraram a paciência.
O AMO: E a mim também.
Vós, leitor, podeis falar sem dissimulação; não vedes que prosseguimos alegremente, com franqueza? Quereis que deixemos aí a hospedeira tagarela, prolixa e elegante, e retomemos os amores de Jacques? Para mim tanto faz, não estou preso a nada. Quando a mulher subir, Jacques, o tagarela, não fará outra coisa que não retomar seu papel e fechar-lhe a porta no nariz; ficará contente, se puder dizer-lhe pelo buraco da fechadura: "Boa noite, senhora; meu amo está dormindo, vou deitar-me: tereis de contar o resto quando estivermos de partida".
"O primeiro juramento feito entre dois seres de carne e osso foi ao pé de um rochedo que se transformou em pó; a testemunha de sua constância era o céu, que não é o mesmo nem por um instante; tudo, neles e em seu redor, era fugaz; acreditavam que seus corações estavam livres de vicissitudes. Ó crianças! Eternas crianças!..." Não sei de quem são essas reflexões, se de Jacques, de seu amo ou minhas; certo é que são de um dos três e que teriam precedido e

seguido muitas outras, de Jacques, de seu amo ou minhas, até a hora do jantar, depois do jantar, ou até o retorno da hospedeira, se acaso Jacques não tivesse dito a seu amo:

— Meu senhor, todas as grandes sentenças que acabais de proferir são fora de propósito, não valem sequer uma velha fábula das moças casadouras da minha terra.

O AMO: E que fábula é essa?

JACQUES: É a fábula da Bainha e do Punhal. Um dia, a Bainha e o Punhal começaram a discutir, e o Punhal disse à Bainha: — Bainha, minha amiga, sois uma malandra, porque todos os dias recebeis outros Punhais... — A Bainha respondeu ao Punhal: — Meu amigo Punhal, sois um malandro, pois todos os dias mudais de Bainha... — Bainha, não foi isso que me prometestes... — Punhal, vós me enganastes primeiro... — Essa discussão foi levada à mesa; o que se sentou entre a Bainha e o Punhal tomou a palavra e lhes disse: — Vós, Bainha, e vós, Punhal, fizestes bem em mudar, pois a mudança vos seduzia; mas errastes ao prometerdes que não mudaríeis. Punhal, não vede como são loucos certos Punhais que prometem passar a vida à disposição de uma só Bainha? E como são loucas certas Bainhas que prometem se fechar a todos os Punhais? Não pensastes que estáveis quase tão loucos quanto eles, quando jurastes, vós, Bainha, apegar-vos a um único Punhal, e vós, Punhal, apegar-vos a uma só Bainha?

E o amo disse a Jacques:

— Tua fábula não é lá muito moral, mas é divertida. Não sabes a idéia singular que está me passando pela cabeça. Caso-te com nossa hospedeira e procuro descobrir o que um marido que gosta de falar faria com uma mulher que não pára de falar.

JACQUES: Faria o que fiz durante os doze primeiros anos de minha vida, que passei em casa de meu avô e de minha avó.

O AMO: Como se chamavam? Qual era sua profissão?

JACQUES: Eles eram quinquilheiros. Meu avô, Jason, teve vários filhos. Toda a família era séria; levantavam-se, vestiam-se e iam cuidar da vida; voltavam, almoçavam sem dizer uma palavra. À noite, atiravam-se em suas cadeiras; a mãe e as filhas fiavam, costuravam e tricotavam; os meninos repousavam; o pai lia o Velho Testamento.

O AMO: E tu, o que fazias?
JACQUES: Eu corria pelo cômodo com uma mordaça na boca.
O AMO: Com uma mordaça?!
JACQUES: Sim, com uma mordaça; e é a essa maldita mordaça que eu devo a mania de falar. Às vezes se passava uma semana sem que eu abrisse a boca na casa de Jason. Durante toda sua vida, que foi longa, minha avó dissera apenas *chapéus à venda*, e meu avô, sempre às voltas com os balancetes, ereto, com as mãos na sobrecasaca, dissera apenas *um soldo*. Havia dias em que ele ficava tentado a não crer na Bíblia.
O AMO: Por quê?
JACQUES: Por causa das repetições, que ele achava de uma tagarelice indigna do Espírito Santo. Dizia que os repetidores são tolos, que tomam por tolos os que os ouvem.
O AMO: Jacques, e se, para compensar os danos causados pelo longo silêncio que guardaste durante os doze anos com a mordaça em casa de teu avô e durante o tempo que a hospedeira falou...
JACQUES: Eu retomasse a história de meus amores?
O AMO: Não, a outra, que deixaste pela metade, a do camarada de teu capitão.
JACQUES: Meu amo! Tendes uma memória cruel!
O AMO: Meu Jacques, meu querido Jacques...
JACQUES: Do que estais a rir?
O AMO: Do que ainda há de me fazer rir mais de uma vez: ver-te na infância, em casa de teu avô, com uma mordaça na boca.
JACQUES: Quando não havia ninguém, minha avó a tirava, mas, quando meu avô percebia, não ficava nada contente e lhe dizia: "Continuai assim e esse menino será o tagarela mais desenfreado que já existiu". Sua predição realizou-se.
O AMO: Vamos, Jacques, meu querido Jacques, e a história do camarada de teu capitão?
JACQUES: Não me recusarei a contá-la, embora não ireis acreditar em nada.
O AMO: É assim tão maravilhosa?
JACQUES: Não, é que já aconteceu a outro, um militar francês; creio que chamava-se Sr. de Guerchy.

O AMO: Muito bem! Direi como disse um poeta francês, que fizera um excelente epigrama, e que dizia a alguém que, em sua presença, se o gabava de ser autor: "Por que não poderíeis fazê-lo? Eu mesmo fiz, e bem..." Por que a história de Jacques não poderia acontecer ao camarada de seu capitão, se aconteceu ao militar francês Sr. de Guerchy? Contando-me, matarás dois coelhos com uma só cajadada, conhecerei as aventuras dessas duas pessoas, pois as ignoro.
JACQUES: Tanto melhor. Mas jurai-me.
O AMO: Juro.
Leitor, estou tentado a exigir de vós o mesmo juramento, mas peço apenas que noteis uma extravagância no caráter de Jacques, que provavelmente a herdou de seu avô Jason, o quinquilheiro silencioso: ao contrário dos tagarelas, Jacques tinha verdadeira aversão a repetições, embora adorasse falar. Por isso, às vezes, dizia a seu amo:
— Meu senhor, estou me preparando para um triste futuro; o que será de mim, quando eu não tiver mais nada a dizer?
— Recomeçarás.
— Jacques, recomeçar! Lá em cima está escrito o contrário: se acaso acontecesse de eu ter de recomeçar, não poderia deixar de exclamar: "Ah! Se teu avô te ouvisse!...", e eu sentiria saudades da mordaça.
— Queres dizer, daquela mordaça que ele amarrava em tua boca?
JACQUES: No tempo em que se costumava jogar jogos de azar nas feiras de Saint-Germain e Saint-Laurent...
O AMO: Mas estamos em Paris, e o camarada de teu capitão é comandante de uma praça na fronteira.
JACQUES: Por Deus, meu senhor! Deixai-me falar... Vários oficiais entraram numa loja e lá encontraram um outro oficial, que conversava com a dona da casa. Um deles propôs a este jogar o passa-dez, pois é preciso saber que, depois da morte de meu capitão, seu camarada ficou rico e se tornou jogador. Então ele, ou o Sr. de Guerchy, aceitou. A sorte põe o copo dos dados na mão do adversário, que passa, passa, passa, até não mais poder. O jogo esquentou: tinham jogado o todo, o todo do todo, as pequenas e as grandes metades, o grande todo, o grande todo do todo, quando um dos espectadores lembrou-se de dizer, ao Sr. de Guerchy, ou ao

camarada de meu capitão, que seria bom parar por ali e abandonar o jogo, pois estavam em grande vantagem sobre ele. Essa proposta, que não passava de um gracejo, levou o camarada de meu capitão, ou o Sr. de Guerchy a pensar que estava lidando com um trapaceiro. Sutilmente, pôs a mão no bolso, tirou uma faca bem pontuda e, quando seu antagonista levou a mão aos dados para colocá-los no copo, fincou-lhe a faca na mão e cravou-a na mesa, dizendo:
— Se os dados estiverem viciados, sois um patife; se estiverem bons, eu errei...
Os dados estavam bons. O Sr. de Guerchy disse:
— Estou muito desgostoso, ofereço a reparação que preferirdes...
Essa não foi a proposta do camarada de meu capitão; ele disse:
— Perdi meu dinheiro; furei a mão de um homem galante, mas, em troca, recuperei o prazer de duelar quando me aprouver...
O oficial que tivera a mão cravada na mesa, retirou-se e foi fazer o curativo. Depois de medicado, procurou o oficial agressor e pediu-lhe explicações; este, ou o Sr. de Guerchy, considerou o pedido justo. O outro, o camarada de meu capitão, lançou os braços à volta de seu pescoço e disse:
— Eu o esperava com uma impaciência que não seria capaz de exprimir...
Foram duelar; o agressor, o Sr. de Guerchy, ou o camarada de meu capitão, recebeu um golpe de espada que lhe atravessou o corpo. O agredido levantou-se, mandou levarem-no para sua casa e disse:
— Senhor, encontrar-nos-emos outra vez...
O Sr. de Guerchy nada disse; o camarada de meu capitão respondeu-lhe:
— Conto com isso, senhor.
Bateram-se uma segunda vez, uma terceira, até oito ou nove vezes, e o agressor sempre ficou no chão. Ambos eram oficiais distintos, ambos pessoas de mérito; sua aventura provocou rumores; o ministério interferiu. Retiveram um em Paris e fixaram o outro em seu posto. O Sr. de Guerchy submeteu-se às ordens da Corte; o camarada de meu capitão ficou desolado, e essa é a diferença entre dois bravos

homens de caráter: um é prudente, o outro tem um quê de loucura.

Até aqui a aventura do Sr. de Guerchy e do camarada de meu capitão lhes é comum: é a mesma, e eis porque me referi a ambos, compreendestes, meu amo? Agora vou separá-los e só vos falarei do camarada de meu capitão, porque o resto só diz respeito a ele. Ah! Senhor, é aqui que vereis quão pouco somos senhores de nosso destino, e quantas coisas estranhas estão escritas no grande pergaminho! O camarada de meu capitão, ou o agressor, pediu permissão para fazer uma viagem a sua província natal: obteve-a. Seu caminho era por Paris. Tomou assento numa diligência. Às três horas da manhã, o carro passou em frente à Ópera; estavam saindo do baile. Três ou quatro jovens estouvados e mascarados planejaram tomar o café da manhã com os viajantes; ao amanhecer chegaram ao café. Adivinhais quem ficou pasmo? O agredido, ao reconhecer seu agressor. Aquele lhe mostrou a mão, abraçou-o e demonstrou estar encantado pelo feliz encontro. No mesmo instante, foram para trás de um celeiro, empunharam a espada, um de sobrecasaca e o outro de dominó; o agressor, ou o camarada de meu capitão, ficou jogado no chão. O adversário enviou alguém em seu socorro, sentou-se à mesa com os amigos e as outras pessoas da carruagem, bebeu e comeu alegremente. Uns preferiram seguir viagem; outros, voltaram à capital, de máscara, em cavalos de aluguel.

Nesse momento, chegou a hospedeira e pôs fim ao relato de Jacques.

Ei-la no quarto, e eu vos previno, leitor, de que não mais está em meu poder mandá-la de volta. — Por quê? — Porque ela chegou com duas garrafas de champanhe, uma em cada mão, e está escrito lá em cima que todo orador que se apresentar a Jacques com semelhante exórdio necessariamente se fará ouvir.

Ela entrou, pôs as duas garrafas na mesa e disse:

— Vamos, Sr. Jacques, façamos as pazes...

A hospedeira não estava mais na flor da idade; era uma mulher grande e cheia, ágil, de boa aparência, muito robusta, tinha a boca um pouco grande, mas belos dentes, bochechas grandes, olhos no alto da cabeça, a testa quadrada, a mais linda pele, a fisionomia aberta, viva e alegre, um busto no qual a gente poderia se afundar por uns dois dias, braços um pouco fortes, porém soberbas mãos, mãos que se deveriam pintar ou modelar. Jacques a pegou pela cintura e a abraçou fortemente; seu ressentimento nunca resistiu a um bom vinho e a uma bela mulher; isso estava escrito lá em cima, tanto para ele, como para vós, leitor, para mim e muitos outros. Disse ela ao amo:

— Meu senhor, acaso permitiríeis que bebêssemos sozinhos? Pensai bem, se ainda tivésseis cem léguas por fazer, não poderíeis beber coisa melhor pelo caminho.

Falando assim, colocava uma das garrafas entre os joelhos e tirava a rolha; foi com uma diligência singular que cobriu o gargalo com o polegar sem deixar escapar uma gota de vinho.

— Vamos, — disse a Jacques — depressa, depressa, vosso copo.

Jacques aproximou o copo. Afastando um pouco o polegar, a hospedeira deixou entrar ar na garrafa, e eis o rosto de Jacques todo coberto de espuma. Jacques prestou-se à travessura, que fez rir a hospedeira, Jacques e o amo. Beberam alguns tragos, uns em seguida dos outros, para se assegurarem da sabedoria da garrafa; depois a hospedeira disse:

— Obrigada, meu Deus! Estão todos em suas camas, não mais me interromperão, e poderei retomar minha história.

Olhando-a com os olhos cuja vivacidade natural fora acentuada pelo vinho de Champanhe, Jacques perguntou a ela, ou então ao amo:

— Nossa hospedeira foi bela como um anjo, não achais, meu senhor?

O AMO: Foi?! Por Deus, Jacques, ainda é!

JACQUES: Tendes razão, senhor, mas não a estou comparando a outra mulher, e sim a ela mesma quando jovem.

A HOSPEDEIRA: Agora não valho grande coisa; era preciso ver quando me pegavam com os dois primeiros dedos das mãos! Havia quem se desviasse quatro léguas do caminho para pernoitar aqui. Mas deixemos para lá as boas e más cabeças que eu virei e voltemos à Sra. de La Pommeraye.

JACQUES: E se antes tomássemos um trago às más cabeças que a hospedeira virou, ou então à minha saúde?

A HOSPEDEIRA: De muito bom grado! Há saúdes pelas

quais vale a pena beber, incluindo ou não a vossa. Sabeis que durante dez anos fui o recurso, com todo respeito, dos militares? Abriguei muitos deles, que dificilmente poderiam fazer campanha sem mim. Eram pessoas corajosas, e eu não tenho o que me queixar deles, nem eles de mim. Nunca assinaram promissórias; às vezes me fizeram esperar, mas ao cabo de dois, três, quatro anos devolviam meu dinheiro... Depois disso, começou a enumerar os oficiais que lhe deram a honra de esvaziar sua bolsa: o senhor Tal, coronel do regimento... e o senhor Tal, capitão do regimento... e, então, Jacques solta um grito:
— Meu capitão! Meu pobre capitão! Vós o conhecestes?
A HOSPEDEIRA: Se o conheci? Um homem grande, bem-feito, um pouco seco, de aspecto nobre e severo, com o jarrete bem tenso, dois pontinhos vermelhos na têmpora direita. Então servistes?
JACQUES: E como servi!
A HOSPEDEIRA: Estimo-vos ainda mais; deveis conservar ainda as boas qualidades de vosso primeiro emprego. Bebamos à saúde de vosso capitão.
JACQUES: Se é que ele ainda está vivo.
A HOSPEDEIRA: Morto ou vivo, que diferença faz? Acaso um bom militar não é feito para morrer? Depois de dez cercos e cinco ou seis batalhas, ele não deseja avidamente morrer no meio daquela canalha de negros?... Mas voltemos à nossa história e bebamos mais um trago.
O AMO: Por Deus, hospedeira, tendes razão.
A HOSPEDEIRA: Ah! Então faláveis do vinho? Muito bem! Continuais tendo razão. Acaso lembrais onde estávamos?
O AMO: Sim, na conclusão da mais pérfida das confidências.
A HOSPEDEIRA: O Sr. Marquês des Arcis e a Sra. de La Pommeraye abraçaram-se, encantados um pelo outro, e separaram-se. O embaraço da senhora na presença do Marquês transformou-se em dor violenta quando ele partiu. "Então é verdade" — ela exclamou — "que ele não me ama mais!..." Não vos darei os detalhes de todas as extravagâncias que cometemos quando somos abandonadas, pois os julgareis demasiado vãos. Disse-vos que essa mulher tinha altivez, mas ela também era muito vingativa. Quando se acalmaram os primeiros furores, e ela pôde sofrer

tranqüilamente sua indignação, começou a pensar em vingar-se, porém de uma maneira cruel, de uma maneira que assustasse a todos os que, no futuro, se sentissem tentados a seduzir e enganar uma mulher honesta. Vingou-se, e vingou-se cruelmente; sua vingança eclodiu, mas não corrigiu ninguém; nem por isso temos sido menos vilmente seduzidas e enganadas.
  JACQUES: Talvez no caso de outras, mas no vosso!...
  A HOSPEDEIRA: Infelizmente, o meu foi o primeiro! Oh! Como somos tolas! Se ao menos esses vilões ganhassem com a troca! Mas deixemos isso para lá. O que ela fará? Ainda não sabe; pensará; está pensando.
  JACQUES: E, enquanto ela está pensando...
  A HOSPEDEIRA: Bem observado. Mas nossas duas garrafas estão vazias... (— *Jean!* — *Senhora.* — *Traz duas garrafas das que estão lá no fundo, atrás da lenha.* — *Entendido.*) De tanto pensar, eis o que lhe veio à cabeça. A Sra. de La Pommeraye conhecera outrora uma provinciana, trazida a Paris por causa de um processo, com sua filha, bela e bem-educada. Soubera que essa mulher, arruinada com a perda de seu processo, fora obrigada a manter uma casa de tolerância. Em sua casa várias pessoas se reuniam, jogavam, ceavam e, comumente, um ou dois dos convivas ficavam, passando a noite com a senhora ou a senhorita, à escolha. Ela pôs um dos criados no encalço das criaturas. Descobriram-nas com dificuldade e convidaram-nas a visitar a Sra. de La Pommeraye, de quem mal se lembravam. Essas mulheres, que adotaram o nome de Sra. e Srta. d'Aisnon, não se fizeram esperar; a mãe foi no dia seguinte à casa da Sra. de La Pommeraye. Após os primeiros cumprimentos, a Sra. de La Pommeraye perguntou à d'Aisnon o que ela fizera e que estava fazendo desde a perda do processo.
  — Para vos falar com sinceridade — respondeu d'Aisnon —, ocupo-me de um ofício perigoso, infame, pouco lucrativo e que me desagrada, mas a que a necessidade obriga. Eu estava praticamente decidida a pôr minha filha na Ópera, mas ela tem, quando muito, uma vozinha de câmara e sempre foi uma dançarina medíocre. Durante e depois de meu processo, levei-a a casas de magistrados, homens poderosos, prelados, financistas; todos dispunham dela por um tempo e depois a largavam. Não que ela não seja bela como um

anjo e que não tenha graça e fineza; porém é desprovida de qualquer espírito de libertinagem, não possui nenhum desses talentos apropriados para despertar o langor dos homens embotados. Ofereço os jogos e a ceia; à noite, quem quiser ficar, fica. Contudo, o que mais nos prejudicou foi ela ter cismado com um abadezinho de condição nobre, ímpio, incrédulo, dissoluto, hipócrita, antifilósofo, cujo nome não declinarei; ele é o último dos que, para chegar ao episcopado, escolheram o caminho que, ao mesmo tempo, é o mais seguro e o que menos talento exige. Não sei em que ele fazia minha filha acreditar, entretanto ia ao seu encontro todas as manhãs, a fim de ler as sátiras que escrevera durante o almoço, o jantar e a rapsódia. Será ele bispo ou não? Felizmente estão afastados. Certo dia, tendo minha filha lhe perguntado se conhecia aqueles contra os quais escrevia, o abade respondeu que não; perguntou-lhe então se tinha outros sentimentos, além dos que ridicularizava, e o abade respondeu que não; ela se deixou levar por sua vivacidade e lhe disse que seu papel era o do pior e mais falso dos homens.

A Sra. de La Pommeraye perguntou se elas eram muito conhecidas.

— Até demais, infelizmente.

— Pelo que vejo, não tendes muito apreço por vossa condição.

— Nenhum, e todos os dias minha filha protesta que a mais infeliz das condições lhe parece preferível à sua; por causa disso, anda numa melancolia que acaba afastando de si...

— E se me desse na cabeça oferecer a ambas a mais brilhante das sortes, concordaríeis?

— Concordaria com coisa muito menor.

— Contudo, trata-se de saber se podeis prometer-me acatar o rigor dos conselhos que vos darei.

— Sejam quais forem, podeis contar conosco.

— Estareis às minhas ordens quando me aprouver?

— Nós as esperaremos impacientes.

— Isso basta; voltai para casa; não tardareis a recebê-las. Enquanto esperais, desfazei-vos dos móveis, vendei tudo, não conservai sequer os vestidos, se forem vistosos: eles não se adequariam aos meus propósitos.

Jacques, que começava a interessar-se, disse à hospedeira:

— E se bebêssemos à saúde da Sra. de La Pommeraye?

A HOSPEDEIRA: De bom grado.
JACQUES: E à saúde da Sra. d'Aisnon?
A HOSPEDEIRA: Está bem.
JACQUES: E não recusaríeis um brinde à saúde da Srta. d'Aisnon, que tem uma linda voz de câmara, pouco talento para a dança e uma melancolia que a reduz à triste necessidade de aceitar um novo amante a cada noite...
A HOSPEDEIRA: Não riais, a coisa é cruel. Se soubésseis o suplício que é quando não se ama...
JACQUES: À saúde da Srta. d'Aisnon, por causa de seu suplício.
A HOSPEDEIRA: Bebamos.
JACQUES: A senhora hospedeira ama o marido?
A HOSPEDEIRA: Não de outra maneira.
JACQUES: Então sois digna de lástima, pois ele me parece gozar de boa saúde.
A HOSPEDEIRA: Nem tudo o que reluz é ouro.
JACQUES: À boa saúde de nosso hospedeiro.
A HOSPEDEIRA: Bebei sozinho.
O AMO: Jacques, Jacques, meu amigo, devagar!
A HOSPEDEIRA: Não temei, meu senhor, ele é leal e amanhã não aparecerá por aqui.
JACQUES: Já que ele não aparecerá por aqui amanhã, e que esta noite não dou muita importância à minha razão, mais um brinde, meu amo, minha hospedeira! Um brinde à saúde de alguém que tocou fundo meu coração, à saúde do abade da Srta. d'Aisnon.
A HOSPEDEIRA: Irra, Sr. Jacques! Um hipócrita, ambicioso, ignorante, caluniador, intolerante! Creio que é assim que se costumava chamar aqueles que de bom grado degolavam qualquer um que não pensasse como eles.
O AMO: O que a senhora hospedeira não sabe é que Jacques, que cá está, é uma espécie de filósofo e que dá muita importância a todos esses idiotazinhos que desonram a si mesmos e à causa que advogam tão mal. Ele disse que seu capitão os chamava de o antídoto de pessoas como Huet, Nicole e Bossuet[17]. Ele nada entendia disso, e vós, menos ainda... Vosso marido está deitado?

---

17 - Pierre Daniel Huet (1630-1721), prelado e erudito; Pierre Nicole (1625-1695), autor de *Ensaios de Moral* (1671-1678); Jacques Bénigne Bossuet (1627-1704), prelado, escritor e orador sacro.

A HOSPEDEIRA: Há um bom tempo!
O AMO: E ele vos deixa conversar assim, desta maneira?
A HOSPEDEIRA: Nossos maridos estão habituados à contrariedades... A Sra. de La Pommeraye subiu em sua carruagem, passou pelos recantos mais afastados do bairro da d'Aisnon, alugou um pequeno apartamento numa casa honesta, nas vizinhanças da paróquia, mandou mobiliá-lo da forma mais simples, convidou a d'Aisnon e sua filha para almoçar e as instalou no mesmo dia, ou alguns dias depois, deixando-lhes um sumário da conduta a seguirem.
JACQUES: Hospedeira, esquecemos de brindar à saúde da Sra. de La Pommeraye e à do Cavaleiro des Arcis. Ah! Isso não está certo!
A HOSPEDEIRA: Bebei, bebei, Sr. Jacques: a adega está cheia. Eis o sumário da conduta, ou o que dele me recordo:
— Não freqüentar passeios públicos, pois não convém que vos descubram.
— Não receber ninguém, nem mesmo vizinhos e vizinhas, pois cumpre aparentar o mais profundo recolhimento.
— A partir de amanhã, usar o traje de devotas, pois deveis ser consideradas como tal.
— Não ter em casa senão livros de devoção; nada deve vos trair.
— Ir, com a maior assiduidade possível, aos ofícios da paróquia, tanto nos dias de festa como nos dias de trabalho.
— Freqüentar o parlatório de algum convento; a tagarelice das reclusas nos será útil.
— Travar estreito conhecimento com o cura e os padres da paróquia, pois posso ter necessidade de seu testemunho.
— Não receber habitualmente nenhum deles.
— Pelo menos duas vezes por semana ir ao confessionário e receber os sacramentos.
— Retomar vosso nome de família, porque é honesto e porque, cedo ou tarde, procurar-se-ão informações em vossa província.
— De quando em quando dar pequenas esmolas; não receber nada, sob pretexto algum. Cumpre que não vos considerem nem pobres nem ricas.
— Fiar, costurar, tricotar, bordar e oferecer às senhoras de caridade todos os vossos trabalhos, para serem vendidos.

— Viver na maior sobriedade, com duas porçõezinhas de albergue e só.
— Vossa filha nunca sairá sem vós, nem vós sem ela. Não deveis desprezar nenhum dos meios que vos edifiquem com pouca despesa.
— Sobretudo, nunca receber em casa, repito, padres, monges ou devotas.
— Sair às ruas com os olhos baixos; na igreja, ver apenas Deus.
— Concordo que essa vida é austera, mas não durará muito tempo e eu vos prometo a mais notável recompensa. Pensai bem, refleti: se esse sacrifício vos parece acima de vossas forças, confessai-me, não ficarei ofendida, nem surpresa. Esqueci de dizer-vos que seria conveniente que vos acostumásseis à verborréia mística e que as histórias do Velho e do Novo Testamento vos fossem familiares, a fim de que sejam vistas como devotas de longa data. Tornai-vos jansenistas ou molinistas, como preferirdes; contudo, melhor será, antes, saber o partido do cura. Nunca deixai de vos incitar contra os filósofos, de qualquer maneira e em todas as ocasiões; exclamai que Voltaire é o anticristo, decorai a obra de vosso abadezinho, vendei-a pelas ruas, se for preciso...

E a Sra. de La Pommeraye acrescentou:
— De modo algum irei vos ver em vossa casa, pois não sou digna do comércio de mulheres tão santas; não vos afligi: às vezes vireis aqui clandestinamente e, num pequeno grupo, compensaremos esse regime penitente. Contudo, ao desempenhar vosso papel de devotas, não vos mostreis tolhidas. As despesas de vossa casinha só dizem respeito a mim, se houver algum problema que não tenha sido causado pelas senhoras, sou bastante rica para vos assegurar uma sorte honesta e melhor do que a condição que sacrificastes por mim. Sobretudo, submissão, submissão absoluta e ilimitada à minha vontade: sem isso não respondo por nada no presente e a nada me comprometo no futuro.

O AMO (Batendo em sua tabaqueira e olhando no relógio que horas eram): Eis uma terrível mente de mulher! Deus me guarde de encontrar uma semelhante!

A HOSPEDEIRA: Calma, calma, ainda não a conheceis bem.

JACQUES: E se, enquanto esperamos, minha bela, encantadora hospedeira, déssemos uma palavrinha à garrafa?
A HOSPEDEIRA: Sr. Jacques, meu vinho de Champanhe embeleza-me aos vossos olhos.
O AMO: Há muito tempo estou ansioso para vos fazer uma pergunta, indiscreta talvez, mas que não consigo mais conter.
A HOSPEDEIRA: Pois fazei.
O AMO: Estou certo de que não nascestes numa estalagem.
A HOSPEDEIRA: É verdade.
O AMO: E que, por circunstâncias extraordinárias, fostes trazida para cá de uma condição mais elevada.
A HOSPEDEIRA: É certo.
O AMO: E se suspendêssemos a história da Sra. de La Pommeraye por um instante...
A HOSPEDEIRA: Impossível. De bom grado conto as aventuras dos outros, mas não as minhas. Sabei apenas que fui educada em Saint-Cyr, onde li pouco os Evangelhos e muitos romances. Da abadia real à hospedaria que possuo, há muita distância.
O AMO: Basta, fazei de conta que eu não disse nada.
A HOSPEDEIRA: Enquanto nossas duas devotas se edificavam e o bom odor de sua piedade e da santidade de seus costumes se espalhava pelas redondezas, a Sra. de La Pommeraye observava, junto ao Marquês, as demonstrações exteriores da estima, da amizade e da mais perfeita confiança. Sempre bem vindo, nunca repreendido, nem agastado, mesmo depois de longos períodos de ausência, ele lhe contava todas as suas singelas e boas fortunas, e ela parecia francamente se divertir. Dava-lhe conselhos nas ocasiões em que o sucesso era difícil; às vezes, deixava escapar palavras como, por exemplo, *casamento*, mas num tom tão casual, que não se poderia imaginar que fosse empregado em interesse próprio. Se o Marquês lhe dirigia algumas daquelas propostas ternas e galantes das quais ninguém pode se abster perante uma mulher que já se conheceu; ela sorria ou então deixava que cessassem. Fingia que seu coração estava cordato, mas o que nunca imaginara é que sentiria que um amigo assim lhe bastaria à felicidade da vida; além disso, ela não

estava mais na flor da idade, e seus gostos estavam enfraquecidos.

— O quê?! Nada tendes a confiar-me?

— Não.

— Mas e o condezinho, meu amigo, que tão vivamente vos acossava em meu reinado?

— Fechei-lhe a porta, não o vejo mais.

— Que extravagância! Por que o afastastes?

— Porque ele não me agrada.

— Ah! Senhora! Creio que estou a adivinhar vossos pensamentos: ainda me amais.

— Pode ser.

— Estais contando com um retorno.

— Por que não?

— E estais dispondo de todas as vantagens de uma conduta incensurável.

— Creio que sim.

— E se eu tivesse a felicidade ou a infelicidade de retornar, transformaríeis em mérito o silêncio que guardastes acerca de meus erros?

— Seria considerar-me por demais delicada e generosa.

— Minha amiga, depois do que fizestes, não existe nenhuma sorte de heroísmo de que não sejais capaz.

— Vosso juízo não me desagrada.

— Por Deus! Estou correndo enorme perigo convosco, tenho certeza.

JACQUES: E eu também.

A HOSPEDEIRA: Fazia mais ou menos três meses que estavam no mesmo ponto, quando a Sra. de La Pommeraye percebeu que já era hora de pôr seus trunfos na mesa. Num belo dia de verão, esperando o Marquês para o almoço, mandou dizer à d'Aisnon e à filha que fossem ao Jardim do Rei[18]. O Marquês compareceu; serviram na hora certa; almoçaram; almoçaram alegremente. Depois do almoço, a Sra. de La Pommeraye sugeriu ao Marquês que dessem um passeio, se não houvesse nada mais agradável a fazer. Naquele dia não havia Ópera, nem Comédia; foi o Marquês que

---

18 - Atualmente, o Jardim das Plantas. No Gabinete do Rei ficava exposta uma coleção de estampas, gravadas a mando de Luís XIV em 1670.

fez essa observação. Para compensar um espetáculo divertido com um espetáculo útil, quis o acaso que ele próprio convidasse a Marquesa para ver o Gabinete do Rei. O convite não foi recusado, como podeis imaginar. Eis os cavalos atrelados; lá se vão. E eis que chegam ao Jardim do Rei; ei-los em meio à multidão, olhando tudo e não vendo nada, como os outros. Leitor, esqueci-me de pintar o panorama dos três personagens de que vimos tratando: Jacques, seu amo e a hospedeira. Que falta de atenção! Vós os ouvistes falar, mas não os vistes: antes tarde do que nunca. À esquerda está o amo, de touca, roupão, displicentemente esparramado numa grande poltrona de tapeçaria, com o lenço jogado no braço da poltrona e a tabaqueira na mão. Ao fundo, em frente à porta perto da mesa, está a hospedeira, com o copo à sua frente. À direita dela está Jacques, sem chapéu, com os dois cotovelos apoiados na mesa, e a cabeça inclinada entre as duas garrafas: as outras duas estão no chão, a seu lado.

— Ao sair do Gabinete, o Marquês e sua boa amiga passearam no jardim. Seguiam pela primeira aléia à direita de quem entra, perto da Escola de Arboricultura, quando a Sra. de La Pommeraye soltou um grito de surpresa, dizendo:

— São elas, se não me engano; sim, são elas mesmas.

Imediatamente, deixou o Marquês e foi ao encontro de nossas duas devotas. A d'Aisnon filha estava estonteante, com um vestido simples, que, por não chamar a atenção, concentrava todos os olhares em sua pessoa.

— Ah! É a senhora?

— Sim, sou eu.

— Como tendes passado? O que foi feito de vós todo esse tempo?

— Conheceis nossos infortúnios. Como imaginais, tivemos de nos resignar a eles: é preciso viver em conformidade com poucas posses; assim como é preciso sair da sociedade, quando nela não se pode mais figurar decentemente.

— Mas abandonar a mim, que não sou de sociedade e que sempre tive o bom senso de considerá-la tão enfadonha quanto é!

— Um dos inconvenientes do infortúnio é a desconfiança que inspira: os indigentes temem ser importunos.

— Vós, importunas para mim! Essa suposição é uma grande injúria.
— Senhora, sou completamente inocente, lembrei-vos à mamãe umas dez vezes, mas ela dizia: Sra. de La Pommeraye... Minha filha, não há mais ninguém que pense em nós.
— Que injustiça! Assentemo-nos, vamos conversar. Este é o Sr. Marquês des Arcis, meu amigo; sua presença não vos perturbará. Como a senhorita cresceu! Como ficou bonita desde a última vez que nos vimos.
— Nossa posição tem isto de vantajoso: priva-nos de tudo o que prejudica a saúde. Olhai o rosto dela, os braços; eis o que se deve à vida frugal e regrada, ao sono, ao trabalho e à boa consciência; é alguma coisa...

Sentaram-se, conversaram amigavelmente. A d'Aisnon mãe falou muito, a d'Aisnon filha falou pouco. O tom de devoção passava de uma para a outra, com naturalidade, sem carolice. Muito antes do cair da noite, nossas duas devotas levantaram-se. Observaram-lhes que ainda era cedo; a d'Aisnon mãe disse bem alto, ao ouvido da Sra. de La Pommeraye, que ainda tinham que cumprir um exercício de piedade e que lhes era impossível ficar por mais tempo. Já estavam a alguma distância, quando a Sra. de La Pommeraye censurou-se por não lhes ter pedido o endereço e por não lhes ter dado o seu: "É um erro" — acrescentou — "que eu não cometerei de novo". O Marquês correu para repará-lo; aceitaram o endereço da Sra. de La Pommeraye, mas, apesar das insistências do Marquês, não foi possível obter o delas. Ele não ousou oferecer-lhes o carro, confessando à Sra. de La Pommeraye que havia ficado tentado a isso.

O Marquês não deixou de perguntar à Sra. de La Pommeraye quem eram aquelas duas mulheres:
— São duas criaturas mais felizes que nós. Pode-se ver isso pela boa saúde de que gozam, pela serenidade de seus rostos, pela inocência, pela decência que emanam de suas palavras! Isso não é visto, nem ouvido em nossos círculos. Lamentamos os devotos; eles nos lamentam: pensando bem, estou inclinada a crer que têm razão.
— Mas, Marquesa, acaso estaríeis tentada a vos tornar devota?

— Por que não?
— Cuidado, eu não gostaria que nossa ruptura, se é que se trata de uma ruptura, vos levasse a tanto.
— Preferiríeis que eu reabrisse minha porta ao condezinho?
— Mil vezes.
— É mesmo essa a vossa opinião?
— Sem titubear...
A Sra. de La Pommeraye disse ao Marquês o que sabia sobre o nome, a província, a condição primeira e o processo das duas devotas, pondo nisso todo o interesse e todo o patético possível. Depois acrescentou:
— São duas mulheres de raro mérito, sobretudo a filha. Haveis de concordar que, com uma figura como a dela, não careceria de nada, se se quisesse transformá-la num recurso; contudo preferiram uma modicidade honesta a uma facilidade vergonhosa; o que lhes resta é tão parco, que, na verdade, não sei como fazem para sobreviver. Trabalham dia e noite. Uma multidão de homens pode suportar a indigência quando nela nasceram, mas, passar da opulência ao mais estritamente necessário, contentar-se com isso e aí encontrar felicidade, é coisa incompreensível para mim. Eis para que serve a religião. Por mais que nossos filósofos falem mal, a religião é uma coisa boa.
— Sobretudo para os infelizes.
— E quem não é um pouco infeliz?
— Quero morrer se vierdes a vos tornar devota.
— Grande infelicidade! Esta vida é tão pouca coisa quando comparada à eternidade vindoura!
— Já estais falando como um missionário.
— Falo como uma mulher persuadida. Respondei-me seriamente, Marquês: acaso todas as nossas riquezas não seriam pobres muletas aos nossos olhos, se estivéssemos mais compenetrados da espera dos bens e do temor das penas de uma outra vida? Corromper uma moça ou uma mulher afeiçoada ao marido, com a crença de que se pode morrer em seus braços e, num instante, cair em suplícios sem fim: convenhamos, isso seria o mais incrível delírio.
— Entretanto acontece todos os dias.
— Aturdimo-nos porque não temos fé.
— Nossas opiniões religiosas têm pouca influência em

nossos costumes. Minha amiga, juro que estais a encaminhar-vos a largos passos para o confessionário.

— Era o melhor que eu poderia fazer.

— Vamos, estais louca; ainda tendes uns vinte anos de lindos pecados a cometer: não deixai de cometê-los; em seguida haveis de arrepender-vos e de gabar-vos deles aos pés do padre, se isso vos convier... Eis uma conversa muito séria; vossa imaginação se obscurece furiosamente: é o efeito dessa abominável solidão em que vos enterrastes. Acreditai-me, lembrai-vos o mais cedo possível do condezinho, não mais vereis o diabo, nem o inferno, e ficareis encantadora como outrora. Temeis que eu vos censure por isso, se porventura nos reconciliarmos; mas, em primeiro lugar, talvez não nos reconciliemos, e por uma apreensão bem ou mal fundada estais a privar-vos do mais doce dos prazeres; na verdade, a honra de valer mais do que eu não compensa o sacrifício.

— O que dizeis é verdade, contudo não é por isso que me retenho...

Disseram ainda muitas outras coisas de que não me lembro.

JACQUES: Hospedeira, bebamos um trago: refresca a memória.

A HOSPEDEIRA: Bebamos um trago... Depois de algumas voltas pelas aléias, a Sra. de La Pommeraye e o Marquês subiram no carro. A Sra. de La Pommeraye disse:

— Como ela me envelheceu! Quando veio para Paris, não era maior que um pé de couve!

— Estais falando da filha dessa senhora que encontramos no passeio?

— Sim. É como um jardim onde as rosas murchas dão lugar às rosas novas. Observastes?

— Naturalmente.

— O que achastes dela?

— Tem a cabeça de uma virgem de Rafael no corpo da *Galatéia*[19]; além disso, tem uma doçura na voz!

— E uma modéstia no olhar!

---

19 - *Galatéia na água* ou *O triunfo de Galatéia* (1511), célebre afresco (295 x 225 cm.) de Rafael, pintado na Sala de Galatéia, do palácio Farnesino, Roma.

— E uma conveniência na postura!
— E uma decência na conversa que nunca me espantou tanto numa moça quanto nessa. Eis o efeito da educação.
— Quando é preparada por um belo natural.
O Marquês deixou a Sra. de La Pommeraye à porta de sua casa. Ela imediatamente foi testemunhar às nossas devotas quão satisfeita estava pela maneira como desempenharam seu papel.
JACQUES: Se continuarem como começaram, Sr. Marquês des Arcis, ainda que fôsseis o diabo, não havereis de vos livrar dessa.
O AMO: Bem que eu gostaria de saber qual o projeto delas.
JACQUES: Eu ficaria muito agastado: estragaria tudo.
A HOSPEDEIRA: Desse dia em diante, o Marquês tornou-se mais assíduo em casa da Sra. de La Pommeraye, que se apercebeu do fato sem lhe perguntar a razão. Ela nunca era a primeira a falar das duas devotas; esperava que se encetasse a conversa, coisa que o Marquês costumava fazer com impaciência e indiferença mal simuladas.
O MARQUÊS: Vistes vossas amigas?
A SRA. DE LA POMMERAYE: Não.
O MARQUÊS: Sabeis que isso não está certo? Sois rica, elas estão na penúria, e nem mesmo as convidais para comer de vez em quando.
A SRA. DE LA POMMERAYE: Acreditava que vós, Marquês, me conhecêsseis um pouco melhor. Antigamente, o amor dava-me virtudes; hoje, a amizade dá-me defeitos. Convidei-as dez vezes, sem que em nenhuma delas obtivesse êxito. Recusam-se a vir à minha casa, alegando com idéias singulares; quando as visito, sou obrigada a deixar minha carruagem na entrada da rua e ir em trajes comuns, sem pintura nem diamantes. Não devemos nos espantar muito com sua circunspecção: um falso boato bastaria para alienar o espírito de um certo número de pessoas benévolas e privá-las de sua ajuda. Marquês, talvez custe caro fazer o bem.
O MARQUÊS: Sobretudo para os devotos.
A SRA. DE LA POMMERAYE: Dado que o mais leve pretexto basta para dispensá-los disso. Se soubessem que me interesso por elas, logo diriam: a Sra. de La Pommeraye as

protege, não têm necessidade de nada... E eis suprimidas as esmolas.

O MARQUÊS: Esmolas?

A SRA. DE LA POMMERAYE: Sim, senhor, esmolas!

O MARQUÊS: Então o fato de as conhecerdes não impede que vivam de esmolas?

A SRA. DE LA POMMERAYE: Mais uma vez, Marquês, estou vendo que não gostais de mim, e que uma boa parte de vossa estima se foi com vossa ternura. Quem vos disse que é minha culpa essas senhoras terem necessidade das esmolas da paróquia?

O MARQUÊS: Perdão, senhora, mil perdões... Mas que razão há para se recusar a benevolência de uma amiga?

A SRA. DE LA POMMERAYE: Ah! Marquês! Nós, pessoas da sociedade, estamos bem longe de conhecer as delicadezas escrupulosas das almas tímidas, que crêem não poder aceitar indistintamente a ajuda de qualquer pessoa.

O MARQUÊS: É tirar de nós o melhor meio de expiar nossas loucas dissipações.

A SRA. DE LA POMMERAYE: De modo algum. Suponhamos, por exemplo, que o Sr. Marquês des Arcis fosse tocado de compaixão por elas; o que ele não faria para prestar seu auxílio através de mãos mais dignas?

O MARQUÊS: E menos seguras.

A SRA. DE LA POMMERAYE: É possível.

O MARQUÊS: Dizei-me, se eu lhes enviasse uns vinte luíses, acreditais que elas recusariam?

A SRA. DE LA POMMERAYE: Tenho certeza; essa recusa vos pareceria fora de propósito para uma mãe que tem uma filha encantadora?

O MARQUÊS: Sabeis que estou tentado a procurá-las?

A SRA. DE LA POMMERAYE: Imagino. Marquês, Marquês, cuidado! Eis um movimento de compaixão súbito e bastante suspeito.

O MARQUÊS: Não importa, elas me receberiam?

A SRA. DE LA POMMERAYE: Certamente que não! Com o estrondo causado pelo luxo de vosso carro, vestes, criados e pelos encantos de vossa jovem pessoa, não seria preciso muito mais para se tornarem objeto do cacarejo dos vizinhos e vizinhas, nem para perdê-las.

O MARQUÊS: Estais magoando-me, pois certamente não são

essas as minhas intenções. Então é preciso renunciar a ajudá-las e a vê-las?
A SRA. DE LA POMMERAYE: Creio que sim.
O MARQUÊS: Mas, e se eu fizesse meu auxílio chegar a elas por vosso intermédio?
A SRA. DE LA POMMERAYE: Não creio que esse auxílio seja bastante puro para encarregar-me dele.
O MARQUÊS: Como sois cruel!
A SRA. DE LA POMMMERAYE: Sim, cruel: é a palavra certa.
O MARQUÊS: Que visão! Marquesa, estais zombando de mim. Uma moça que só vi uma vez...
A SRA. DE LA POMMERAYE: Entretanto, pertencente ao pequeno número daquelas que não se esquecem depois de vistas!
O MARQUÊS: É verdade que essas idéias sempre nos acompanham.
A SRA. DE LA POMMERAYE: Marquês, cuidado... estais procurando desgostos; prefiro ter de proteger-vos a consolar-vos. Não confundi estas senhoras com aquelas que conhecestes: elas não se parecem com ninguém, não se pode tentá-las, nem seduzi-las e menos ainda aproximar-se delas; não ouvem ninguém; nada se consegue com elas.

Depois dessa conversa, o Marquês lembrou-se repentinamente de que tinha um negócio importante; levantou-se bruscamente e saiu preocupado.

Durante um bom intervalo de tempo, o Marquês não passou quase nenhum dia sem visitar a Sra. de La Pommeraye; quando chegava, sentava-se e ficava em silêncio. A Sra. de La Pommeraye falava sozinha; ao cabo de um quarto de hora, o Marquês levantava-se e ia embora.

Em seguida, desapareceu por completo durante quase um mês, período após o qual ressurgiu, contudo triste, melancólico e pálido. Ao vê-lo, a marquesa lhe disse:

— Como estais abatido! De onde saístes? Passastes esse tempo todo num sanatório?

O MARQUÊS: Por Deus, faltou pouco. Precipitei-me numa horrível libertinagem, por desespero.
A SRA. DE LA POMMERAYE: Como? Por desespero?
O MARQUÊS: Sim, por desespero...
Dito isso, pôs-se a andar em todas as direções e sentidos, sem dizer uma palavra; ia até a janela, olhava o céu, parava

diante da Sra. de La Pommeraye; ia até a porta, chamava os criados, aos quais nada tinha a dizer; mandava-os embora; entrava; voltava à Sra. de La Pommeraye, que trabalhava, fingindo nada perceber; ele queria falar, não ousava; enfim, a Sra. de La Pommeraye teve pena e lhe disse:
— O que tendes? Estamos sem nos ver há quase um mês e reapareceis aqui com esse ar de desterrado, rondando pela sala como uma alma penada!
O MARQUÊS: Não posso mais me conter, preciso dizer-vos tudo. Fiquei vivamente afetado pela filha de vossa amiga; tenho tudo e tudo faço para esquecê-la; quanto mais faço, mais me lembro dela. Aquela criatura angélica está me obcecando; tendes de prestar-me um serviço importante.
A SRA. DE LA POMMERAYE: Qual?
O MARQUÊS: Absolutamente careço vê-la, e tendes obrigação de ajudar-me. Pus meus espiões em campo, a cada ida e vinda de sua casa à igreja, da igreja à casa. Dez vezes postei-me a pé em seu caminho; sequer me perceberam; inutilmente fiquei plantado à sua porta. Primeiramente, tomaram-me por alguém tão libertino quanto um sagüi; depois, tão devoto quanto um anjo. Não faltei à missa uma só vez em quinze dias. Ah! Minha amiga! Que figura! Como é bela!...
A Sra. de La Pommeraye sabia de tudo:
— Quereis dizer que — respondeu ao Marquês — depois de terdes feito tudo para vos curar, nada omitistes para enlouquecer e que esta última solução venceu?
O MARQUÊS: E eu não saberia exprimir até que ponto venceu. Não tendes compaixão de mim? Não deverei somente a vós a felicidade de revê-la?
A SRA. DE LA POMMERAYE: A coisa é difícil. Ocupar-me-ei dela, mas com uma condição: tereis de deixar aquelas infelizes sossegadas, tereis de parar de molestá-las. Não esconderei que, com amargura, escreveram-me sobre vossa perseguição, eis a carta...
A carta exibida ao Marquês tinha sido combinada por elas. Parecia que a d'Aisnon filha a escrevera a mando da mãe. Nela puseram tudo o que é honesto, doce, tocante, elegante e espirituoso, tudo o que poderia virar a cabeça do Marquês. Desse modo, ele acompanhava cada palavra com

uma exclamação; não havia uma frase que não relesse; chorava de alegria e dizia à Sra. de La Pommeraye:
— Convenhamos, senhora, ninguém sabe escrever melhor.
A SRA. DE LA POMMERAYE: Concordo.
O MARQUÊS: A cada linha nos sentimos penetrados pela admiração e respeito que se devem às mulheres desse caráter!
A SRA. DE LA POMMERAYE: É possível.
O MARQUÊS: Dei minha palavra; mas tentai, suplico, não faltar com a vossa.
A SRA. DE LA POMMERAYE: Na verdade, Marquês, sou tão louca quanto vós. Pelo que vejo, ainda conservais um terrível domínio sobre mim; isso me assusta.
O MARQUÊS: Quando a verei?
A SRA. DE LA POMMERAYE: Não sei. Primeiramente cumpre que nos ocupemos dos meios para arranjar a coisa e evitar qualquer suspeita. Elas não podem ignorar vossos olhares; eis a cor que minha complacência teria a seus olhos, se acaso imaginassem que estou agindo em conluio convosco. Entretanto, Marquês, cá entre nós, que necessidade tenho de meter-me nesse embaraço? Que me importa se a amais ou não? Não vedes que estais exagerando? Deveríeis livrar-vos sozinho de tudo isso. O papel que me pedis para fazer é demasiado singular.
O MARQUÊS: Minha amiga, se me abandonardes estarei perdido! Não por mim, pois vos ofenderia, mas por essas interessantes e dignas criaturas que vos são tão caras, juro que estarei perdido! Vós me conheceis, poupai-lhe todas as loucuras de que sou capaz. Irei à casa delas; sim, irei, previno-vos; forçarei sua porta e entrarei contra sua vontade, sentar-me-ei, não sei o que direi, o que farei. Então, não tendes nada a temer pelo estado violento em que me encontro?
— Notai, senhores — disse a hospedeira —, que, do começo desta aventura até agora, o Marquês des Arcis não disse uma palavra que não fosse uma punhalada no coração da Sra. de La Pommeraye. Ela estava estourando de indignação e raiva; por isso, respondeu ao Marquês com uma voz trêmula e entrecortada:
— Tendes razão. Ah! Se eu tivesse sido amada como ela,

talvez... Passemos por cima disso... Não é por vós que agirei, mas ao menos espero, Sr. Marquês, que me deis tempo.

O MARQUÊS: O menor, o menor possível.

JACQUES: Ah! Hospedeira, que diabo de mulher! Lúcifer não é pior. Estou tremendo, preciso beber um trago para me tranqüilizar... Vou beber sozinho?

A HOSPEDEIRA: Não estou com medo... A Sra. de La Pommeraye dizia: "Estou sofrendo, mas não sozinha. Homem cruel! Ignoro qual será a duração de meu tormento, mas eternizarei o teu..." Manteve o Marquês quase um mês na espera da entrevista que lhe prometera, isto é, deu-lhe tempo bastante para padecer, embriagar-se muito e, sob o pretexto de amenizar a imensidão da demora, deu-lhe permissão de falar de sua paixão.

O AMO: E de fortalecê-la ao falar dela.

JACQUES: Que mulher! Que diabo de mulher! Hospedeira, meu terror redobrou.

A HOSPEDEIRA: Então, o Marquês passou a conversar diariamente com a Sra. de La Pommeraye, que acabava irritando-o, endurecendo-o e perdendo-o por meio dos mais artificiosos discursos. Ele tomava informações sobre a pátria, nascimento, fortuna e desastre das mulheres; incessantemente voltava ao assunto e nunca se considerava suficientemente instruído e tocado. A Marquesa fazia com que notasse o progresso de seus sentimentos, familiarizava-o com as conseqüências, sob pretexto de lhe inspirar pavor.

— Marquês — dizia ela —, cuidado, isso ainda vai levar-vos longe; pode acontecer que um dia minha amizade, de que estranhamente abusais, não me desculpe nem aos meus olhos, nem aos vossos. Não que não façamos as maiores loucuras todos os dias. Marquês, receio muito que só podereis obter a moça sob condições que, até o momento, não mostraram ser de vosso agrado.

Quando a Sra. de La Pommeraye percebeu que o Marquês estava bem preparado para o sucesso de seu plano, combinou com as duas mulheres um almoço em sua casa e combinou com o Marquês que, para dar-lhes o troco, as surpreenderia em trajes de campo: foi executado.

Estavam servindo o segundo prato, quando anunciaram o Marquês. O Marquês, a Sra. de La Pommeraye e as duas

d'Aisnon desempenharam, com superioridade, o papel de embaraçados. Disse ele à Sra. de La Pommeraye:
— Senhora, estou chegando de minhas terras, é muito cedo para voltar à casa, onde sou esperado esta noite; atrevi-me a pensar que não me recusaríeis o almoço...
E, falando, pegou uma cadeira e sentou-se à mesa. Tinham disposto os talheres de tal maneira que ele ficou ao lado da mãe e em frente da filha. Com uma piscadela, agradeceu à Sra. de La Pommeraye a delicada atenção. Depois do choque do primeiro instante, nossas duas devotas se tranqüilizaram. Conversaram, chegou a ser alegre. O Marquês deu maior atenção à mãe, tratando a filha com a mais reservada polidez. Para as três mulheres, era um divertimento secreto e muito agradável ver os escrúpulos do Marquês em nada falar e em nada permitir-se que pudesse assustá-las. Elas fizeram a desumanidade de obrigá-lo a falar sobre devoção durante três horas seguidas; a Sra. de La Pommeraye lhe dizia:
— Vossos discursos fazem o elogio de vossos pais maravilhosamente bem; as primeiras lições que recebemos nunca se apagam. Entendeis todas as sutilezas do amor divino, como se tivésseis tido o próprio São Francisco de Sales como alimento da alma. Já não fostes um pouco quietista?
— Não me recordo mais...
Inútil dizer que, na conversação, nossas devotas puseram tudo o que tinham de graça, argúcia, sedução e fineza. De passagem, tocaram no capítulo das paixões, e a Srta. Duquênoi (era este seu nome de família) achou que não havia uma única que não fosse perigosa. O Marquês era de sua opinião. Entre seis e sete horas, as duas mulheres se retiraram, sem que fosse possível detê-las; a Sra. de La Pommeraye concordava com a Sra. Duquênoi: era preciso dar prioridade ao dever, sem o que não haveria quase nenhum dia cuja doçura não fosse alterada pelo remorso. E lá se foram, para grande tristeza do Marquês, e ei-lo frente a frente com a Sra. de La Pommeraye.

A SRA. DE LA POMMERAYE: Muito bem, Marquês! Então não sou boníssima? Duvido que encontreis em Paris uma mulher que faça o que fiz.

O MARQUÊS *(Atirando-se aos pés da senhora):* Concordo,

não há uma que se assemelhe a vós. Vossa bondade me confunde: sois a única verdadeira amiga que existe no mundo.
A S<small>RA</small>. <small>DE</small> L<small>A</small> P<small>OMMERAYE</small>: Estais certo de dar sempre o mesmo valor ao meu procedimento?
O <small>MARQUÊS</small>: Eu seria um monstro de ingratidão se o depreciasse.
A S<small>RA</small>. <small>DE</small> L<small>A</small> P<small>OMMERAYE</small>: Mudemos de assunto. Qual é a situação de vosso coração?
O <small>MARQUÊS</small>: Será necessário confessar-vos com franqueza? Se não possuir aquela moça, morrerei.
A S<small>RA</small>. <small>DE</small> L<small>A</small> P<small>OMMERAYE</small>: Sem dúvida a tereis, mas é preciso saber como.
O <small>MARQUÊS</small>: Veremos.
A S<small>RA</small>. <small>DE</small> L<small>A</small> P<small>OMMERAYE</small>: Marquês, Marquês, conheço-vos e as conheço: já vi tudo.

Durante quase dois meses o Marquês ficou sem aparecer em casa da Sra. de La Pommeraye; sei de seus passos nesse intervalo de tempo. Travou conhecimento com o confessor da mãe e da filha. Era um amigo do abadezinho de que vos falei. Esse padre, depois de ter posto todas as dificuldades hipócritas que podiam levar a uma intriga desonesta, e depois de ter vendido o mais caro possível a santidade de seu ministério, prestou-se a tudo a que quis o Marquês.

A primeira perversidade desse homem de Deus foi alienar a boa vontade do cura, persuadindo-o de que as duas protegidas da Sra. de La Pommeraye obtinham esmolas da paróquia enquanto indigentes mais lastimáveis do que elas eram privados da caridade. Seu objetivo era levá-las à realização de seu intento por meio da miséria.

Em seguida, trabalhou no tribunal da confissão, a fim de dividir mãe e filha. Quando ouvia a mãe queixar-se da filha, agravava os erros desta e incitava o ressentimento da outra. Se era a filha a queixar-se da mãe, insinuava que o poder dos pais e das mães sobre os filhos era limitado, e que, se a perseguição da mãe chegasse a um determinado ponto, não seria totalmente impossível poupá-la da autoridade tirânica. Depois, dava-lhe a penitência de voltar e confessar-se.

Em outra ocasião, falou-lhe de seus encantos, mas com habilidade: um dos mais perigosos presentes que Deus podia dar a uma mulher. Falou sobre a impressão que esses encantos tinham causado num homem honesto, cujo nome não declinaria, mas que não era difícil adivinhar. Passava desses assuntos à misericórdia infinita do céu e à sua indulgência para com as faltas a que certas circunstâncias levavam; falava da fraqueza da natureza, cujo perdão cada um encontra em si mesmo; falava da violência e da generalidade de certas tendências, das quais nem os homens mais santos estavam isentos. Em seguida, perguntou se ela não tinha desejos, se o temperamento não lhe falava em sonhos, se a presença dos homens não a perturbava. Em seguida, levantou a questão: uma mulher devia ceder ou resistir a um homem apaixonado, e deixar morrer ou danar-se aquele pelo qual Jesus Cristo verteu seu sangue: ele não ousava decidir. Depois, dava profundos suspiros; levantava os olhos para o céu, rogava pela tranqüilidade das almas aflitas... A moça o deixava falar. Sua mãe e a Sra. de La Pommeraye, às quais fielmente reproduzia as conversas com o diretor, sugeriram-lhe confidências que tendessem a encorajá-lo.

JACQUES: Essa Sra. de La Pommeraye é uma mulher má.

O AMO: É fácil falar, Jacques. De onde provém sua maldade? Do Marquês des Arcis. Tu o estás transformando naquilo que ele jurou ser, no que deveria ser, mas tenta encontrar algum defeito na Sra. de La Pommeraye. Quando estivermos viajando, tu a acusarás, e eu me encarregarei de defendê-la. Entrego-te esse padre vil e sedutor, faz dele o que quiseres.

JACQUES: Ele é um homem tão ruim, que, depois dessa história, creio que nunca mais me confessarei. E a senhora, hospedeira?

A HOSPEDEIRA: Eu cá continuarei a visitar meu velho cura, que não é curioso e ouve somente o que se diz.

JACQUES: E se bebêssemos à saúde de vosso velho cura?

A HOSPEDEIRA: Desta vez vos acompanho, pois ele é um bom homem que, em todos os domingos e dias de festa, deixa moças e rapazes dançarem e permite que homens e mulheres venham à minha casa, conquanto não saiam bêbados. À saúde de meu cura!

JACQUES: À saúde do cura!

A HOSPEDEIRA: Nossas mulheres não duvidavam de que o homem de Deus se arriscaria a enviar uma carta à penitente, o que foi feito, e com que discrição! Não sabia de quem era; não duvidava que fosse de uma alma benévola e caridosa que, tendo descoberto sua miséria, oferecia-lhe ajuda; dizia que muito freqüentemente mandava auxílios semelhantes. "Em suma, senhorita, sois prudente, a senhora vossa mãe também, e exijo que esta carta seja aberta em sua presença." A Srta. Duquênoi aceitou a carta e deu-a à mãe que, imediatamente, mandou entregar à Sra. de La Pommeraye. Esta, munida do papel, mandou chamar o padre, encheu-o de censuras, que bem merecia, e ameaçou denunciá-lo aos superiores, se ouvisse falar dele outra vez.

Depois de ter repreendido o padre, a Sra. de La Pommeraye chamou o Marquês; mostrou-lhe quão indigna sua conduta fora para um homem galante, até que ponto ela podia ser comprometida; mostrou-lhe a carta e protestou que, apesar da terna amizade que os unia, não podia abster-se de levá-la ao tribunal, ou, então, devolvê-la para a Sra. Duquênoi, caso acontecesse alguma aventura escandalosa com a filha.

— Ah! Marquês! — disse-lhe — O amor vos corrompe; sois mal nascido, dado que o Criador das grandes coisas só vos inspira aviltamentos. O que vos fizeram essas pobres mulheres, para que acrescentásseis ignomínia à sua miséria? Será que, o fato de a moça ser bela e querer continuar virtuosa, vos obriga a serdes um perseguidor? Acaso cabe a vós fazê-la detestar um dos mais belos presentes do céu? E, por isso, merecerei eu ser vossa cúmplice? Ora, Marquês, atirai-vos a meus pés, pedi-me perdão e jurai deixar em paz minhas tristes amigas.

O Marquês prometeu-lhe não empreender nada sem o seu aval, mas disse que precisava ter a moça a qualquer preço.

De modo algum o Marquês foi fiel à palavra. A mãe estava instruída; não hesitou em dirigir-se a ela. Confessou seu projeto criminoso; ofereceu uma quantia considerável, com esperanças de que o tempo poderia motivá-la, e a carta foi acompanhada de um escrínio cheio de ricas pedrarias.

As três mulheres fizeram um conselho. Mãe e filha inclinaram-se a aceitar, mas não era essa a opinião da Sra. de La Pommeraye. Lembrou-as de sua palavra; ameaçou revelar tudo e, para grande tristeza de nossas duas devotas,

(e a mais moça tirava das orelhas os brincos com pingentes de diamantes que lhe caíam tão bem), o escrínio e a carta foram devolvidos com uma resposta cheia de altivez e indignação.
A Sra. de La Pommeraye queixou-se ao Marquês do pouco fundamento que empregava em suas promessas. O Marquês desculpou-se da impossibilidade de lhe propor uma incumbência tão indecente.
— Marquês, Marquês — disse-lhe a Sra. de La Pommeraye —, já vos preveni e torno a fazê-lo: não chegastes aonde quisestes e não há mais tempo para lamentar-vos; as palavras são inúteis; não existem mais recursos.
O Marquês reconheceu que pensava como ela e pediu-lhe permissão para fazer uma última tentativa: certificar-se da renda necessária a duas cabeças, dividir sua fortuna com as duas mulheres, torná-las proprietárias, em vida, de uma de suas casas na cidade e de outra no campo. Disse-lhe a Marquesa:
— Fazei o que quiserdes, só proíbo a violência; mas acreditai em mim, meu amigo, que a honra e a virtude, quando verdadeiras, não têm preço aos olhos dos que têm a felicidade de possuí-las. Vossos oferecimentos não terão mais êxito do que os precedentes: conheço essas mulheres e nelas faço minha aposta.
Fez novas propostas. Formou-se outro conciliábulo entre as três mulheres. Mãe e filha aguardavam em silêncio a decisão da Sra. de La Pommeraye, que andava de um lado para o outro, em silêncio. Disse, então:
— Não, não, isso não é suficiente para meu coração ferido.
Tão logo proferida a recusa, as duas mulheres desmancharam-se em lágrimas, atiraram-se a seus pés e mostraram-lhe o quão horrível era para elas rejeitar uma fortuna tão grande, que podiam aceitar sem nenhuma conseqüência funesta. Secamente, a Sra. de La Pommeraye respondeu:
— Acaso imaginais que faço isso por vós? Quem sois? O que vos devo? O que me impede de mandá-las de volta à vossa espelunca? Se o que vos estão oferecendo é demasiado para as duas, é muito pouco para mim. Escrevei, senhora, a resposta que vou ditar, e que ela seja enviada em minha presença.

As mulheres se voltaram mais assustadas do que aflitas.
JACQUES: Essa mulher tem o diabo no corpo; o que ela quer, afinal? O resfriamento do amor já não está punido o suficiente com o sacrifício de metade de uma grande fortuna?
O AMO: Jacques, nunca fostes mulher e menos ainda uma mulher honesta; julgais o caráter da Sra. de La Pommeraye pelo vosso! Queres que eu te diga? Receio que o casamento do Marquês des Arcis com uma ordinária não esteja escrito lá em cima.
JACQUES: Se estiver, acontecerá.
A HOSPEDEIRA: O Marquês não tardou a reaparecer na casa da Sra. de La Pommeraye.
— Muito bem! — disse ela — E vossas propostas?
O MARQUÊS: Feitas e rejeitadas. Estou desesperado. Gostaria de arrancar essa paixão infeliz do meu coração; gostaria de arrancar o coração e não posso. Marquesa, olhai para mim; não achais que existem traços semelhantes entre essa moça e eu?
A SRA. DE LA POMMERAYE: Nada vos disse, mas percebi. Isso não vem ao caso: o que resolvestes?
O MARQUÊS: Não pude resolver nada. Tenho vontade de atirar-me no assento de alguma diligência e correr por toda parte aonde o chão me levar; um momento depois a força me abandona; sinto-me aniquilado, minha cabeça me confunde. Tornei-me estúpido, não sei o que será de mim.
A SRA. DE LA POMMERAYE: Não vos aconselho a viajar, não vale a pena ir à Villejuif e voltar.
No dia seguinte, o Marquês escreveu à Marquesa, dizendo que estava de partida para o campo, que lá permaneceria o quanto pudesse, suplicando-lhe que o servisse junto às amigas, se tivesse oportunidade. Sua ausência foi curta: voltou com a resolução de desposá-la.
JACQUES: Esse pobre Marquês me dá dó.
O AMO: A mim, não muito.
A HOSPEDEIRA: Desceu à porta da Sra. de La Pommeraye. Ela tinha saído. Ao voltar, encontrou o Marquês esticado numa grande poltrona, com os olhos fechados e absorto no mais profundo devaneio.
— Ah! Marquês! Então voltastes? O campo não teve muitos encantos para vós?

— Não. Em nenhum lugar sinto-me bem e cheguei determinado a fazer a maior tolice que pode fazer um homem de minha condição, idade e caráter. É melhor casar-me do que sofrer. Caso-me.

A SRA. DE LA POMMERAYE: Marquês, a situação é grave e exige reflexão.

O MARQUÊS: Fiz apenas uma, mas sólida: nunca poderei ser mais infeliz do que sou agora.

A SRA. DE LA POMMERAYE: Podeis estar enganado.

JACQUES: Traidora!

O MARQUÊS: Eis, enfim, minha amiga, uma negociação que, parece-me, posso deixar honestamente a vosso encargo. Ide vê-las; interrogai a mãe, sondai o coração da filha e comunicai-lhes minhas intenções.

A SRA. DE LA POMMERAYE: Calma, Marquês. Acreditei conhecê-las o bastante para o que tínhamos em mente, mas, no momento, trata-se da felicidade de meu amigo, e espero que ele me permita observar a questão mais de perto. Tomarei informações em sua província e prometo-vos seguir passo a passo toda sua permanência em Paris.

O MARQUÊS: Tais preocupações parecem-me demasiado supérfluas. Mulheres, na miséria, que resistem aos atrativos que lhes dei só podem ser as mais raras criaturas. Com meus oferecimentos eu teria conseguido uma duquesa. Aliás, não fostes vós quem me dissestes...

A SRA. DE LA POMMERAYE: Sim, disse tudo o que podia vos agradar, mas, apesar disso, permiti que eu me satisfaça.

JACQUES: Cadela! Patifa! Danada! Como é possível se apegar a uma mulher como essa?

O AMO: Como é possível seduzi-la e descartá-la?

A HOSPEDEIRA: Como é possível deixar de amá-la sem quê nem porquê?

JACQUES *(Apontando o céu com o dedo):* Ah! Meu amo!

O MARQUÊS: Marquesa, por que não vos casais também?

A SRA. DE LA POMMERAYE: Com quem, por obséquio?

O MARQUÊS: Com o condezinho; ele tem humor, linhagem e fortuna.

A SRA. DE LA POMMERAYE: E quem responderá por sua fidelidade? Vós, talvez.

O MARQUÊS: Não, mas parece que facilmente vivemos sem a fidelidade de um marido.

A SRA. DE LA POMMERAYE: Concordo, mas, se o meu fosse infiel, talvez eu fosse bastante extravagante para ofender-me com isso; sou vingativa.
O MARQUÊS: Muito bem! Haveríeis de vingar-vos, é claro. Mas, se casásseis, poderíamos morar numa só mansão, e nós quatro formaríamos a mais agradável sociedade.
A SRA. DE LA POMMERAYE: Tudo isso é muito bonito, mas não me casarei. O único homem que, talvez, me despertasse a tentação de casar-me...
O MARQUÊS: Seria eu?
A SRA. DE LA POMMERAYE: No momento, posso admiti-lo sem conseqüências.
O MARQUÊS: E por que não me dissestes isso antes?
A SRA. DE LA POMMERAYE: Fiz bem em não ter dito, por causa dos fatos. A mulher que tereis, em tudo vos convém, muito mais do que eu.
A HOSPEDEIRA: A Sra. de La Pommeraye pôs toda exatidão e velocidade que quis em suas informações. Apresentou ao Marquês as mais elogiosas recomendações, tanto de Paris como da província. Também exigiu do Marquês mais uma quinzena, para que as examinasse uma segunda vez. Essa quinzena pareceu-lhe eterna; finalmente, a marquesa foi obrigada a ceder às suas instâncias e súplicas. Ocorre a primeira entrevista em casa de suas amigas; combina-se tudo; publicam-se os proclamas; firma-se o contrato; o Marquês presenteia a Sra. de La Pommeraye com um soberbo diamante, e o casamento é consumado.
JACQUES: Que trama! Que vingança!
O AMO: É incompreensível.
JACQUES: A não ser a preocupação com a noite de núpcias, até agora não vejo nisso um mal muito grande.
O AMO: Cala-te, pateta.
JACQUES: Imagino...
A HOSPEDEIRA: Imaginais o que vosso amo acaba de dizer... E, assim falando, ela sorria e, sorrindo, passava a mão no rosto de Jacques e apertava-lhe o nariz... Mas, no dia seguinte...
JACQUES: No dia seguinte não foi como na véspera?
A HOSPEDEIRA: Não exatamente. No dia seguinte, a Sra. de La Pommeraye escreveu um bilhete para o Marquês, convidando-o para ir à sua casa o mais cedo possível, pois

se tratava de um assunto importante. O Marquês não se fez esperar.

Receberam-no com uma expressão na qual a indignação estava pintada em toda sua força; o discurso foi curto, ei-lo:

— Marquês, deveis aprender a conhecer-me. Se as outras mulheres se estimassem o bastante, a ponto de provar ressentimento igual ao meu, homens semelhantes a vós seriam menos comuns. Conquistastes uma mulher honesta, não soubestes conservá-la; essa mulher sou eu; ela se vingou, fazendo com que desposásseis outra, digna de vós. Saí de minha casa e ide à rua Traversière, ao Hotel Hamburgo, e lá conhecereis o ofício imundo que vossa mulher e sogra exerceram durante dez anos, sob o nome de d'Aisnon.

Impossível dar uma idéia da surpresa e consternação do pobre Marquês. Ele não sabia o que pensar, mas sua incerteza durou apenas o tempo de ir de um extremo a outro da cidade. Não voltou para casa durante todo o dia; errou pelas ruas. Sua sogra e a esposa suspeitaram do que tinha acontecido. Ao primeiro toque da campainha, a sogra refugiou-se em seu quarto e trancou-se a chave; a mulher aguardou-o sozinha. Com a aproximação do esposo, pôde ler em seu rosto a fúria que o possuía. Atirou-se a seus pés, colou o rosto no soalho, sem dizer uma palavra. Disse ele:

— Infame! Retirai-vos! Longe de mim...

Ela quis levantar-se, mas caiu de cabeça, com os ombros estendidos no chão entre os pés do Marquês.

— Senhor — disse ela —, pisoteai-me, esmagai-me, eu mereço; fazei de mim tudo o que vos aprouver, mas poupai minha mãe...

— Retirai-vos — retomou o Marquês —, retirai-vos! Já me cobristes suficientemente de infâmia; poupai-me um crime...

A pobre criatura permaneceu na atitude em que estava e nada respondeu. O Marquês estava sentado numa poltrona, com a cabeça entre os braços e o corpo meio inclinado para os pés da cama, uivando em intervalos de tempo, sem a olhar:

— Retirai-vos...

O silêncio e a imobilidade da infeliz o surpreenderam; ele repetiu com uma voz ainda mais forte:

— Retirai-vos, não ouvistes?...

Em seguida, abaixou-se, empurrou-a rudemente e, percebendo que ela estava sem sentidos e quase sem vida, pegou-a no colo, colocou-a num sofá, por um momento lançou-lhe olhares nos quais alternadamente pintavam-se a comiseração e a cólera. Tocou a sineta: entraram os criados, que chamaram as mulheres, a quem disse:

— Pegai vossa ama que está passando mal, levem-na para o quarto e socorram-na...

Poucos instantes depois foi saber as novidades, às escondidas. Disseram-lhe que ela havia se refeito do primeiro desmaio e que, como os desfalecimentos que se sucediam rapidamente eram tão freqüentes e longos, nada se podia afirmar. Uma ou duas horas depois, tornou a procurar saber de seu estado, às escondidas. Disseram-lhe que ela estava sufocando e que fora acometida por uma espécie de soluço, que se ouvia até nos pátios. Na terceira vez, pela manhã, contaram-lhe que ela tinha chorado muito, que o soluço tinha acalmado e que parecia adormecida.

No dia seguinte, o Marquês mandou atrelar os cavalos à carruagem e desapareceu por quinze dias, sem que se soubesse o que fora feito dele. Entretanto, antes de partir, provera mãe e filha de tudo o que lhes era necessário e dera ordem de obedecerem à senhora como a ele próprio.

Nesse intervalo de tempo, as duas mulheres permaneceram uma diante da outra, quase sem falar. A filha soluçava, às vezes gritava, arrancava os cabelos e contorcia os braços, sem que a mãe ousasse aproximar-se para consolá-la. Uma era a imagem do desespero; a outra, do endurecimento. Vinte vezes a filha disse à mãe:

— Vamos sair daqui, mamãe; vamos nos salvar.

Todas as vezes a mãe se opunha e respondia:

— Não, minha filha, precisamos ficar; temos de ver no que isso vai dar: o homem não nos matará...

— Quisesse Deus — respondia a filha —, já o tivesse feito!...

E a mãe replicava:

— Seria melhor calar-vos do que falardes como tola.

Quando do retorno, o Marquês trancou-se em seu gabinete e escreveu duas cartas, uma à mulher, outra à sogra. Esta, no mesmo dia, partiu e entrou para o convento das Carmelitas da cidade vizinha, onde morreu faz poucos dias.

A filha vestiu-se, arrastou-se até o quarto do marido, para onde, aparentemente, recebera ordem de ir. Já à porta, pôs-se de joelhos.

— Levantai-vos — disse o Marquês.

Em vez de levantar-se, ela foi, de joelhos, em sua direção; todos os membros tremiam: estava descabelada, o corpo um pouco curvado, os braços na cintura, a cabeça erguida, o olhar fixo em seus olhos e o rosto inundado de lágrimas.

— Parece-me — disse ela, com um soluço separando cada uma de suas palavras — que vosso coração irritado amoleceu, e que, talvez, com o tempo, obterei misericórdia. Senhor, por graça, não vos apresseis em perdoar-me. São tantas as moças honestas que se tornaram mulheres desonestas, que talvez eu seja um exemplo contrário. Ainda não sou digna de vos ter a meu lado; esperai, deixai-me apenas a esperança do perdão. Conservai-me longe de vós; observareis minha conduta e a julgareis: ficarei feliz, mil vezes, ficarei muito feliz se algum dia dignar-vos a chamar-me! Determinai para mim o canto escuro da casa onde permitireis que eu more; lá ficarei sem protestar. Ah! Pudesse eu arrancar o nome e o título que me fizeram usurpar-vos, e depois morrer! Ficaríeis feliz no mesmo instante! Por fraqueza, sedução, autoridade e ameaças deixei-me conduzir a uma ação infame, mas, senhor, creio que eu não seja má: não o sou, pois não hesitei em comparecer perante vós quando me chamastes e ouso erguer os olhos para vos falar. Ah! Se pudésseis ler o fundo de meu coração e ver quão longe estão de mim as faltas passadas! Quão estranhos são para mim os costumes de meus semelhantes! A corrupção postou-se em mim, mas não criou raízes. Eu me conheço e atribuo-me um senso de justiça: pelos meus gostos, sentimentos e caráter, nasci digna de vos pertencer. Ah! Fosse eu livre para vos ver, só teria uma palavra a dizer-vos e creio que teria coragem para tanto. Senhor, disponde de mim como vos aprouver; mandai entrar vossos criados; que me despojem, que me joguem na rua à noite: aceitarei tudo. Qualquer que seja a sorte que reserveis para mim, submeter-me-ei; os confins do campo e a obscuridade de um claustro podem ocultar-me, para sempre, de vossos olhos: ordenai e eu irei. Vossa felicidade não está irremediavelmente perdida, podeis esquecer-me...

— Levantai-vos — disse-lhe docemente o Marquês —, eu vos perdoei; mesmo no momento da injúria, respeitei-vos como minha mulher; de minha boca não saiu uma única palavra que vos tenha humilhado, ou, se saiu, arrependo-me e prometo que não ouvireis mais nenhuma que vos humilhe, se tiverdes em mente que não podeis fazer um esposo infeliz sem o serdes também. Sede honesta, sede feliz e fazei com que eu também o seja. Levantai-vos, por favor, minha mulher; Sra. des Arcis, levantai-vos...

Enquanto assim falava, ela permaneceu com o rosto escondido entre as mãos e a cabeça apoiada nos joelhos do Marquês; mas, ao ouvir a palavra *mulher*, a palavra *Sra. des Arcis*, levantou-se bruscamente e precipitou-se sobre o Marquês; ficou abraçada a ele, meio sufocada pela dor e pela alegria; depois afastou-se, jogou-se ao chão e beijou-lhe os pés.

— Ah! — dizia-lhe o Marquês — Eu vos perdoei, já vos disse, mas, pelo que vejo, não acreditastes em nada.

— Cumpre — respondeu — que assim seja, e que eu nunca acredite.

O Marquês acrescentou:

— Na verdade, creio que não me arrependo de nada, e que aquela Pommeraye, em vez de vingar-se, prestou-me um grande serviço. Mulher, ide vestir-vos enquanto fazem vossas malas. Iremos para minhas terras, onde ficaremos até que possamos reaparecer por aqui sem conseqüências para vós e para mim...

Eles passaram três anos seguidos ausentes da capital.

JACQUES: Aposto que esses três anos se passaram como um dia, e que o Marquês des Arcis foi um dos melhores maridos e teve uma das melhores mulheres que já existiram no mundo.

O AMO: Concordo em parte, mas, na verdade, sem saber porque, pois não fiquei de todo satisfeito com essa moça no decurso das intrigas da Sra. de La Pommeraye e de sua mãe. Não houve um instante de temor, o menor sinal de incerteza, sequer um de remorso; vi-a prestar-se a esse longo terror sem repugnância. Nunca hesitou em fazer tudo o que dela exigiram; ia ao confessionário, comungava, brincava com a religião e seus ministros. Pareceu-me tão falsa, desprezível e má quanto as outras duas... Narrais muito bem, hospedeira, mas ainda não vos aprofundastes na arte dramática. Se quisésseis que essa moça fosse interessante, seria preciso dar-lhe sinceridade e mostrá-la para nós como vítima inocente, forçada pela mãe e pela Sra. de La Pommeraye; seria preciso que os mais cruéis tratamentos provocassem, a contragosto, o concurso de uma seqüência de crimes contínuos durante um ano; seria preciso, assim, preparar a reconciliação da mulher com o marido. Quando introduzimos uma personagem em cena, seu papel deve ser uno: ora, pergunto à senhora, encantadora hospedeira, se a moça que compactua com as duas celeradas é a mesma mulher suplicante que vimos aos pés do marido. Pecastes contra as regras de Aristóteles, Horácio, Vida e as de Le Bossu[20].

A HOSPEDEIRA: Não conheço nem bossudo nem direito: contei-vos a coisa tal como ocorreu, sem nada omitir, sem nada acrescentar. E quem sabe o que acontecia no fundo do coração da moça? E se, nos momentos em que parecia agir com a maior habilidade, ela não estava secretamente devorada pela tristeza?

JACQUES: Hospedeira, desta vez sou obrigado a partilhar da opinião de meu amo que, espero, perdoar-me-á, pois isso raramente acontece. Também não conheço Bossu e menos ainda aqueles outros senhores que citou. Se a Srta. Duquênoi, ex-d'Aisnon, fosse uma moça direita, isso teria aparecido na história.

A HOSPEDEIRA: Direita ou não, o fato é que não se pode negar que é uma excelente mulher, e que seu marido está contente com ela como um rei, e que não a trocaria por outra.

O AMO: Felicito-o por isso: foi mais feliz do que cauteloso.

A HOSPEDEIRA: E eu vos desejo uma boa noite. É tarde; devo ser a última a deitar e a primeira a levantar. Que ofício maldito! Boa noite, meus senhores, boa noite. Eu vos prometi, não sei mais a propósito do que, a história de um

---

20 - Alusão a *Les Quatre Poétiques d'Aristote, d'Horace, de Vida e de Despréaux*, obra publicada em 1771 pelo abade Batteux (*Les Beaux-Arts Réduits à un même Principe*, 1746).

casamento absurdo: creio ter cumprido a promessa. Sr. Jacques, creio que não custareis a dormir, pois vossos olhos já estão meio fechados. Boa noite, Sr. Jacques.

O AMO: E então, hospedeira, não há jeito de sabermos vossas aventuras?

A HOSPEDEIRA: Não.

JACQUES: Tendes um arrebatado gosto pelos contos.

O AMO: É verdade, eles instruem e divertem. Um bom contador de histórias é um homem raro.

JACQUES: Eis justamente por que não gosto de contos, exceto quando sou eu o contador.

O AMO: Preferes falar mal a calar-te.

JACQUES: É verdade.

O AMO: E eu prefiro ouvir falarem mal a nada ouvir.

JACQUES: Isso nos coloca, ambos, à disposição um do outro.

Não sei onde a hospedeira, Jacques e seu amo estavam com a cabeça para não terem encontrado uma só das coisas que se há de dizer a favor da Srta. Duquênoi. Acaso essa moça só teria compreendido os artifícios da Sra. de La Pommeraye imediatamente antes do desenlace? Não teria preferido aceitar as ofertas do Marquês em vez de sua mão, e tê-lo por amante em vez de por esposo? Não estava continuamente sob as ameaças e o despotismo da Marquesa? Podemos censurá-la por sua terrível aversão a uma condição infame? E, se tomamos o partido de avaliar com mais calma semelhante condição, poder-se-ia exigir da moça excessiva delicadeza, bem como escrúpulo, na escolha dos meios de livrar-se dela?

Acreditais, leitor, que seria mais difícil fazer a apologia da Sra. de La Pommeraye? Talvez, para vós, fosse mais agradável ouvir, acerca disso, Jacques e seu amo; entretanto, eles tinham tantas outras coisas mais interessantes a falar que, provavelmente, haveriam de negligenciar essa. Permiti, então, que eu me ocupe do assunto em questão por um momento.

Ao ouvir o nome da Sra. de La Pommeraye, ficais furioso e exclamais: "Que mulher horrível! Hipócrita! Celerada!..." Chega de exclamações, cólera, parcialidade; raciocinemos. Más ações são praticadas todos os dias, entretanto, sem nenhum gênio. Podeis odiar e temer a Sra. de La Pommeraye, mas não podeis desprezá-la. Sua vingança foi atroz, mas nenhum interesse a maculou. Não vos disseram que ela jogou na cara do Marquês o belo diamante com que este a presenteara, mas ela o fez; soube pelas fontes mais seguras. Não se tratava de aumentar sua fortuna, nem de adquirir títulos honoríficos. O quê? Se essa mulher tivesse feito o mesmo para o marido, em recompensa por seus serviços; se tivesse se prostituído com um ministro ou mesmo com um alto funcionário do Estado, por causa de uma condecoração ou de uma companhia de infantaria; se tivesse se prostituído com o depositário da folha de Benefícios, por causa de uma rica abadia, tudo vos pareceria muito simples, a prática vos pareceria comum. Porém, quando ela se vinga de uma perfídia, revoltai-vos contra ela, em vez de perceber que o ressentimento dela só vos indigna porque sois incapaz de provar um ressentimento tão profundo, ou então porque não atribuís nenhuma importância à virtude das mulheres. Acaso refletistes sobre os sacrifícios que a Sra. de La Pommeraye fez pelo Marquês? Não vos direi que sua bolsa sempre esteve aberta para ele, e que, durante vários anos, ele não teve outra casa e outra mesa senão as dela; isso vos faria balançar a cabeça, como quem descrê. Contudo, ela se sujeitara a todas as fantasias dele, a todos os seus caprichos; para agradá-lo, mudou inteiramente o plano de sua vida. Gozava da mais alta consideração na sociedade pela pureza de seus costumes; foi rebaixada à vulgaridade. Quando aceitou a corte do Marquês des Arcis, comentaram: "Enfim, a maravilhosa Sra. de La Pommeraye tornou-se uma de nós..." Notara sorrisos irônicos à sua volta; ouvira gracejos, freqüentemente corando e baixando os olhos; engolira todo o cálice de fel preparado para as mulheres cuja conduta regrada por muito tempo fizera a sátira dos maus costumes das que as cercavam; suportara todos os rumores escandalosos pelos quais as pessoas se vingam das carolas imprudentes que se fazem de honestas. Era vaidosa; preferia morrer de dor a ter de circular em sociedade, depois da vergonha da virtude renunciada e do ridículo de ser uma mulher abandonada. Estava chegando àquele momento em que a perda de um amante é irreparável. Seu caráter era tal, que esse acontecimento a condenava ao tédio e à solidão. Um homem apunhala outro por causa de um gesto, de um desmentido: acaso não será permitido a uma mulher, que se vê perdida, desonrada e traída, jogar o traidor nos braços de uma cortesã? Ah! Leitor! Sois muito leviano em vossos elogios e muito severo em vossa censura. — Mas — dir-me-eis — reprovo na Marquesa antes a maneira que a coisa. Não compreendo um ressentimento de tão longa duração, uma trama de embustes e mentiras que dura quase um ano.— Nem eu, tampouco, nem Jacques, nem seu amo, nem a hospedeira. Mas a tudo perdoareis num primeiro impulso; e eu vos direi que, se o primeiro impulso dos outros é curto, o da Sra. de La Pommeraye e das mulheres de seu caráter é longo. Às vezes, suas almas permanecem por toda a vida como no primeiro momento da injúria; que inconveniente, que injustiça há nisso? Só vejo traições fora do comum; eu aprovaria com gosto uma lei que condenasse às cortesãs aquele que seduzisse e abandonasse uma mulher honesta: o homem comum às mulheres comuns.

Enquanto disserto, o amo de Jacques está roncando, como se tivesse me ouvido. Jacques, cujos músculos da perna se recusam a trabalhar como deviam, vaga pelo quarto de camisola, com os pés descalços, tropeça em tudo o que há a sua frente e acorda o amo, que lhe diz, por detrás do cortinado:

— Jacques, estás bêbado.
— Ou então falta pouco.
— A que horas pretendes deitar-te?
— A qualquer hora, meu senhor, é que há... há...
— O que é que há?
— Um resto nesta garrafa que pode avinagrar. Tenho horror a garrafas pela metade; isso me passou pela cabeça quando me deitei, e não era preciso mais nada para me impedir de pregar o olho. Por Deus, nossa hospedeira é uma mulher excelente, e seu vinho de Champanhe, um excelente vinho. Seria pena deixá-lo avinagrar... Logo estará arrolhado... Não há de avinagrar mais.

E, balbuciando essas palavras, Jacques, descalço, de

camisola, deu dois ou três tragos sem pontuação, como gosta de dizer, isto é, da garrafa ao copo, do copo ao estômago. Há duas versões para o que aconteceu depois que apagou as luzes. Alguns crêem que ele começou a tatear as paredes, sem que conseguisse encontrar a cama, dizendo:
— Por Deus, sumiu, ou, se não sumiu, está escrito lá em cima que não a encontrarei. De qualquer modo, parece que terei de passar sem ela.
Decidiu, assim, deitar-se sobre as cadeiras. Outros crêem que estava escrito lá em cima que ele haveria de tropeçar nos pés das cadeiras, que cairia e ficaria no chão. Amanhã ou depois, com cabeça descansada, podereis escolher, das duas versões, a que melhor vos convier.

Nossos dois viajantes, que se deitaram tarde e com a cabeça um tanto aquecida pelo vinho, dormiram até alta manhã: Jacques, no chão ou nas cadeiras, segundo a versão que preferirdes; o amo, mais ou menos à vontade, na cama. A hospedeira subiu; disse-lhes que o dia não seria bom, mas que, mesmo que o tempo lhes permitisse continuar caminho, arriscariam a vida ou seriam detidos pela enchente do riacho que tinham de atravessar: vários homens a cavalo não quiseram acreditar e foram forçados a dar meia-volta. O amo disse a Jacques:
— Jacques, o que faremos?
Jacques respondeu:
— Primeiramente, tomaremos nosso café com a hospedeira, depois decidiremos.

A hospedeira jurou que estavam sendo prudentes. Serviram o café. A hospedeira só queria que ficassem alegres; o amo de Jacques prestou-se a isso, mas Jacques estava doente; comeu a contragosto, bebeu pouco e calou-se. Este último sintoma era, sobretudo, perturbador: conseqüência da noite ruim que passara e da cama ruim na qual dormira. Queixava-se de dores no corpo; sua voz rouca anunciava uma dor de garganta. Seu amo aconselhou-o a deitar-se, coisa que ele não queria fazer. A hospedeira ofereceu-lhe uma sopa de cebolas. Ele pediu que mandassem acender a lareira do quarto, pois sentia calafrios; pediu que lhe preparassem uma mezinha e que lhe levassem uma garrafa de vinho branco, o que foi feito imediatamente. A hospedeira se foi, e Jacques ficou frente a frente com seu amo. Este ia à janela e dizia: "Que diabo de tempo!" Olhava no relógio (pois era a única coisa em que confiava) que horas eram, cheirava sua ponta de rapé e repetia a coisa de hora em hora, exclamando a cada vez: "Que diabo de tempo!" e, voltando-se para Jacques, acrescentava: "Bela ocasião para retomares a história de teus amores! Mas, quando estamos doentes, falamos mal do amor e de outras coisas. Vê, consulta-te: se podes continuar, continua, se não, bebe tua mezinha e dorme."

Jacques achava que o silêncio lhe era insalubre, que ele era um animal falador e que a principal vantagem de sua condição, a que mais o tocava, era a liberdade de compensar os doze anos de mordaça, passados em casa do avô: que Deus tenha misericórdia dele.

O AMO: Fala, então: dado que agradarás a nós dois. Estavas não sei bem em qual proposta desonesta da mulher do cirurgião; tratava-se, creio, de expulsar aquele que servia no castelo para aí instalar o marido.

JACQUES: Lá estava eu. Um momento, por favor, umedeçamo-nos.

Jacques encheu uma grande caneca com a mezinha, derramou nela um pouco de vinho branco e engoliu. Era uma receita que aprendera com seu capitão, e que o Sr. Tissot, que a aprendera com Jacques, recomendou em seu tratado de doenças populares. Jacques e o Sr. Tissot diziam que o vinho branco faz mijar, é diurético, corrige a insipidez da mezinha e sustenta o tono do estômago e intestinos. Tendo bebido seu copo de mezinha, Jacques continuou:

— Lá estava eu, saindo da casa do cirurgião, subindo no carro, chegando ao castelo e cercado por todos os que lá moravam.

O AMO: E eras conhecido por lá?

JACQUES: Certamente! Lembrai-vos de uma certa mulher com uma bilha de óleo?

O AMO: Muito bem!

JACQUES: Essa mulher era carregadora do intendente e

criados. Jeanne enaltecera no castelo o ato de comiseração que eu praticara para com ela; minha obra chegara aos ouvidos do senhor; não o deixaram ignorar os pontapés e os socos com os quais minha obra fora recompensada, durante a noite, na estrada. Ele ordenara que me encontrassem e que me transportassem para sua casa. Lá estava eu. Olhavam-me, interrogavam-me, admiravam-me. Jeanne abraçava-me e agradecia-me. "Que o instalem confortavelmente", dizia o amo aos criados, "e que não lhe deixem faltar nada." Ao cirurgião da casa ele disse: "Visitai-o assiduamente..." Tudo foi cumprido, ponto por ponto. Muito bem, meu amo! Quem sabe o que está escrito lá em cima? Agora, dizemos que dar o próprio dinheiro é bem feito ou mal feito, que é uma infelicidade apanhar... Mas, sem esses dois acontecimentos, o Sr. Desglands nunca teria ouvido falar de Jacques.

O AMO: O Sr. Desglands, o Sr. de Miremont! Estás no castelo de Miremont? Em casa de meu velho amigo, o pai do Sr. Desforges, intendente de minha província?

JACQUES: Justamente. E a jovem morena, pequenina, de olhos negros...

O AMO: É Denise, a filha de Jeanne?

JACQUES: Ela mesma.

O AMO: Tens razão, é uma das mais belas e honestas criaturas que há num raio de vinte léguas. Eu e a maior parte dos que freqüentavam o castelo de Desglands fizemos de tudo para seduzi-la, e não havia um de nós que não tivesse feito por ela as maiores sandices, com a condição de que ela retribuísse uma bem menor...

Tendo Jacques deixado de falar neste ponto, seu amo lhe disse:

— Em que estás pensando? O que estás fazendo?

JACQUES: Faço minhas preces.

O AMO: Costumas rezar?

JACQUES: Às vezes.

O AMO: E o que tu dizes?

JACQUES: Eu digo: "Tu, que fizeste o grande pergaminho, quem quer que sejas, e cujo dedo traçou toda a escritura que está lá em cima, tu, que em todos os tempos sempre

soubeste o que me era preciso, que tua vontade seja feita. *Amen.*"
O AMO: Não faria coisa melhor se te calasses?
JACQUES: Talvez sim, talvez não. Rezo pelo que quer que me aconteça; não me alegraria nem me lamentaria pelo que me ocorresse, se acaso fosse senhor de mim mesmo; sou inconseqüente e violento, esqueço meus princípios, isto é, as lições de meu capitão, e rio e choro como um tolo.
O AMO: Teu capitão nunca chorava, nem ria?
JACQUES: Raramente... Uma manhã, Jeanne trouxe-me sua filha e, dirigindo-se primeiramente a mim, disse:
— Senhor, estais num belo castelo, onde ficareis um pouco melhor do que em casa do cirurgião. No começo, então... sereis tratado admiravelmente, mas conheço os criados, é minha profissão há muito tempo, pouco a pouco seu zelo enfraquecerá. Os amos não pensarão mais em vós; se vossa doença durar muito, sereis esquecido, e tão completamente esquecido, que, se vos der na cabeça morrer de fome, tereis êxito...
Depois, voltando-se para a filha:
— Escuta, Denise, quero que visites este homem honesto quatro vezes por dia: pela manhã, na hora do almoço, às cinco horas e na hora da ceia. Quero que obedeças a ele como obedeces a mim. Tenho dito, não me faltes.
O AMO: Acaso sabes o que aconteceu ao pobre Desglands?
JACQUES: Não, meu senhor, mas, se os votos de prosperidade que lhe fiz não se realizaram, não foi por falta de sinceridade. Foi ele quem me deu ao comandante de La Boulaye, que morreu em sua passagem por Malta; foi o comandante de La Boulaye quem me deu a seu irmão mais velho, o capitão, que, a esta hora, talvez esteja morto pela fístula; foi esse capitão quem me deu a seu irmão caçula, o procurador geral de Toulouse, que ficou louco e que a família mandou internar. Foi o Sr. Pascal, procurador geral de Toulouse, quem me deu ao Conde de Tourville, que preferia deixar a barba crescer sob um hábito de capuchinho a expor sua vida; foi o Conde de Tourville quem me deu à Marquesa du Belloy, que fugiu para Londres com um estrangeiro; foi a Marquesa du Belloy quem me deu a um de seus primos, que se arruinou com mulheres e foi morar nas ilhas; foi esse primo

quem me deu ao Sr. Hérissant, agiota de profissão, que aplicava o dinheiro do Sr. de Rusai, doutor da Sorbonne, que me fez ingressar na casa da Srta. Isselin, que vós sustentáveis e que me colocou em vossa casa, a quem deverei um pedaço de pão nos meus dias de velhice, pois assim me prometestes, se eu continuar a vos servir, e não há indícios de que nos separaremos. Jacques foi feito para vós e vós fostes feito para Jacques.

O AMO: Mas, Jacques, quantas casas percorreste em tão pouco tempo.

JACQUES: É verdade, mas fui despedido algumas vezes.

O AMO: Por quê?

JACQUES: Porque nasci tagarela, e essa gente toda queria que eu me calasse. Não era como vós, que me agradeceríeis amanhã, se eu me calasse. Eu tinha exatamente o vício que vos convinha. Mas, então, o que aconteceu ao Sr. Desglands? Dizei-me, senhor, enquanto preparo um trago com a mezinha.

O AMO: Moraste no castelo e nunca ouviste falar em seu emplastro?

JACQUES: Não.

O AMO: Essa aventura fica para a estrada; a outra é curta. Desglands fizera sua fortuna no jogo. Ligou-se a uma mulher, talvez a tenhas visto no castelo, mulher bem-humorada, contudo séria, taciturna, original e dura. Um dia, essa mulher lhe disse: — Ou amais a mim mais do que ao jogo e, neste caso, dai vossa palavra de honra de que nunca mais jogareis; ou amais ao jogo mais do que a mim e, neste caso, não faleis mais de vossa paixão e jogai quanto quiserdes... — Desglands deu sua palavra de honra de que não jogaria mais.

— Nem jogo alto nem baixo?

— Nem alto nem baixo.

Viviam juntos há quase dez anos, no castelo que conheces, quando Desglands, chamado à cidade por um assunto de seu interesse, teve a infelicidade de encontrar, na casa de seu tabelião, um de seus antigos conhecidos de trinca, que o arrastou para almoçar numa espelunca onde, numa única rodada, perdeu tudo o que possuía. Sua amante foi

inflexível; ela era rica, deu a Desglands uma módica pensão e separou-se dele para sempre.
JACQUES: Que pena, era um homem galante!
O AMO: Como vai a garganta?
JACQUES: Mal.
O AMO: Porque falas demais e não bebes o suficiente.
JACQUES: É que eu não gosto de mezinha, mas gosto de falar.
O AMO: Muito bem! Jacques, eis-te em casa de Desglands, perto de Denise, e esta autorizada pela mãe a fazer-te, pelo menos, quatro visitas por dia. Malandra! Preferir um Jacques!
JACQUES: Um Jacques! Um Jacques, meu senhor, é um homem como qualquer outro.
O AMO: Jacques, estás enganado, um Jacques não é de modo algum um homem como outro qualquer.
JACQUES: Às vezes é melhor do que um outro qualquer.
O AMO: Jacques, não sejas convencido. Retoma a história de teus amores, e lembremo-nos de que não és nem nunca serás senão um Jacques.
JACQUES: Se, na choupana onde encontramos os patifes, Jacques não tivesse valido um pouco mais do que seu amo...
O AMO: Jacques, és insolente: abusas de minha bondade. Se fiz a tolice de tirar-te de teu lugar, saberei perfeitamente colocar-te de volta nele. Jacques, pega tua garrafa e tua chaleira, e desce.
JACQUES: É fácil falar, meu senhor; estou bem aqui e não descerei.
O AMO: Digo-te que descerás.
JACQUES: Estou certo de que não falais a sério. Como, meu senhor, depois de ter-me acostumado durante dez anos a viver como par, como se fôssemos companheiros...
O AMO: Prefiro que isso acabe.
JACQUES: Depois de ter aturado todas as minhas impertinências...
O AMO: Não quero mais ter de aturá-las.
JACQUES: Depois de ter-me feito sentar à mesa, ao vosso lado, de me ter chamado de amigo...
O AMO: Não sabes a diferença que há entre dar o nome de amigo a um superior ou a um subalterno.

JACQUES: Contudo, sabemos que todas as vossas ordens são inúteis, se não forem ratificadas por Jacques. Depois de terdes juntado tão bem vosso nome ao meu, de modo que um nunca possa andar sem o outro e que todo mundo diga Jacques e seu amo, decidis, de repente, separá-los! Não, meu senhor, isso não acontecerá. Está escrito lá em cima que Jacques viverá tanto quanto seu amo, e que, mesmo depois que ambos estiverem mortos, haverão de dizer Jacques e seu amo.

O AMO: Jacques, estou dizendo que descerás e que descerás imediatamente, pois estou ordenando.

JACQUES: Meu senhor, se quiserdes que eu obedeça, dai-me outra ordem.

Nesse momento, o amo levantou-se, pegou Jacques pelo colarinho e disse-lhe gravemente:

— Desce.

Jacques respondeu-lhe friamente:

— Não desço.

Sacudindo-o fortemente, o amo lhe disse:

— Desce, tratante! Obedece-me.

Jacques replicou mais friamente ainda:

— Tratante, tanto quanto vos aprouver, mas o tratante não descerá. Ficai sabendo, meu senhor, que o que tenho na cabeça, como se diz, não tenho no calcanhar. Estais ficando furioso inutilmente, Jacques ficará onde está e não descerá.

Jacques e seu amo vinham sendo moderados até esse momento, depois ambos se descontrolaram ao mesmo tempo e começaram a gritar a plenos pulmões:

— Tu descerás.
— Não descerei.
— Tu descerás.
— Não descerei.

Ao ouvir tanto barulho, a hospedeira subiu e inteirou-se do que acontecia, mas não lhe responderam no primeiro instante, continuaram a gritar: — Tu descerás. — Não descerei. — Em seguida, o amo, com raiva, andando pelo quarto, dizia resmungando: — Já se viu coisa semelhante? — A hospedeira, em pé e boquiaberta:

— De que se trata, meus senhores?

Sem se comover, Jacques disse à hospedeira:
— É meu amo, que está com a cabeça virada, está louco.
O AMO: Bobo, queres dizer.
JACQUES: Como quiserdes.
O AMO *(à hospedeira):* Ouvistes?
A HOSPEDEIRA: Isto está errado: calma, calma; que fale um por vez, para que eu saiba de que se trata.
O AMO *(a Jacques):* Fala, tratante.
JACQUES *(ao amo):* Falai o senhor mesmo.
A HOSPEDEIRA *(a Jacques):* Vamos, Sr. Jacques, falai, vosso amo vos ordena; apesar de tudo, um amo é um amo...
Jacques explicou a situação à hospedeira. Esta, depois de tê-lo ouvido, disse:
— Gostaríeis de aceitar-me como árbitro, senhores?
JACQUES E O AMO *(ao mesmo tempo):* De muito bom grado, de muito bom grado, hospedeira.
A HOSPEDEIRA: E dareis vossa palavra de honra de que acatareis minha sentença?
JACQUES E O AMO: Palavra de honra, palavra de honra.
Então, a hospedeira, sentando-se à mesa e assumindo o tom e a grave postura de um magistrado, disse:
— Tendo ouvido a declaração do Sr. Jacques e, a partir dos fatos que tendem a provar que seu amo é um bom amo, um amo muito bom, demasiado bom, e que Jacques de modo algum é um mau criado, embora um tanto sujeito a confundir a possessão absoluta e inamovível com a concessão passageira e gratuita, anulo a igualdade estabelecida entre eles, que se firmou por um lapso de tempo, e a restabeleço imediatamente. Jacques descerá e, quando tiver descido, subirá: será investido de todas as prerrogativas de que usufruiu até o dia de hoje. Seu amo lhe estenderá a mão e lhe dirá amigavelmente: "Bom-dia, Jacques, fico feliz em rever-te..." Jacques lhe responderá: "E eu, senhor, estou encantado em vos reencontrar..." Proíbo que volteis a questionar este assunto, e que as prerrogativas de amo e de criado sejam discutidas no futuro. Queremos que um ordene, e que o outro obedeça, cada um da melhor maneira possível; queremos que, entre o que um pode e o que o outro deve, se conserve a mesma obscuridade que antes.
Terminando o pronunciamento, pilhado de alguma obra da época, publicada por ocasião de uma querela

semelhante, quando se ouviu, de um dos extremos de um reino a outro, o amo gritar para seu criado: "Tu descerás!" e o criado a gritar: "Não descerei!", a hospedeira disse a Jacques:

— Vamos, dai-me o braço, chega de discussão...

Jacques exclamou dolorosamente:

— Então, estava escrito lá em cima que eu teria de descer!...

A HOSPEDEIRA *(a Jacques):* Estava escrito lá em cima que, no momento em que servimos a um amo, desceremos, subiremos, avançaremos, recuaremos, permaneceremos, e isso sem que nunca os pés sejam livres para desobedecer as ordens da cabeça. Que me dêem o braço e que minha ordem seja cumprida...

Jacques deu o braço à hospedeira; contudo, mal cruzaram a soleira da porta, o amo se precipitou sobre Jacques e o abraçou; largou Jacques para abraçar a hospedeira; abraçando ora um, ora a outra, dizia:

— Está escrito lá em cima que nunca vou me desfazer deste espécime original, e que, enquanto eu viver, ele será meu amo e eu serei seu criado...

A hospedeira acrescentou:

— E, diante de vossos compatriotas, ambos não mais se sentirão mal por causa disso.

A hospedeira, depois de ter apaziguado a querela, que julgou ser a primeira e que não era sequer a centésima da mesma espécie, reinstalou Jacques em seu lugar e foi tratar de seus afazeres. Então, o amo disse a Jacques:

— Agora que estamos de sangue frio e em condições de julgar com sanidade, não vais concordar comigo?

JACQUES: Concordo que, quando se deu a palavra de honra, é preciso mantê-la, e já que prometemos ao juiz, sob palavra de honra, não voltarmos mais a esse assunto, não devemos mais falar dele.

O AMO: Tens razão.

JACQUES: Contudo, sem voltarmos ao assunto, não poderíamos prevenir outros cem desentendimentos por meio de algum arranjo razoável?

O AMO: Concordo.

JACQUES: Estipulemos: 1º, tendo previsto que está escrito lá em cima que vos sou essencial e que sinto, ou sei, que não podeis passar sem mim, abusarei dessa vantagem todas e quantas vezes a ocasião se apresentar.

O AMO: Mas, Jacques, nunca se estipulou nada semelhante!

JACQUES: Estipulado ou não, sempre foi assim, hoje é, e assim será enquanto o mundo existir. Supondes que outros, como vós, não tentaram se furtar a esse decreto? Seríeis mais hábil do que eles? Abandonai essa idéia e submetei-vos à lei de uma necessidade de que não podeis vos libertar. Estipulemos: 2º, tendo previsto que é tão impossível a Jacques não conhecer sua ascendência e força sobre seu amo, quanto o é ao amo desconhecer sua fraqueza e despojar-se de sua indulgência, cumpre que Jacques seja insolente e que, em nome da paz, seu amo não se aperceba disso. Tudo foi arranjado à nossa revelia, tudo isso foi selado lá em cima, no momento em que a natureza fez Jacques e seu amo. Foi combinado que teríeis o título, e eu, a coisa. Se quiserdes vos opor à vontade da natureza, não estareis fazendo nada mais que o óbvio.

O AMO: Mas, neste caso, teu quinhão valeria mais que o meu.

JACQUES: Quem pode negar?

O AMO: Mas, neste caso, só me resta tomar teu lugar, e tu, o meu.

JACQUES: Sabeis o que aconteceria? Perderíeis o título e não teríeis a coisa. Continuemos desse modo, ambos estamos muito bem, e que o resto de nossas vidas seja empregado para criar um provérbio.

O AMO: Que provérbio?

JACQUES: Jacques conduz seu amo. Seremos os primeiros de quem se dirá isso; no entanto, repetirão o provérbio para mil outros que valem mais do que nós.

O AMO: Isso me parece duro, muito duro.

JACQUES: Meu amo, meu caro amo, resistis contra um aguilhão que há de vos ferir cada vez mais vivamente. Eis, portanto, o que combinamos entre nós.

O AMO: E que importância tem o nosso consentimento, se a lei é necessária?

JACQUES: Muita. Julgais inútil saber de uma vez por todas, nitidamente, claramente a que se apegar? Todas as nossas discussões só vieram, até hoje, das coisas que ainda não tínhamos esclarecido bem; chamar-vos-íeis meu amo, quando, na verdade, seria eu o vosso. Mas eis que tudo está entendido, e, por conseqüência, só precisamos agir de acordo.

O AMO: Mas onde diabo aprendeste tudo isso?
JACQUES: No grande livro. Ah! Meu amo! Por mais que reflitamos, meditemos e estudemos em todos os livros do mundo, continuaremos sendo praticantes, e só praticantes, se não lermos o grande livro...
À tarde o sol brilhou. Alguns viajantes garantiram que o riacho estava vadeável. Jacques desceu; seu amo pagou a hospedeira regiamente. Na porta do albergue havia um grande número de viajantes retidos pelo mau tempo, preparando-se para continuar viagem; entre eles, Jacques, seu amo, o homem do casamento estranho e seu companheiro. Os pedestres pegaram seus cajados e alforjes; os outros se arranjaram em carroças e carros; os cavaleiros já estavam nas montarias bebendo o vinho da partida. A hospedeira, afável, segurando uma garrafa, ofereceu copos, encheu-os, sem esquecer o seu; foram-lhe ditas cortesias às quais respondeu com polidez e alegria. Partiram a galope, saudaram-se e distanciaram-se.

Ocorreu que Jacques e seu amo, o Marquês des Arcis e seu jovem companheiro de viagem, seguissem o mesmo caminho. Desses quatro personagens, só o último não conheceis. Tinha, quando muito, vinte e dois ou vinte e três anos de idade. Sua timidez estava pintada no rosto; a cabeça era levemente inclinada para o ombro esquerdo; era silencioso e não aparentava ter muitos costumes de sociedade. Quando fazia a reverência, inclinava a parte superior do seu corpo sem mover as pernas; sentado, tinha o tique de pegar as pontas de sua roupa, prendê-las nas coxas e pôr as mãos entre elas, escutando os que falavam com os olhos quase fechados. Por causa dos modos singulares, Jacques decifrou-lhe o enigma e, aproximando-se da orelha do seu amo, disse:

— Aposto que esse rapaz já foi monge.
— Por que, Jacques?
— Vereis.
Nossos quatro viajantes iam lado a lado, conversando sobre a chuva, o bom tempo, a hospedeira, o hospedeiro e

sobre a querela do Marquês des Arcis envolvendo Nicole. Essa cadela esfomeada e suja vinha incessantemente enxugar-se em suas meias; depois de tê-la inutilmente afugentado por várias vezes com o guardanapo, perdeu a paciência e acertou-lhe um violentíssimo pontapé. E eis imediatamente toda a conversação voltada para o singular apego dos homens pelos animais. Cada um deu sua opinião. O amo de Jacques, dirigindo-se a ele, disse:
— E tu, Jacques, o que achas disso?

Jacques perguntou ao amo se ele nunca havia notado que, qualquer que fosse a miséria da gentinha, não tendo pão para si, toda ela tinha cães. Perguntou se nunca havia notado que esses cães todos eram adestrados para dar voltas, andar sobre duas patas, dançar, apanhar coisas, saltar para o rei, para a rainha, fazer-se de morto, enfim, que essa educação os tinha transformado nos animais mais infelizes do mundo. De onde concluiu que todo homem queria mandar em outro, e que o animal, encontrando-se, em sociedade, imediatamente abaixo da classe dos últimos cidadãos mandados por outras classes, era cuidado para que o dono também pudesse mandar em alguém.

— Muito bem! — disse Jacques — Cada um tem seu cão. O ministro é o cão do rei, o alto funcionário é o cão do ministro, a mulher é o cão do marido, ou o marido é o cão da mulher, Favori é cão de fulana, e Thibaud é o cão do homem da esquina. Quando meu amo me manda falar quando eu gostaria de me calar, o que, na verdade, raramente acontece, — continuou Jacques — quando me manda calar quando eu gostaria de falar, o que é muito difícil, quando me pede para continuar a história de meus amores e a interrompe, não sou eu seu cão? Os homens fracos são os cães dos homens fortes.

O AMO: Mas, Jacques, esse apego aos animais não é característico somente da gentinha; conheço senhoras importantes que se cercam de matilhas de cães, sem contar os gatos, papagaios e pássaros.

JACQUES: É a sátira que fazem de si mesmas e daqueles que as cercam. Elas não amam ninguém, ninguém as ama: dão aos cães um sentimento com o qual não sabem o que fazer.

O Marquês des Arcis: Amar os animais ou entregar o coração aos cães é coisa que amiúde se vê.

O amo: O que se dá a esses animais bastaria para alimentar dois ou três infelizes.

Jacques: E isso vos surpreende?

O amo: Não.

O Marquês des Arcis voltou os olhos para Jacques, sorriu de suas idéias. Depois, dirigindo-se a seu amo, disse-lhe:

— Tendes aí um criado incomum.

O amo: Um criado! Sois muito bondoso: eu é que sou criado dele; esta manhã, pouco faltou para que mo provasse formalmente.

Conversando todo o tempo, chegaram à pousada e pediram um quarto comum. O amo de Jacques e o Marquês des Arcis cearam juntos. Jacques e o rapaz foram servidos à parte. Em poucas palavras, o amo esboçou para o Marquês a história de Jacques e sua obstinação fatalista. O Marquês falou do rapaz que o acompanhava. Tinha sido premonstratense[21]. Saíra da ordem depois de passar por uma aventura bizarra; amigos o recomendaram, e ele o transformou em seu secretário, enquanto aguardava coisa melhor. O amo de Jacques disse:

— Engraçado...

O Marquês des Arcis: O que vedes de engraçado nisso?

O amo: Estou falando de Jacques. Mal entramos na pousada que acabamos de deixar, Jacques me disse em voz baixa: "Meu senhor, olhai bem esse rapaz, aposto que foi monge".

O Marquês des Arcis: Ele adivinhou, mas não sei como. Dormis cedo?

O amo: Costumeiramente não; ainda mais nesta noite: estou aflito, só fizemos metade da jornada que planejamos.

O Marquês des Arcis: Se não tendes nada com que ocupar vosso tempo de modo mais útil ou agradável, contarei a história de meu secretário; é singular.

O amo: Escutar-vos-ei com prazer.

Já vos ouço, leitor. Estais dizendo: — E os amores de Jacques?... — Imaginais que não estou tão curioso quanto

---

21 - Ordem fundada por São Norberto em 1119, cuja regra, no século XVIII, era tida como pouco severa.

vós? Esquecestes de que Jacques gostava de falar, sobretudo de si mesmo? Esta é uma mania geral das pessoas de sua condição, mania que as tira de sua abjeção, que as coloca na tribuna e as tranforma, de repente, em personagens interessantes. Em vossa opinião, qual é o motivo que atrai a população para as execuções públicas? A desumanidade? Não, estais enganado: o povo não é desumano; se pudesse, arrancaria das mãos da justiça o infeliz do cadafalso ao redor do qual se reúne. O povo vai à Praça da Greve buscar uma cena que possa contar quando voltar a seu bairro; essa ou aquela, é-lhe indiferente, desde que lhe permita desempenhar um papel, o de reunir os vizinhos e se fazer ouvir. Promovei uma festa divertida na rua e vereis a praça de execuções vazia. O povo é ávido por espetáculos, corre a sua procura, pois se diverte quando deles usufrui e também se diverte com o relato que deles faz quando volta para casa. O furor do povo é terrível, embora não dure muito tempo. Sua própria miséria o torna compassivo: faz com que desvie os olhos do espetáculo de horror que procurou, com que se enterneça e volte para casa chorando... Tudo o que estou vos dizendo, leitor, aprendi com Jacques, confesso, pois não gosto de me cobrir de honra com a argúcia alheia. Jacques não conhecia nem a palavra vício, nem a palavra virtude; achava que nascemos felizes ou infelizes. Quando ouvia pronunciar as palavras recompensa e castigo, dava de ombros. Segundo ele, recompensa era o encorajamento dos bons; castigo, o pavor dos maus. "Poderia ser de outro modo", dizia ele, "se não existe liberdade e se nosso destino está escrito lá em cima?" Acreditava que um homem caminha necessariamente ou para a glória ou para a ignomínia, como uma bola que tivesse consciência de si mesma seguiria ao longo da encosta de uma montanha; acreditava que, se fosse conhecido o encadeamento das causas e efeitos que formam a vida de um homem desde o primeiro instante de seu nascimento até o último suspiro, ficaríamos convencidos de que ele não fez senão o que tinha de fazer. Várias vezes eu o contradisse, porém sem vantagens nem frutos. Com efeito, o que se pode replicar àquele que vos diz: qualquer que seja a quantidade de elementos de que sou composto, sou uno; ora, uma causa só tem um efeito; sempre fui uma causa una; nunca tive de produzir senão um efeito; minha duração é, portanto, apenas uma sequência de efeitos necessários. Jacques raciocinava assim, como seu capitão. A distinção entre um mundo físico e um mundo moral parecia-lhe desprovida de sentido. Seu capitão metera-lhe na cabeça essas opiniões, que extraíra de seu Espinosa e que sabia de cor. Segundo esse sistema, alguém poderia ser levado a pensar que Jacques não se regozijava, não se afligia por nada; mas isso não era verdade. Conduzia-se mais ou menos como vós e eu. Agradecia a seu benfeitor, para que continuasse a fazer-lhe o bem. Encolerizava-se com o homem injusto e, quando lhe objetavam que então ele parecia com o cão que morde a pedra que o feriu, dizia: "Absolutamente não, não se pode corrigir a pedra mordida pelo cão; o homem injusto é modificado pelo cacete." Amiúde era inconseqüente, como vós e eu, e sujeito a esquecer seus princípios, salvo em algumas circunstâncias, nas quais ficava evidentemente dominado pela sua filosofia; então, ele dizia: "Isso tinha de acontecer, pois estava escrito lá em cima." Esforçava-se para prevenir o mal; era prudente, embora tivesse o maior desprezo pela prudência. Quando o acidente acontecia, voltava ao refrão; consolava-se. Ademais, bom homem, franco, honesto, corajoso, apegado, fiel, muito cabeçudo, mais tagarela ainda e aflito, como vós e eu, por ter começado a história de seus amores sem ter praticamente nenhuma esperança de terminá-la. Assim, leitor, aconselho-vos a decidir e, a despeito dos amores de Jacques, conformar-vos com as aventuras do secretário do Marquês des Arcis. Aliás, eu o vejo, pobre Jacques, com o pescoço envolto num lenço grosso; com seu cantil, antes cheio de bom vinho, contendo agora apenas mezinha, tossindo, imprecando contra a hospedeira que deixaram e contra seu vinho de Champanhe, coisas que ele não faria se se lembrasse de que tudo está escrito lá em cima, até seu resfriado.

Ademais, leitor, continuamos nos contos de amor; narrei-vos um, dois, três, quatro contos de amor; ainda narrarei outros três ou quatro contos de amor: são muitos contos de amor.

Por outro lado, é verdade que, se escrevemos para vós, é preciso prescindir de vosso aplauso ou então servir ao vosso gosto, e vos decidistes pelos contos de amor. Todas as vossas novelas, em verso ou prosa, são contos de amor; quase todos os vossos poemas, elegias, éclogas, idílios, canções, epístolas, comédias, tragédias e óperas são contos de amor. Quase todas as vossas pinturas e esculturas não passam de contos de amor. Tomais os contos de amor como sendo todo o alimento, desde que existis; nunca vos cansais dele. Sois mantido nesse regime e continuareis a sê-lo por muito tempo ainda, homens e mulheres, crianças grandes e pequenas, sem que vos canseis dele. Na verdade, isso é maravilhoso. Eu gostaria que a história do secretário do Marquês des Arcis também fosse um conto de amor; mas temo que não seja, e que fiqueis entediado. Tanto pior para o Marquês des Arcis, para o amo de Jacques, para vós, leitor, e para mim.

Há um momento em que quase todas as mocinhas e rapazes caem na melancolia; são atormentados por uma vaga inquietude que paira em todas as coisas; nada encontram que a acalme. Procuram a solidão; choram; o silêncio dos claustros os toca; a imagem da paz que parece reinar nas casas religiosas os seduz. Tomam esse sentimento pela voz de Deus que os chama, pelos primeiros esforços de um temperamento que se desenvolve: é precisamente quando a natureza os solicita que abraçam um gênero de vida contrário aos votos da natureza. O erro não dura; a expressão da natureza se torna mais clara: reconhecem-na, e o ser seqüestrado cai em lamentações, langor, vapores, loucura ou desespero... Esse foi o preâmbulo do Marquês des Arcis. Desgostoso do mundo na idade de dezessete anos, Richard (este é o nome do secretário) fugiu da casa paterna e tomou o hábito de premonstratense.

O AMO: De premonstratense? Parabenizo-o. São brancos como cisnes, e São Norberto, que fundou a ordem, só omitiu uma coisa em seus estatutos...

O MARQUÊS DES ARCIS: Dar em consignação uma carruagem de dois assentos para cada um dos religiosos.

O AMO: Se os cupidos não andassem nus, certamente se vestiriam de premonstratenses. Nessa ordem reina uma política singular. Permitem-se a duquesa, a marquesa, a condessa, a presidenta, a conselheira, até a financista, mas de modo algum a burguesa; por mais bonita que seja a vendedora, raramente se vê um premonstratense numa loja.

O MARQUÊS DES ARCIS: Foi o que Richard me disse.

Richard teria feito seus votos depois de dois anos de noviciado, se seus pais não tivessem se oposto. Seu pai exigiu que ele entrasse para o convento, onde lhe seria permitido pôr à prova sua vocação, observando todas as regras da vida monástica durante um ano, tratado fielmente cumprido por ambas as partes. Decorrido o ano da prova, sob as vistas da família, Richard pediu para fazer seus votos. Seu pai respondeu: "Dei-vos um ano para tomardes uma resolução definitiva, espero que não me recuseis mais um para o mesmo fim; consinto apenas que o passeis onde vos aprouver." Enquanto aguardava o final do segundo prazo, fez-se amigo do superior da ordem. Foi nesse intervalo de tempo que se viu implicado numa dessas aventuras que só acontecem em conventos. Havia, então, à frente de uma das casas da ordem, um superior de caráter extraordinário. Chamava-se Padre Hudson. O Padre Hudson tinha a mais interessante figura: testa grande, rosto oval, nariz aquilino, grandes olhos azuis, belas e grandes bochechas, uma bela boca, belos dentes, o mais fino sorriso, a cabeça coberta por uma floresta de cabelos brancos, que acrescentava dignidade ao interesse de sua figura; tinha sagacidade, conhecimentos, alegria, a mais honesta postura e os mais honestos propósitos; tinha amor à ordem, ao trabalho; tinha, contudo, as mais fogosas paixões, o mais desenfreado gosto pelos prazeres e pelas mulheres, o gênio da intriga e levado ao último grau, os mais dissolutos costumes; exercia o mais absoluto despotismo em sua casa. Quando lhe deram a administração da casa, ela estava infectada por um jansenismo ignorante; os estudos eram mal feitos, os assuntos temporais estavam em desordem, os deveres religiosos tinham caído em desuso, os ofícios divinos eram celebrados sem decência, os alojamentos supérfulos tinham sido ocupados por pensionistas dissolutos. O Padre Hudson converteu ou afastou os jansenistas, ele mesmo presidiu aos estudos, restabeleceu o poder temporal, pôs a regra em vigor, expulsou os pensionistas escandalosos, introduziu regularidade e decência na celebração dos ofícios e fez de sua comunidade uma das mais edificantes. Contudo, dispensava-se a si mesmo de tal austeridade, à qual sujeitava os outros; não era tolo o bastante para partilhar do jugo de ferro sob o qual mantinha os subalternos; por isso, estavam todos animados por um furor contido contra o Padre Hudson, furor cada vez mais violento e perigoso. Cada qual era seu inimigo e seu espião; cada qual se ocupava, em segredo, de sondar as trevas de sua conduta; cada qual tinha uma lista de suas desordens ocultas; cada qual resolvera prejudicá-lo; não dava um passo sem ser seguido; esboçadas as suas intrigas, logo eram conhecidas.

O abade da ordem tinha uma casa contígua ao monastério. Essa casa tinha duas portas, uma dava para a rua, e a outra, para o claustro. Hudson tinha reforçado as fechaduras; os aposentos do abade superior tornaram-se o reduto de suas cenas noturnas, e seu leito, o de seus prazeres. Quando a noite avançava, ele mesmo introduzia, pela porta da rua, nos apartamentos do abade, mulheres de todas as condições. Lá se faziam ceias delicadas. Hudson tinha um confessionário e corrompera todas as que, dentre suas penitentes, valiam a pena. Dentre as penitentes havia uma confeiteirazinha, famosa no bairro por sua garridice e encantos. Hudson, que não podia freqüentá-la em casa, trancou-a em seu harém. Tal rapto causou, é claro, suspeita nos pais e no esposo. Fizeram-lhe uma visita. Hudson recebeu-os com ares de consternação. Enquanto aquela boa gente estava a lhe expor as mágoas, o campanário tocou, eram seis horas da tarde: Hudson impôs-lhes silêncio, tirou o chapéu, levantou-se, fez o sinal da cruz, e com um tom afetuoso e compenetrado, disse: *Angelus Domini nuntiavit Mariae*[22]... E eis o pai da confeiteira e seus irmãos, envergonhados da suspeita, a dizerem ao esposo, descendo a escada: "Sois um tolo, meu filho... Não tendes vergonha, irmão? Um homem que reza o *Angelus*, um santo!"

Uma noite, no inverno, quando retornava ao convento, foi abordado por uma dessas criaturas que se oferecem aos passantes. Pareceu-lhe bonita; seguiu-a; mal entrou, apareceu o vigia. Essa aventura teria perdido outro qualquer, mas Hudson era um homem esperto, e o acidente atraiu a benevolência e a proteção do magistrado de polícia. Levado à sua presença, eis como falou:

— Chamo-me Hudson, sou o superior de minha casa. Quando nela ingressei, tudo estava em desordem, não havia

---

22 - "O anjo de Deus anunciou a Maria..."

nem ciência, nem disciplina, nem costumes; o espiritual fora negligenciado escandalosamente; o desperdício do temporal ameaçava a casa de uma ruína próxima. Restabeleci tudo, mas sou homem e preferi dirigir-me a uma mulher corrompida a dirigir-me a uma mulher honesta. Agora, podeis dispor de mim como vos aprouver...

O magistrado recomendou-lhe mais discrição no futuro, prometeu-lhe segredo sobre a aventura e manifestou o desejo de conhecê-lo mais intimamente.

Entretanto, os inimigos que o cercavam tinham, cada qual, enviado por conta própria relatórios ao superior geral da ordem, onde expunham tudo o que sabiam sobre a má conduta de Hudson. O confronto desses relatórios aumentava-lhes a força. O superior geral era jansenista e, conseqüentemente, estava disposto a vingar-se da espécie de perseguição que Hudson incitara contra os adeptos de suas opiniões. Teria ficado encantado em estender a toda a seita a censura dos costumes corrompidos do único defensor da bula e da moral relaxada. Por conseqüência, mandou os diversos relatórios dos fatos e gestos de Hudson para as mãos de dois comissários que despachou secretamente, com ordem de proceder à verificação e constatá-la em juízo. Impôs-lhes, sobretudo, aplicar à conduta do caso a maior circunspecção, único meio de acabrunhar o culpado subitamente e de lhe tirar a proteção da Corte e do Bispo Mirepoix[23], aos olhos do qual o jansenismo era o maior de todos os crimes, e a submissão à bula *Unigenitus*, a primeira das virtudes. Richard, meu secretário, foi um dos dois comissários.

---

23 - Trata-se de Boyer, bispo de Mirepoix, ministro do Departamento de Benefícios e auxiliar de Christophe de Beaumont na luta contra os jansenistas. A personagem do padre Hudson é um amálgama de caracteres e aventuras reais, as do abade Durier, prior de moral relaxada da abadia premonstratense de Moncetz, e as do imão Bruneau, superior da abadia de Saint-Yves de Braine. Este, segundo Francis Pruner (*Clés pour le Père Hudson*, "Archives de Lettres Modernes", 1961), foi, pelas mesmas razões que Hudson, investigado por dois comissários (um deles chamado Richard), que acabaram se tornando seus cúmplices. Vê-se, assim, como Diderot, partindo de fatos reais, elabora uma personagem maquiavélica e extremamente sedutora, como se vê pelos recursos que emprega para atingir seus objetivos.

Eis os dois homens saídos do noviciado e instalados na casa de Hudson, procedendo às informações em silêncio. Logo recolheram uma lista de mais crimes do que era necessário para pôr cinqüenta monges no *in pace*. Sua estadia fora longa, mas a tarefa fora tão correta que nada transpirou. Hudson, que era tão esperto, chegava ao momento de sua derrota e sequer suspeitava. Entretanto, o pouco cuidado desses novatos vindos para lhe fazer a corte, aliado ao segredo, à viagem, às freqüentes conferências com outros religiosos, às saídas, ora juntos, ora separados, à espécie de gente que visitavam e que os visitava, causaram-lhe inquietação. Espionou-os, mandou espioná-los, e logo o objeto de sua missão ficou evidente para ele. De modo algum desconcertou-se; ocupou-se profundamente da maneira, não de escapar à tempestade que o ameaçava, mas de atraí-la para a cabeça dos dois comissários. Eis a solução extraordinária que encontrou.

Havia seduzido uma moça que mantinha escondida numa pequena acomodação dos arredores de Saint-Médard. Correu à casa dela e fez o seguinte discurso:

— Tudo foi descoberto, minha filha, estamos perdidos. Sereis presa no mais tardar em oito dias; ignoro o que será feito de mim. Nada de desespero, nem de gritos, refazei-vos do choque. Escutai-me, fazei o que vos direi, fazei corretamente, encarrego-me do resto. Amanhã partirei para o campo. Durante minha ausência, procurai dois religiosos cujos nomes vos darei (deu os nomes dos comissários). Pedi-lhes para lhes falar em segredo.

Quando estiverdes a sós com eles, atirai-vos a seus pés, implorai-lhes ajuda, implorai-lhes justiça, implorai-lhes que intercedam por vós junto ao superior geral, sobre o espírito do qual sabeis que eles têm muita ascendência. Chorai, soluçai, arrancai os cabelos e, chorando, soluçando e arrancando os cabelos, contai-lhes a nossa história inteira, contai-a da maneira mais apropriada para inspirar comiseração por vós e horror por mim.

— Como, senhor? Eu lhes direi...

— Sim, direis quem sois, a que família pertenceis, direis que vos seduzi no tribunal da confissão, que vos tirei dos braços de vossos pais, que vos exilei na casa em que estais. Dizei que, depois de terdes perdido a honra e vos precipitado no crime, abandonei-vos na miséria; dizei que não sabeis o que será de vós.

— Mas, padre...

— Fazei o que estou vos prescrevendo e o que ainda me resta a prescrever, senão decretareis vossa desgraça e a minha. Esses dois monges não deixarão de lastimar-vos, de assegurar-vos assistência e de pedir-vos um segundo encontro, ao qual comparecereis. Tomarão informações sobre vós e vossos pais, e, como tudo o que lhes dissestes será verdade, não lhes parecereis suspeita. Depois da primeira e da segunda entrevista, prescrever-vos-ei o que fazer na terceira. Pensai somente em desempenhar bem vosso papel.

Tudo aconteceu como Hudson imaginara. Fez outra viagem. Os dois comissários instruíram a moça, que voltou à casa. Pediram-lhe outra vez que contasse sua triste história. Enquanto a contava a um, o outro tomava notas em seus cadernos. Lastimavam sua sorte, nela introduziram a desolação dos pais, fato demasiado real; prometeram-lhe segurança para sua pessoa e a pronta vingança contra o sedutor, porém com a condição de assinar a queixa. Essa proposta pareceu, a princípio, revoltá-la; insistiram; ela concordou. Agora bastava marcar o dia, a hora e o lugar onde se daria o ato, que exigia tempo e comodidade... "Não pode ser onde estamos; se o prior voltar e perceber... Não ousaria propor-vos minha casa..." A moça e os comissários separavam-se, dando-se, reciprocamente, tempo para transpor as dificuldades.

No mesmo dia, Hudson foi informado do que tinha acontecido. Ei-lo no auge da alegria, quase atingindo o momento do triunfo; logo ensinaria àqueles fedelhos quem era o homem que pretendiam afetar.

— Pegai a pena — disse ele à moça — e marcai encontro com eles no lugar que vou indicar. Tenho certeza de que esse encontro lhes convirá. A casa é honesta, e a mulher que lá mora goza da melhor reputação, tanto na vizinhança como entre os outros locatários.

Essa mulher era, entretanto, uma dessas intrigueiras secretas que se fazem de devotas, insinuam-se nas melhores casas com um tom meigo, afetuoso, sonso, e conquistam a confiança de mães e filhas, a fim de levá-las ao desregramento. Hudson fazia largo uso dela; era sua intermediária.

Teria ele posto ou não a intrigueira a par de seu segredo? Ignoro.
Com efeito, os dois enviados do superior geral aceitaram o encontro. Ei-los. A intrigueira se retira. Começam a verbalizar a queixa, quando um grande ruído irrompe na casa.
— A quem procurai, senhores?
— Procuramos a Senhora Simion (era o nome da intrigueira).
— Pois estais à sua porta.
Batem violentamente à porta.
— Atendo, senhores? — disse a moça aos dois religiosos.
— Atendei.
— Abro?
— Abri...
Quem falava assim era um comissário, íntimo amigo de Hudson. Afinal, quem não o conhecia? Revelara-lhe o perigo que corria e ditara seu papel.
— Ah! — disse o comissário ao entrar — Dois religiosos com uma moça! Ela não é nada má!
A moça estava tão indecentemente vestida, que era impossível deixar de notar sua condição e o que ela poderia ter para tratar com dois monges, dos quais o mais velho ainda não tinha trinta anos. Afirmaram sua inocência. O comissário escarnecia-os, passando a mão no queixo da moça, que tinha se atirado a seus pés e pedia perdão.
— Estamos num lugar honesto — diziam os monges.
— Sim, sim, num lugar honesto — dizia o comissário.
— Eles vieram aqui para tratar de um assunto importante.
— Conhecemos o assunto importante que se resolve por aqui. Falai, senhorita.
— Senhor comissário, o que estes senhores estão dizendo é a pura verdade.
O comissário verbalizava por sua vez e, como nada havia nos autos além da pura e simples exposição do fato, os dois monges foram obrigados a assinar. Ao descerem, encontraram numerosa população, um fiacre, arqueiros que os miravam de dentro do fiacre, em meio ao ruído confuso da invectiva e das vaias. Cobriram o rosto com seus mantos, estavam desolados. O pérfido comissário perguntou:
— Por que, caros padres, freqüentar lugares dessa

espécie e criaturas semelhantes? Mas isto não é nada, tenho ordem da polícia para vos entregar nas mãos de vosso superior, que é um homem galante e indulgente; ele não dará ao caso mais importância do que merece. Não creio que em vossa casa haja costumes como os dos cruéis capuchinhos. Se tivésseis feito isto aos capuchinhos, por Deus, eu vos lamentaria.

Enquanto o comissário lhes falava, o fiacre seguia para o convento, a multidão aumentava, cercava-os, ia à frente e acompanhava-os velozmente. Ouvia-se então: — O que é?... — Ali? São monges... — O que fizeram? — Foram apanhados em casa de mulheres... — O quê? Premonstratenses em casa de mulheres?! — Sim, fazem concorrência aos carmelitas e aos franciscanos... — Chegam. O comissário desce, bate à porta, bate de novo e mais uma vez; ela se abre, enfim.

Advertiram o superior Hudson, que se fez esperar pelo menos meia hora, a fim de dar todo o estrondo possível ao escândalo. Surgiu, afinal. O comissário lhe falou ao ouvido, fazendo semblante de quem vai interceder; Hudson estava com ares de quem vai rejeitar os rogos asperamente; este, com uma expressão severa e adotando um tom firme, finalmente lhes disse:

— Não tenho religiosos dissolutos em minha casa; esses dois são estranhos, desconheço-os, talvez sejam patifes disfarçados com os quais podeis fazer o que quiserdes.

Depois dessas palavras, fechou-se a porta; o comissário subiu na carruagem e disse aos nossos dois pobres diabos, mais mortos que vivos:

— Fiz o que pude; nunca pensei que o Padre Hudson fosse tão duro. Mas, também, por que diabo fostes a uma casa de mulheres da vida?

— Se aquela com quem nos encontrastes é de fato uma, não foi a libertinagem que nos conduziu até ela.

— Ah! Meus padres! Dizeis isso a um velho comissário? Quem sois?

— Somos religiosos, e é nosso o hábito que vestimos.

— Pensai que amanhã será preciso esclarecer vosso caso; contai-me a verdade, talvez eu vos possa ser útil.

— Dissemos a verdade... Mas, para onde vamos?

— Para o Châtelet.

— Para o Châtelet?! Para a prisão?
— Estou desolado.
Com efeito, foi lá que Richard e seu companheiro foram deixados. Contudo, a intenção de Hudson não era mantê-los por lá.
Tomou uma diligência; foi a Versalhes; falou ao ministro; traduziu-lhe o caso como convinha.
— Eis, monsenhor, a que nos expomos, quando introduzimos reformas numa casa dissoluta e cassamos os hereges. Um momento mais tarde e eu estaria perdido, desonrado. A perseguição não ficará por aqui; haveis de ouvir todos os horrores possíveis para prejudicar um homem de bem; espero, contudo, monsenhor, que vos lembrareis de que nosso superior geral...
— Eu sei, eu sei e lamento o ocorrido. Os serviços que prestastes à Igreja e à vossa ordem não serão esquecidos. Os eleitos do Senhor sempre estiveram expostos à desgraça; souberam suportá-las, é preciso saber imitar sua coragem. Contai com a benevolência e a proteção do rei. Ah! Os monges! Os monges! Já fui um deles, e sei, por experiência própria, do que são capazes.
— Se a felicidade da Igreja e do Estado quisesse que Vossa Eminência me fizesse cair no esquecimento, eu acataria sem temor.
— Não tardarei a vos tirar dessa situação. Ide.
— Não, monsenhor, não me afastarei de modo algum, sem uma ordem expressa que entregue aquele dois maus religiosos...
— Pelo que vejo, a honra à religião e ao hábito vos tocam a ponto de esquecer injúrias pessoais. Isto é muito cristão! Sinto-me edificado, sem, no entanto ficar surpreso por encontrar um homem como vós. O caso será abafado.
— Ah! Monsenhor, encheis minha alma de alegria! Neste momento, era tudo o que eu temia.
— Trabalharei nesse sentido.
Na mesma noite, Hudson obteve a ordem de soltura e, no dia seguinte, ao amanhecer, Richard e seu companheiro estavam a vinte léguas de Paris, sob a condução de um oficial de polícia que os devolveu à casa professa. Esse era igualmente o portador de uma carta que ordenava ao

superior geral acabar com semelhantes enviados a impor as penas claustrais a nossos dois religiosos.

Essa aventura consternou os inimigos de Hudson; não havia um só monge em sua casa a quem seu olhar não fizesse tremer. Alguns meses depois, foi-lhe entregue uma rica abadia. O superior geral concebeu, por causa disso, um despeito mortal. Estava velho, e tinha tudo para temer que o Abade Hudson o sucedesse. Gostava de Richard ternamente.

— Meu pobre amigo — disse-lhe um dia —; o que será de ti, se caíres sob a autoridade do celerado Hudson? Estou apavorado. Ainda não estás comprometido; se acreditas em mim, abandona o hábito... — Richard seguiu o conselho e voltou à casa paterna, que não era longe da abadia de Hudson.

Hudson e Richard freqüentavam as mesmas casas, era impossível não se encontrarem e, com efeito, encontraram-se. Um dia, Richard estava em casa da senhora de um castelo situado entre Châlons e Saint-Dizier, entretanto, mais perto de Saint-Dizier do que de Châlons, e ao alcance de um tiro de fuzil da abadia de Hudson. A senhora lhe disse:

— Temos aqui vosso antigo prior. Ele é muito amável, mas, no fundo, que espécie de homem é?

— O melhor dos amigos e o mais perigoso dos inimigos.

— Acaso tendes vontade de revê-lo?

— Nenhuma...

Mal dera essa resposta, ouviu-se o ruído de um cabriolé que entrava no pátio e viu-se Hudson descer com uma das mulheres mais bonitas da região.

— Tereis de vê-lo mesmo sem querer, — disse-lhe a senhora do castelo — é ele.

A senhora do castelo e Richard foram ao encontro da senhora do cabriolé e do Abade Hudson. As senhoras se abraçaram. Hudson, aproximando-se de Richard e o reconhecendo, exclamou:

— Ah! Sois vós, meu caro Richard? Quiseste desgraçar-me, mas eu vos perdôo. Perdoai-me vossa visita ao Châtelet, e não pensemos mais nisso.

— Convenhamos, Sr. Abade, fostes um grande patife.

— Pode ser.

— Se tivessem feito justiça, a visita ao Châtelet teria sido vossa, não minha.
— Pode ser... Creio que devo meus novos costumes ao perigo que corri naquela ocasião. Ah! Meu caro Richard! Como tudo aquilo me fez refletir! Como estou mudado!
— A mulher com quem viestes é encantadora.
— Não tenho mais olhos para esses atrativos.
— Que corpo!
— Isso se tornou indiferente para mim.
— Como é robusta!
— Cedo ou tarde nos recuperamos de prazeres que só obtemos em cima de um telhado, com o risco de quebrarmos o pescoço a cada movimento.
— Ela tem as mãos mais lindas do mundo.
— Renunciei a essas mãos. Uma cabeça bem ordenada faz a alma voltar ao lugar, à única felicidade verdadeira.
— E os olhos que ela volta às escondidas para vós; convenhamos, vós, que sois conhecedor, nunca vistes olhos mais brilhantes e ternos. Que graça, que leveza, que nobreza no andar, na postura!
— Não penso mais nessas vaidades; li a Escritura, tenho meditado sobre os Padres.
— E, de quando em quando, sobre as perfeições dessa senhora. Ela mora longe de Moncetz? Seu esposo é jovem?
Impaciente por causa das perguntas e convecido de que Richard não o tomava por um santo, Hudson disse bruscamente:
— Meu caro Richard, estais zombando de mim, e com razão.
Meu caro leitor, perdoai-me a propriedade de expressão e admiti que, tanto neste como numa infinidade de outros contos, tais como, por exemplo, o da conversação entre Piron e o falecido Abade Vatri, a palavra *honesto* estragaria tudo.
— Que conversa é essa de Piron e do Abade Vatri? — Ide perguntar ao editor de suas obras, que não ousou registrá-la, mas que não se fará de rogado para vos contar.
Nossos quatro personagens se reuniram no castelo; almoçaram bem, almoçaram alegremente e, à noite, separaram-se com a promessa de se reverem... Enquanto o Marquês des Arcis conversava com o amo de Jacques, este, por sua vez, não ficou mudo com o Sr. Secretário Richard, que

o considerou um verdadeiro original, coisa que poderia acontecer mais freqüentemente entre os homens, se a educação, em primeiro lugar, e os costumes da sociedade, não os usassem como moedas de prata que, de tanto circularem, perdem a impressão. Era tarde; o pêndulo avisou amos e criados que era hora de repousar, e eles seguiram seu conselho. Jacques, despindo seu amo, disse-lhe:
— Gostais de quadros, senhor?

O AMO: Sim, mas desde que narrados, pois, em matéria de cor sobre tela, embora decididamente só julgue como um amador, confesso-te que não entendo nada; confesso-te que ficaria muito embaraçado ao ter de distinguir entre uma escola e outra, poderiam dar-me um Boucher por um Rubens ou por um Rafael; confesso-te que tomaria uma cópia ruim por um original sublime; daria mil escudos por um borrão de seis francos e seis francos por um trabalho de mil escudos. Sempre abasteci-me de quadros na ponte de Notre-Dame, em casa de um tal de Tremblin, que, no meu tempo, era o recurso da miséria ou da libertinagem, e a ruína do talento dos jovens alunos de Vanloo[24].

JACQUES: Como?!

O AMO: Que diferença faz para ti? Conta teu quadro e sê breve, pois estou caindo de sono.

JACQUES: Imaginai-vos diante da Fonte dos Inocentes, ou então perto da porta Saint-Denis; esses dois acessórios enriquecerão a composição.

O AMO: Lá estou.

JACQUES: Vedes, no meio da rua, um fiacre com a capota quebrada e virada de lado.

O AMO: Estou vendo.

JACQUES: Dele saem um monge e duas moças. O monge sai correndo. O cocheiro desce rapidamente de seu assento. O cão do fiacre vai no encalço do monge e o agarra pelo hábito; o monge faz todos os esforços para se livrar do cão. Uma das moças, decomposta, com o pescoço à mostra, estoura de rir. A outra, que fez um galo na testa, está apoiada na portinhola e pressiona a cabeça com as duas mãos. A população se aglomera, os moleques acorrem e gritam,

---

24 - Refere-se Diderot a Louis Michel Van Loo (1707-1771), diretor da Escola Real de Alunos Protegidos.

vendedores e vendedoras aparecem à porta de suas lojas, e outros espectadores estão nas janelas.

O AMO: Com o diabo, Jacques! Tua composição é bem ordenada, rica, agradável, variada e cheia de movimento. Quando voltarmos a Paris, leva essa história a Fragonard[25]; verás o que poderá fazer com ela.

JACQUES: Depois do que me confessastes sobre vossas luzes em matéria de pintura, posso aceitar vosso elogio sem baixar os olhos de vergonha.

O AMO: Aposto que é uma das aventuras do Abade Hudson.

JACQUES: É verdade.

Leitor, enquanto essa boa gente dorme, eu vos proponho uma questãozinha para discutirdes com vosso travesseiro: o que poderia ser uma criança nascida do Abade Hudson e da Sra. de La Pommeraye? — Talvez um homem honesto. — Talvez um sublime velhaco. — Amanhã de manhã me direis.

Pela manhã, nossos viajantes se separaram, pois o Marquês des Arcis não ia pelo mesmo caminho que Jacques e seu amo. — Então vamos retomar a história dos amores de Jacques? — Espero que sim. Nossa única certeza é que o amo viu que horas eram, cheirou seu rapé e disse a Jacques:

— Muito bem, Jacques! E os teus amores?

Em vez de responder à pergunta, Jacques disse:

— Não é o diabo? Da manhã à noite queixam-se da vida e não conseguem se decidir a deixá-la! Acaso a vida presente é, se pensarem bem, uma coisa tão ruim? Será que temem uma vida pior no futuro?

O AMO: Tanto uma coisa quanto a outra. A propósito, Jacques, crês na vida futura?

JACQUES: Não creio nem descreio; não penso nisso. Gozo o melhor que posso a que nos foi concedida como adiantamento de herança.

O AMO: Eu, por mim, considero-me uma crisálida; gosto

---

25 - Jean Honoré Fragonard (1732-1806) é conhecido, desde o século XVIII, como pintor de cenas galantes, amiúde licenciosas. Nas célebres críticas de arte diderotianas, reunidas sob o título de *Salons*, o gosto de Fragonard por essa sorte de tema é atribuído à formação que lhe deu seu mestre François Boucher (1703-1770), considerado pelo Diderot crítico como o grande libertino do meio artístico.

de persuadir-me de que, um dia, a borboleta, ou minha alma, venha a romper a casca e a voar para a justiça divina.

JACQUES: Vossa imagem é encantadora.

O AMO: Não é minha; eu a li, creio, num poeta italiano chamado Dante, que fez uma obra intitulada *A Comédia do Inferno, do Purgatório e do Paraíso*[26].

JACQUES: Eis aí um assunto singular para uma comédia!

O AMO: Por Deus, há belas coisas, sobretudo no *Inferno*. Ele tranca os heresiarcas em tumbas de fogo, cuja chama escapa e espalha ao longe a devastação; os ingratos, tranca em celas, onde vertem lágrimas que se congelam nos rostos; os preguiçosos, tranca em outras celas e, deles, diz que o sangue sai de suas veias e que é recolhido por vermes desdenhosos... Mas a que vem tua investida contra o nosso desprezo por uma vida que tememos perder?

JACQUES: Vem a propósito do que o secretário do Marquês des Arcis me contou sobre o marido da mulher bonita do cabriolé.

O AMO: Ela é viúva.

JACQUES: Perdeu o marido numa viagem que fez a Paris, e o diabo do homem não queria nem ouvir falar dos sacramentos. Foi a senhora do castelo onde Richard encontrou o Abade Hudson que se encarregou de reconciliá-lo com a touca.

O AMO: O que queres dizer com isso?

JACQUES: Touca é o que se põe na cabeça das crianças recém-nascidas.

O AMO: Entendo. E como ela fez para lhe pôr a touca?

JACQUES: Fizeram um círculo em volta da lareira. Depois de ter tomado o pulso do doente, que achou muito fraco, o médico foi sentar-se ao lado dos outros. A senhora de que falamos aproximou-se do leito e lhe fez várias perguntas, mas sem elevar a voz mais que o necessário para que o homem não perdesse uma só palavra do que queriam que ele ouvisse. Depois disso, transcorreu uma conversa entre a senhora, o doutor e alguns dos presentes, conversa que vou reproduzir.

A SENHORA: E então, doutor, não trazeis notícias da Sra. de Parma?

---

26 - *A Divida Comédia*. A citação é do *Purgatório*, X 124 e ss.

O DOUTOR: Venho de uma casa onde me asseguraram que ela estava tão mal, que perderam as esperanças.

A SENHORA: Essa princesa sempre deu sinais de piedade. Tão logo se sentiu em perigo, pediu para confessar-se e para receber os sacramentos.

O DOUTOR: Hoje, o cura de São Roque foi em seu lugar levar uma relíquia a Versalhes, mas chegará tarde demais.

A SENHORA: A Sra. Infanta não é a única a dar tais exemplos. O Sr. Duque de Chevreuse, que esteve muito doente, não esperou que lhe ministrassem os sacramentos, ele mesmo os pediu, o que deu grande satisfação à família.

O DOUTOR: Ele está muito melhor.

UM DOS PRESENTES: É certo que isso não permite que se morra, pelo contrário.

A SENHORA: Na verdade, a partir do momento em que há perigo, dever-se-ia cumprir esses deveres. Aparentemente, os doentes não concebem quão duro é isso para os que os cercam, sobretudo quando é indispensável ministrar-lhes os sacramentos.

O DOUTOR: Venho da casa de um doente que me disse, há dois dias:

— Como achais que estou, doutor?

— Senhor, a febre está alta, com freqüentes elevações.

— Acreditais que aumentará em breve?

— Não, temo apenas por esta noite.

— Sendo assim, quero mandar avisar um certo homem com o qual tenho um negócio particular, a fim de concluí-lo enquanto ainda tenho juízo... — Ele se confessou, recebeu todos os sacramentos. Voltei à noite, a febre havia baixado. Ontem estava melhor; hoje está fora de perigo. Em meu tempo de prática, muitas vezes tenho visto os sacramentos produzirem efeitos assim.

O DOENTE *(ao criado):* Trazei-me o frango.

JACQUES: Serviram-no, ele quis cortar, mas não tinha força. Picaram a asa em pedacinhos; pediu pão, que agarrou sofregamente para mastigar um bocado, que não conseguiu engolir e pôs no guardanapo; pediu vinho, molharam-lhe os lábios, e ele disse: "Estou passando bem..." Sim, mas depois de meia hora ele se foi.

O AMO: Entretanto aquela senhora fez o possível... e teus amores?

JACQUES: E o acordo que fizemos?
O AMO: Compreendo... Tu te instalaste no castelo de Desglands, e a velha carregadora Jeanne ordenou à jovem filha Denise visitar-te quatro vezes por dia e cuidar de ti. Mas, antes de continuares, dize-me, Denise era virgem?
JACQUES *(tossindo):* Creio que sim.
O AMO: E tu?
JACQUES: Há muito minha virgindade se fora.
O AMO: Então este não foi o teu primeiro amor?
JACQUES: Por que não?
O AMO: Porque assim como amamos aquela a quem entregamos nossa virgindade, somos amados por aquela de quem a tiramos.
JACQUES: Às vezes sim, às vezes não.
O AMO: E como perdeste a tua?
JACQUES: Eu não a perdi; troquei-a, e muito bem.
O AMO: Conta um pouco sobre essa troca.
JACQUES: Seria o primeiro capítulo do livro de Lucas, uma ladainha como o *genuit*[27], que não acaba mais, da primeira até Denise, que foi a última.
O AMO: Que acreditou na tua virgindade sem que a tivesses.
JACQUES: E antes de Denise, as duas vizinhas de nossa choupana.
O AMO: Que acreditaram na tua virgindade sem que a tivesses.
JACQUES: De fato.
O AMO: Deixar de perder a virgindade com duas não demonstra muita habilidade.
JACQUES: Meu amo, pelo canto de vosso lábio direito, que está levantado, e por vossa narina esquerda, que está crispando, percebo que tanto faz contar a coisa de boa vontade ou sob pressão, tanto mais que estou sentindo minha dor de garganta se agravar, que a continuação dos meus amores será longa, e que não tenho mais disposição senão para um ou dois breves contos.
O AMO: Se Jacques quisesse me dar um grande prazer...
JACQUES: O que ele faria?
O AMO: Começaria pela perda de sua virgindade. Sabes

---

27 - Genealogia de Cristo. Lucas, 3, 23-38.

do mais? Sempre tive vontade de ouvir a história desse grande acontecimento.

JACQUES: E por que, fazendo a fineza?

O AMO: Porque de todas as histórias do mesmo gênero, só a tua pode ser picante; as outras não passam de repetições insípidas e comuns. De todos os belos pecados de uma jovem penitente, tenho certeza de que o confessor só se atém a este.

JACQUES: Meu amo, meu amo, vejo que tendes a mente corrompida, e que, em vossa agonia, o diabo poderia perfeitamente apresentar-se diante de vós com a mesma forma com que se apresentou a Ferragus[28].

O AMO: É possível. Mas aposto que perdeste tua inocência para alguma velha impudica de tua terra.

JACQUES: Não apostai, perderíeis.

O AMO: Então foi para a criada do cura.

JACQUES: Não apostai, perderíeis de novo.

O AMO: Para a sobrinha, então?

Jacques: A sobrinha dele explodia de mau humor e devoção, qualidades que juntas vão muito bem, mas que não vão comigo.

O AMO: Creio que acertei desta vez.

JACQUES: Duvido.

O AMO: Num dia de festa ou de mercado...

JACQUES: Não era dia de festa, nem de mercado.

O AMO: Foste à cidade.

JACQUES: Não estava indo à cidade coisa nenhuma.

O AMO: E estava escrito lá em cima que numa taverna encontrarias uma dessas criaturas charmosas, que te embriagarias...

JACQUES: Eu estava em jejum. O que está escrito lá em cima é que na hora em que vos cansardes de falsas conjecturas, ganhareis o defeito que sempre corrigistes em mim: a mania de adivinhar, e sempre errado. Este que estais a ver, meu senhor, um dia foi batizado.

O AMO: Se te propões a iniciar a história da perda de tua virgindade a partir da pia batismal, não terminaremos tão cedo.

JACQUES: Tive, pois, um padrinho e uma madrinha.

---

28 - Personagem do *Ricciardetto*, de Fortiguerra (ver nota 11).

Mestre Bigre, o mais famoso fabricante de carros da cidade, tinha um filho. Bigre pai foi meu padrinho, e Bigre filho era meu amigo. Quando tínhamos uns dezoito ou dezenove anos, enrabichamo-nos, os dois ao mesmo tempo, por uma costureirazinha chamada Justine. Não era conhecida pela crueldade, mas julgou distinguir-se por um primeiro desdém, e sua escolha recaiu sobre mim.

O AMO: Eis uma dessas esquisitices de mulher que não se entende.

JACQUES: A morada inteira do carruageiro mestre Bigre, meu padrinho, reduzia-se a uma loja e um sótão. Sua cama ficava no fundo da loja. Bigre filho, meu amigo, dormia no sótão, ao qual se subia por uma escadinha colocada mais ou menos à mesma distância entre a cama de seu pai e a porta da loja.

Quando Bigre, meu padrinho, adormecia, Bigre, meu amigo, abria a porta devagar, e Justine subia ao sótão pela escadinha. No dia seguinte, ao amanhecer, antes que Bigre pai acordasse, Bigre filho descia do sótão, abria a porta e Justine evadia-se do mesmo modo como havia entrado.

O AMO: Para ir visitar mais um sótão, o dela ou de outro.

JACQUES: Por que não? O comércio entre Bigre e Justine era muito terno, mas tinha de ser perturbado: estava escrito lá em cima; portanto aconteceu.

O AMO: Pelo pai?

JACQUES: Não.

O AMO: Pela mãe?

JACQUES: Não, ela havia morrido.

O AMO: Por um rival?

JACQUES: Não, não, com o diabo! Não. Meu amo, está escrito lá em cima que sereis assim até o fim de vossos dias; repito: enquanto viverdes, adivinhareis e sempre errado. Uma manhã em que meu amigo Bigre, mais cansado do que de costume, ou pelo trabalho da véspera ou pelo prazer da noite, repousava candidamente nos braços de Justine, eis que uma voz formidável se fez ouvir ao pé da escadinha:

— Bigre! Bigre! Maldito preguiçoso! O *Angelus* já tocou, são quase cinco e meia, e tu ainda estás no sótão? Resolveste ficar aí até meio-dia? Tenho de ir aí para te mandar descer mais depressa do que imaginas? Bigre! Bigre!

— Meu pai?
— E o eixo que aquele velho fazendeiro grosseirão está esperando? Queres que ele volte aqui de novo e recomece o alvoroço?
— O eixo está pronto, em quinze minutos ele o terá...
Senhor, deixe-vos imaginar as transações entre Justine e meu pobre amigo Bigre filho.
O AMO: Estou certo de que Justine prometeu a si mesma não voltar mais ao sótão, e que, na mesma noite, lá estava ela. Mas como sairá esta manhã?
JACQUES: Se preferis adivinhar, calo-me... Enquanto isso, Bigre filho precipitou-se da cama com as pernas nuas, as calças na mão e o casaco no braço. Enquanto se vestia, Bigre pai resmungava entre os dentes:
— Desde que cismou com essa ordinariazinha, tudo vai mal. Isso vai acabar; isso não pode continuar, está começando a cansar-me. Se ao menos fosse uma moça que valesse a pena, mas uma criatura assim! Deus sabe que espécie de criatura! Ah! Se a pobre defunta, que era honrada até o último fio de cabelo, tivesse visto uma coisa dessas, há muito teria espancado a um e arrancado os olhos da outra no final da missa cantada, sob o pórtico da igreja, na frente de todo mundo, porque nada a detinha. Até agora, tenho sido bom demais e, se imaginam que continuarei sendo, estão enganados.
O AMO: Acaso Justine ouvia essas palavras do sótão?
JACQUES: Não duvido. Enquanto isso, Bigre filho foi à casa do fazendeiro, com o eixo nas costas; Bigre pai pôs mãos à obra. Depois de algumas aplainadas, seu nariz lhe pediu uma pontinha de rapé; procurou a tabaqueira nos bolsos, na cabeceira da cama e não a encontrou. "Foi aquele malandro", disse a si mesmo, "que se apossou dela, como sempre; vejamos se não a deixou lá em cima..." E ei-lo subindo ao sótão. Um momento depois, dá por falta do cachimbo e da faca, e volta ao sótão.
O AMO: E Justine?
JACQUES: Tinha juntado suas roupas às pressas e deslizara para debaixo da cama, onde se estendera de barriga para baixo, mais morta do que viva.
O AMO: E teu amigo Bigre filho?
JACQUES: Tendo entregado o eixo, colocado-o no lugar e

recebido o pagamento, correu à minha casa, e expôs o terrível embaraço em que se encontrava. Depois de ter me divertido com a história, disse-lhe: "Escuta, Bigre, vai passear pela aldeia, vai aonde quiseres, que eu resolverei o caso. Só te peço uma coisa: tempo..." Estais sorrindo. O que há, meu senhor?

O AMO: Nada.

JACQUES: Meu amigo Bigre saiu. Vesti-me, pois ainda não me havia levantado. Fui à casa de seu pai, que, mal me viu, soltou um grito de surpresa e alegria, dizendo:

— E então, afilhado! De onde vens? Que fazes aqui tão cedo?...

Meu padrinho Bigre nutria verdadeira amizade por mim; também lhe respondi com franqueza:

— Não se trata de saber de onde venho, mas de como voltarei para casa.

— Ah! Afilhado, estás ficando libertino! Receio que Bigre se junte a ti. Passaste a noite fora.

— E nesse pormenor meu pai não aceita desculpas.

— Teu pai tem razão, afilhado, de não querer saber de desculpas. Mas comecemos tomando o café da manhã; uma boa garrafa de vinho há de nos aconselhar.

O AMO: Jacques, esse homem tinha bons princípios.

JACQUES: Respondi-lhe que não tinha necessidade nem vontade de beber, nem de comer e que estava caindo de cansaço e de sono. O velho Bigre que, no seu tempo, não perdia para ninguém, acrescentou, galhofando:

— Afilhado, ela era bonita e gozaste muito. Escuta: Bigre saiu, sobe ao sótão e deita-te em sua cama... Mais uma palavrinha, antes que volte: ele é teu amigo, quando vos encontrardes, dize-lhe que estou desgostoso, muito desgostoso. Quem o corrompeu foi aquela Justine, que deves conhecer (afinal, que rapaz na aldeia não a conhece?). Prestar-me-ias um grande serviço, se o afastasses dessa criatura. Antigamente, ele era o que se pode chamar de um bom rapaz, mas desde que travou esse infeliz conhecimento... Não estás me ouvindo, teus olhos estão fechando; sobe, vai descansar.

Subi, despi-me, puxei o cobertor e os lençóis, apalpei por todos os lados: nada de Justine. Enquanto isso, Bigre, meu padrinho, dizia: "Filhos... Malditos filhos! Acaso existe algum que não dê desgostos ao pai?" Não encontrando Justine na cama, imaginei que estava no chão. O sótão estava completamente escuro. Abaixei-me, passei a mão embaixo da cama, encontrei um dos braços, agarrei-o, puxei-o em minha direção, e ela veio tremendo. Abracei-a, acalmei-a, fiz sinal para que se deitasse. Ela juntou as mãos, atirou-se a meus pés, agarrou-se a meus joelhos. Talvez eu não tivesse resistido a essa cena muda, se estivéssemos à luz do dia, mas, quando as trevas não nos tornam tímidos, tornam-nos atrevidos. Além do mais, eu ainda guardava no coração seu antigo desprezo. Minha única reação foi jogá-la em direção à escada que conduzia à loja. Soltou um grito de pavor. Bigre, que o ouviu disse: "Está sonhando..." Justine desmaiou; suas pernas bambearam, em seu delírio, dizia, com uma voz arfante: "Ele virá... está vindo... ouço-o subindo... estou perdida!..." "Não, não," respondi-lhe com uma voz arfante "acalmai-vos, calai-vos e deitai-vos..." Ela persistiu na recusa; segurei-a com firmeza; resignou-se, e ei-nos um ao lado do outro.

O AMO: Traidor! Celerado! Sabes o crime que vais cometer? Vais violar a moça, senão pela força, pelo terror. Se fosses levado ao tribunal, provarias todo o rigor reservado aos raptores.

JACQUES: Não sei se a violei, mas sei que mal não lhe fiz, nem ela a mim. Primeiro, desviou a boca de meus beijos, aproximou-se de meu ouvido e disse, baixinho:

— Não, não, Jacques, não...

Ante essas palavras, fiz que ia sair da cama, virando-me na direção da escada. Ela me deteve e tornou a dizer-me ao ouvido:

— Nunca pensei que fôsseis tão mau; vejo que não posso esperar nenhuma piedade de vós, mas, pelo menos, prometei-me, jurai-me que...

— O quê?

— Que Bigre não saberá de nada.

O AMO: Prometeste, juraste, e tudo transcorreu perfeitamente bem.

JACQUES: E depois, melhor ainda.

O AMO: E depois ainda melhor?

JACQUES: Precisamente como se estivésseis lá. Entretanto Bigre, meu amigo, impaciente, preocupado e cansado de rondar a casa sem me encontrar, entra na casa do pai, que lhe diz mal-humorado:

— Demoraste tanto para nada...

Bigre respondeu-lhe com mais mau humor ainda:

— Teria sido mais fácil, se as pontas daquele maldito eixo estivessem mais finas, estavam grossas demais.

— Eu te avisei, mas só queres fazer o que te dá na cabeça.

— Porque é mais fácil tirar do que pôr.

— Pega este pino e vai terminá-lo na porta.

— Por que na porta?

— Porque o barulho da ferramenta acordaria teu amigo Jacques.

— Jacques!...

— Sim, Jacques, que está descansando lá em cima no sótão. Ah! Os pais são dignos de lástima; quando não é uma coisa, é outra. E então! Não te mexes? Enquanto ficas aí como um imbecil, com a cabeça baixa, a boca aberta e os braços caídos, o trabalho não anda...

Bigre, meu amigo, furioso, lança-se em direção à escada; Bigre, meu padrinho, o detém, dizendo:

— Aonde vais? Deixa aquele pobre diabo dormir, porque está morto de cansaço. Gostaria que pertubassem teu repouso, se estivesses no lugar dele?

O AMO: E Justine estava ouvindo tudo isso?

JACQUES: Assim como estais a ouvir-me.

O AMO: E tu, o que fazias?

JACQUES: Eu ria.

O AMO: E Justine?

JACQUES: Tinha arrancado a touca, puxava os cabelos, erguia os olhos para o teto, pelo que presumo, e torcia os braços.

O AMO: Jacques, és um bárbaro, tens um coração de bronze.

JACQUES: Não, meu senhor, não, tenho sensibilidade, mas a reservo para melhores ocasiões. Os dissipadores dessa riqueza são tão perdulários quando é preciso economizá-la, que não mais a têm quando precisam ser pródigos. Vesti-me e desci. Bigre pai disse:

— Precisavas disso, fez-te bem; quando chegaste, tinhas o aspecto de um desterrado, e eis-te vermelho e fresco como

uma criança que acaba de mamar. O sono é uma coisa boa!...
Bigre, desce à adega e traz uma garrafa de vinho para o café. Tomarás o café da manhã com gosto agora, não é, afilhado?
— Com muito gosto...
A garrafa chegou e foi posta sobre a banca; estávamos em pé, ao redor. Bigre pai encheu seu copo e o meu, Bigre filho, afastando o seu, disse, zangado:
— Para mim não, não tenho sede assim tão cedo.
— Não queres beber?
— Não.
— Ah! Já sei o que é. Afilhado, tem Justine aí; passou na casa dela e, ou não a encontrou, ou então a surpreendeu com outro; esse enfado para com a garrafa não é natural, estou dizendo.
Eu: Adivinhastes corretamente, de certo.
Bigre Filho: Jacques, chega de gracinhas com ou sem propósito, não gosto disso.
Bigre Pai: Se não queres beber, nada impede que o façamos. À tua saúde, afilhado!
Eu: À vossa saúde, padrinho. Bigre, meu amigo, bebe conosco. Estás magoado à toa.
Bigre Filho: Já disse que não vou beber.
Eu: Ora, se teu pai acertou, que diabo, vais revê-la, ela se explicará, e convirás que agiste mal.
Bigre Pai: Deixa-o. Não é bem feito que aquela criatura o castigue pelo trabalho que me dá? Mais um trago e voltemos ao teu caso. Creio que preciso levar-te à casa de teu pai; o que queres que eu lhe diga?
Eu: O que quiserdes, o que já ouvistes dizer cem vezes, quando trouxe vosso filho.
Bigre Pai: Vamos...
Ele saiu; acompanhei-o, chegamos à porta de casa; deixei-o entrar sozinho. Curioso da conversa entre Bigre pai e o meu, escondi-me num canto, atrás de um tabique, de onde não perdi uma palavra.
Bigre Pai: Vamos, compadre, é preciso perdoá-lo desta vez.
— Perdoá-lo de quê?
— Não te faças de ignorante.
— Não estou fingindo, ignoro de fato.

— Estás zangado, e com razão.
— Não estou zangado coisa nenhuma.
— Estás, estou dizendo.
— Se queres que eu esteja, está bem, mas devo antes saber a tolice que ele fez.
— Muito bem, três, quatro vezes, mas não é comum. Um bando de rapazes e moças se encontra, bebe, ri, dança. As horas passam depressa. Porém, a porta da casa se fecha... Bigre, abaixando o tom de voz, acrescentou:
— Não nos ouvem, mas sinceramente, éramos mais comportados do que eles em sua idade? Sabes quem são os maus pais? Os maus pais são aqueles que esqueceram as faltas de sua juventude. Diz-me: acaso nunca dormimos fora de casa?
— E tu, Bigre, meu compadre, dize-me se nunca fizemos amizades que desagradavam nossos pais?
— Por isso, lamento-me mais do que o sofrimento exige. Faz o mesmo.
— Mas Jacques não dormiu fora de casa, pelo menos esta noite, tenho certeza.
— Pois bem! Se não dormiu fora esta noite, dormiu noutra. O que importa é que não queiras mal a teu filho.
— Não.
— Quando eu partir não o maltratarás?
— De modo algum.
— Dás tua palavra?
— Dou.
— Palavra de honra?
— Palavra de honra.
— Está certo, vou indo...
Quando meu padrinho Bigre estava na soleira da porta, meu pai, batendo-lhe suavemente no ombro, disse-lhe: "Bigre, meu amigo, aqui tem coisa; teu filho e o meu são muito matreiros, receio que hoje nos tenham pregado uma peça; com o tempo descobriremos. Adeus, compadre."
O AMO: E que fim teve a aventura entre teu amigo Bigre e Justine?
JACQUES: O fim esperado. Ele se irritou; ela, mais ainda. Chorou, e ele se enterneceu; ela lhe jurou que eu era o melhor amigo que ele já teve; eu lhe jurei que ela era a moça mais honesta da aldeia. Acreditou em nós, pediu-nos perdão,

amou-nos e estimou-nos mais do que nunca. E eis o começo, o meio e o fim da história da perda da minha virgindade. Agora, meu senhor, gostaria que me apontásseis o fundo moral dessa história impertinente.

O AMO: Conhecer melhor as mulheres.

JACQUES: E tínheis necessidade da lição?

O AMO: Para conhecer melhor os amigos.

JACQUES: E sempre acreditastes que pudesse existir alguém que observasse o rigor para com vossa mulher ou filha, se elas se propusessem a conquistá-lo?

O AMO: A história nos ensina a conhecer melhor os pais e os filhos.

JACQUES: Ora, senhor! Eles sempre foram e sempre serão, alternadamente, enganados uns pelos outros.

O AMO: O que estás dizendo são verdades eternas, nas quais, entretanto, não se pode insistir muito. Qualquer que seja a história que prometeste contar-me depois desta, fica certo de que só para um tolo ela será desprovida de lição. Continua.

Leitor, veio-me agora um escrúpulo: de ter atribuído a Jacques ou ao amo a honra de algumas reflexões que, de direito, vos pertecem. Se assim for, podeis reivindicá-las sem que se formalizem. Creio ter percebido também que a palavra *Bigre* vos desagrada. Bem que gostaria de saber o porquê. É o verdadeiro nome de família do meu carruageiro; certidões de batismo, atestados de óbito e contratos de casamento registram o nome *Bigre*. Os descendentes de Bigre, que hoje moram em sua loja, chamam-se Bigre. Quando suas crianças, que são bonitas, passam na rua, ouve-se: "Lá vão os pequenos Bigre." Quando se pronunciar o nome *Boule*, lembrai-vos do maior marceneiro que já existiu. Na terra de Bigre, ainda não se pronuncia o nome *Bigre* sem que venha à lembrança o maior carruageiro de que se tem memória. O Bigre, cujo nome se lê no final de todos os ofícios pios do começo deste século, foi um de seus parentes. Se algum dia um parente afastado de Bigre se destacar por alguma grande ação, o nome próprio de Bigre não vos será menos imponente que o de César ou Condé. É que há Bigre e Bigre, bem como Guilherme e Guilherme. Se eu digo simplesmente Guilherme, não me refiro nem ao conquistador da Grã-Bretanha, nem ao mercador de algodão do *Advogado*

Patelin; Guilherme, simplesmente, não é nem heróico nem burguês: assim é Bigre. Bigre, simplesmente, não é nem o famoso carruageiro *Bigre*, nem nenhum de seus vulgares ancestrais ou descendentes. Francamente, pode um nome próprio ser de bom ou mau gosto? As ruas estão cheias de difamadores que se chamam Pompeu. Despojai-vos de vossa falsa delicadeza, ou dela me valerei para convosco, assim como Milord Chatram dela se valeu para com os membros do parlamento, aos quais dizia: "Sucre, Sucre; o que há nisso de ridículo?..." E direi: "Bigre, Bigre, Bigre; por que alguém não pode se chamar Bigre?" É que, como dizia um oficial a seu general, o grande Condé[29], há um altivo Bigre, assim como há um carruageiro Bigre; um bom Bigre, como vós e eu; vulgares Bigre, como uma infinidade de outros.

JACQUES: Era dia de casamento; o Irmão Jean tinha casado a filha de um dos vizinhos. Eu era um dos encarregados de receber os convidados. Colocaram-me à mesa entre os dois maiores trocistas da paróquia; eu parecia um perfeito pateta, embora não o fosse tanto quanto acreditavam. Fizeram-me algumas perguntas sobre como seria a noite de núpcias da noiva; respondi tolamente; ei-los morrendo de rir, e as mulheres desses dois gaiatos gritando do outro lado: "O que está acontecendo? Estais muito alegres por aí, não é?" "É que é muito engraçado," respondeu um dos maridos à mulher, "à noite te conto." A outra, não menos curiosa, fez a mesma pergunta ao marido, que lhe deu a mesma resposta. A refeição prosseguiu, bem como as perguntas e minhas tolices, as gargalhadas e a surpresa das mulheres. Depois da refeição houve dança; depois da dança, chegou a hora de repouso dos noivos, a liga foi dada de presente, como de costume; eu estava em minha cama, os trocistas nas deles, contando às mulheres esta coisa incompreensível, incrível: eu, aos vinte e dois anos, grande e vigoroso como era, de excelente aparência, sempre alerta e nada tolo, era, ao mesmo tempo, inocente, tão inocente quanto ao sair do ventre de minha mãe. Isso fez com que as duas mulheres se maravilhassem tanto quanto os maridos. Contudo, no dia seguinte, Suzanne me fez um sinal e disse:

---

29 - Luís II, príncipe de Condé, o Grande (1621-1686), um dos generais mais notáveis do reinado de Luís XIV.

— Jacques, não tens nada a fazer?
— Não, vizinha; em que poderia vos servir?
— Eu gostaria... eu gostaria... — e dizendo "eu gostaria", pegava minha mão e me olhava de modo muito peculiar. — Eu gostaria que pegasses este podão e viesses à comuna ajudar-me a cortar dois ou três feixes de lenha, pois é um trabalho muito pesado para eu fazer sozinha.
— Com muito gosto, dona Suzanne...
Peguei o podão, e nós fomos. No caminho, Suzanne deixava a cabeça cair em meu ombro, segurava-me o queixo, puxava minhas orelhas e beliscava-me as costelas. Chegamos. O lugar era em declive. Suzanne deita no chão no lugar mais alto, com os pés afastados e os braços atrás da cabeça. Eu estava abaixo dela, passando o podão no mato, e Suzanne flexionava as pernas, aproximando os calcanhares das nádegas; os joelhos erguidos encurtavam muito os saiotes. Eu continuava passando o podão no mato, não olhando muito bem onde o batia e, por isso, freqüentemente o batia de lado. Enfim, Suzanne me disse:
— Jacques, por que não terminas logo com isso?
E eu respondi:
— Quando quiserdes, dona Suzanne.
— Não vês — disse, murmurando — que eu quero que termines?... — Então, terminei o serviço, tomei fôlego, terminei mais uma vez, e Suzanne...

O AMO: Tirou a virgindade que não mais possuías?

JACQUES: De fato, mas Suzanne não se deixou enganar, sorriu e disse-me:
— Pregaste uma boa peça em meu homem, és muito ladino.
— O que estais querendo dizer, dona Suzanne?
— Nada, nada; estás me entendendo até demais. Se me enganares mais algumas vezes desse modo, eu te perdôo...
Amarrei os feixes, coloquei-os nas costas; voltamos, ela para sua casa, e eu para a minha.

O AMO: Sem fazer nenhuma parada no caminho?
JACQUES: Sem paradas.
O AMO: A comuna ficava longe da aldeia?
JACQUES: Não mais longe do que a aldeia da comuna.
O AMO: Ela não era grande coisa?
JACQUES: Talvez valesse mais para outro, num outro dia:

cada momento tem seu preço. Algum tempo depois, dona Marguerite, mulher do outro trocista, precisava moer os grãos e não tinha tempo para ir ao moinho; foi pedir a meu pai que um de seus filhos fosse por ela. Como eu era o maior, ela não duvidava que a escolha de meu pai recaísse sobre mim, o que, de fato, aconteceu. Dona Marguerite saiu; acompanhei-a; pus o saco em cima do jumento e, sozinho, conduzi-o até o moinho. Moído o grão, o jumento e eu voltamos, muito tristes, ante a idéia de ver o trabalho perdido. Estava enganado. Para ir do moinho à aldeia, era preciso atravessar um pequeno bosque, foi aí que encontrei dona Marguerite, sentada na beira da estrada. A noite caía.
— Até que enfim, Jacques — disse-me —, chegaste! Sabes que estou a esperar-te há mais de uma interminável hora?...
Sois muito observador, leitor. Está bem, interminável hora é do uso das senhoras da cidade, para dona Marguerite a hora é comprida.
JACQUES: É que a água era pouca, o moinho estava andando devagar, o moleiro estava bêbado: por mais que eu tivesse me aviado, não teria conseguido voltar mais cedo.
MARGUERITE: Senta, tagarelemos um pouco.
JACQUES: Com prazer, dona Marguerite.
Sentei-me ao lado dela para tagarelar, entretanto ambos ficamos em silêncio. Então eu lhe disse: Mas, dona Marguerite, não estais dizendo uma só palavra, não estamos tagarelando.
MARGUERITE: Estou pensando no que meu marido falou de ti.
JACQUES: Não acrediteis em nada do que vosso marido vos disse, ele é um gozador.
MARGUERITE: Ele me garantiu que tu nunca te apaixonava.
JACQUES: Oh! É verdade.
MARGUERITE: Nunca na vida?
JACQUES: Nunca na vida.
MARGUERITE: Como? Em tua idade ainda não sabes o que é uma mulher?
JACQUES: Não entendi, dona Marguerite.
MARGUERITE: O que é uma mulher?
JACQUES: Uma mulher?

MARGUERITE: Sim, uma mulher.
JACQUES: Uma mulher... esperai... É um homem de saiote, touca e grandes tetas.
O AMO: Ah! Celerado!
JACQUES: A outra não se deixou enganar, e eu queria que esta se enganasse. Ante minha resposta, dona Marguerite deu gargalhadas que não acabavam mais. Eu, pasmo, perguntei-lhe de que ela ria tanto. Dona Marguerite disse-me que estava rindo de minha ingenuidade.
— Como, grande como és, não entendes nada disso?
— Não, dona Marguerite.
Nessa altura, dona Marguerite se calou, e eu também.
— Mas, dona Marguerite — acrescentei —, estamos aqui sentados para tagarelar, e não estais dizendo uma palavra sequer, não estamos tagarelando. Dona Marguerite, o que tendes? Em que estais pensando?
MARGUERITE: Sim, estou pensando... pensando... pensando...
E pronunciando esses estou pensando, seu peito começou a inchar, a voz enfraquecer, e os membros a tremer; os olhos estavam fechados, a boca, entreaberta; ela deu um suspiro profundo; desfaleceu; fingi pensar que ela tinha morrido e desatei a gritar como se estivesse apavorado:
— Dona Marguerite! Dona Marguerite! Falai, dona Marguerite, estais passando mal?
MARGUERITE: Não, meu filho, deixa-me descansar um instante... Não sei o que me deu... Veio subitamente.
O AMO: Ela estava mentindo.
JACQUES: Sim, estava mentindo.
MARGUERITE: É que eu estava pensando...
JACQUES: Assim como costumais pensar de noite, ao lado de vosso marido?
MARGUERITE: Às vezes.
JACQUES: Deveis assustá-lo.
MARGUERITE: Já se acostumou.
Pouco a pouco, Marguerite foi voltando a si e disse:
— Estava pensando que, no casamento, há oito dias, meu marido e o de Suzanne zombaram de ti; me deu dó; não sabes como fiquei.
JACQUES: Sois muito bondosa.

MARGUERITE: Não gosto de zombarias. Imaginei que na primeira oportunidade voltariam a zombar de ti e que eu iria aborrecer-me ainda mais.
JACQUES: Mas só depende de vós evitar que isso vos aborreça.
MARGUERITE: Como?
JACQUES: Ensinando-me.
MARGUERITE: O quê?
JACQUES: Aquilo que ignoro e que tanto fazia rir vosso homem e o de Suzanne, que não ririam mais.
MARGUERITE: Oh não, não! Bem sei que és um bom rapaz e que não dirias nada a ninguém, mas eu não ousaria.
JACQUES: Por quê?
MARGUERITE: Porque não ousaria.
JACQUES: Ah! Dona Marguerite! Ensinai-me, por favor, eu vos serei eternamente grato, ensinai-me...
E, suplicando dessa maneira, peguei-lhe as mãos, e ela, as minhas; beijei-lhe os olhos, e ela me beijou a boca. Enquanto isso, anoitecia. Então eu lhe disse:
— Estou vendo, dona Marguerite, que não me quereis suficientemente, a ponto de ensinar-me; estou muito triste. Vamos, levantemo-nos, voltemos...
Dona Marguerite se calou; pegou uma de minhas mãos, não sei para onde a levou, mas o fato é que eu exclamei:
— Não tem nada! Não tem nada!
O AMO: Celerado! Duplamente celerado!
JACQUES: O fato é que ela estava praticamente despida, e eu também. O fato é que minha mão sempre ia para onde nela não havia nada, e que colocava-se a dela onde não acontecia a mesma coisa em mim. O fato é que de repente eu me vi por debaixo dela e, consequentemente, ela por cima de mim. O fato é que eu, não a aliviando de nenhum cansaço, mesmo assim parecia aliviá-la. O fato é que ela se entregava à minha instrução com tanta disposição, que houve um instante em que pensei que ela estava morrendo. O fato é que, tão atordoado quanto ela e não sabendo o que dizer, exclamei: Ah! Dona Suzanne, como me fazeis bem!
O AMO: Dona Marguerite, queres dizer.
Jacques: Não, não. O fato é que troquei os nomes, que, em vez de dizer dona Marguerite, disse dona Suzon. O fato é que confessei a dona Marguerite que aquilo que ela estava

me ensinando naquele dia, dona Suzon me ensinara, de modo um pouco diferente, é verdade, há uns três ou quatro dias. O fato é que ela me disse: "O quê? Suzon e não eu?..." O fato é que eu respondi: "Nenhuma das duas." O fato é que, zombando de si mesma, de Suzon, dos dois maridos e dizendo-me umas injuriazinhas, vi-me por cima dela e, conseqüentemente, ela por debaixo de mim e, reconhecendo que aquilo lhe dava muito prazer, contudo não tanto quanto da outra maneira, ela passou para cima e, conseqüentemente, eu para baixo. O fato é que, depois de algum tempo de descanso e silêncio, não fiquei nem embaixo dela, nem por cima dela, nem ela por cima de mim, nem eu por debaixo, pois ficamos de lado; sua cabeça estava inclinada para frente, e as nádegas coladas a minhas coxas. O fato é que, se eu me tivesse feito de mais ignorante, a boa dona Marguerite teria me ensinado tudo o que se pode aprender. O fato é que foi muito custoso voltar à aldeia. O fato é que minha dor de garganta aumentou muito, e que não há indícios de que possa falar senão dentro de quinze dias.

O AMO: Não tornaste a ver essas mulheres?

JACQUES: Perdão... Mais de uma vez.

O AMO: As duas?

JACQUES: As duas.

O AMO: E elas não brigaram?

JACQUES: Sendo úteis uma à outra, ficaram ainda mais amigas.

O AMO: Nossas mulheres teriam feito o mesmo, mas cada uma com o seu... Achas graça?

JACQUES: Sempre que me lembro do homenzinho gritando, imprecando, espumando, debatendo-se com a cabeça, os pés, as mãos, o corpo inteiro e prestes a atirar-se do alto do palheiro, arriscando-se a morrer, não posso deixar de rir.

O AMO: E que homenzinho é esse? O marido de dona Suzon?

JACQUES: Não.

O AMO: O marido de dona Marguerite?

JACQUES: Não... É sempre a mesma coisa: enquanto viverdes...

O AMO: Quem é, então?

Jacques não respondeu à pergunta, e o amo acrescentou:

— Dize-me apenas quem era o homenzinho.

JACQUES: Um dia, um menino sentado ao pé do balcão de um comerciante, gritava com toda força. Uma vendedora, importunada pelos gritos, lhe disse:
— Por que estás gritando, meu amigo?
— Porque querem me obrigar a dizer A.
— E por que não queres dizer A?
— Porque assim que eu tiver dito A, vão me obrigar a dizer B...
Assim que eu vos disser o nome do homenzinho, terei de dizer-vos o resto.

O AMO: Talvez.

JACQUES: Tenho certeza.

O AMO: Vamos, Jacques, meu amigo, dá-me o nome do homenzinho. Estás morto de vontade, não é? Não te prives desse prazer.

JACQUES: Era uma espécie de anão, corcunda, de pernas arqueadas, gago, zarolho, ciumento, lascivo, apaixonado e, talvez, amado de Suzon. Era o vigário da aldeia.

Jacques se parecia com o menino do comerciante como duas gotas de água se parecem, a única diferença era que, com sua dor de garganta, era difícil fazê-lo dizer A, mas, depois que abrisse a boca, iria sozinho até o fim do alfabeto.

JACQUES: Eu estava na granja de Suzon, a sós com ela.

O AMO: Não foste lá para nada, imagino.

JACQUES: Naturalmente. Quando o vigário chegou, ficou mal-humorado, ralhou comigo, perguntou imperativamente a Suzon o que ela estava fazendo a sós com o rapaz mais libertino da aldeia, no lugar mais escondido da choupana.

O AMO: Pelo que vejo, já tinhas má reputação.

JACQUES: E muito merecida. Ele estava irritado de verdade; acrescentou àquelas palavras outras ainda menos delicadas. Irritei-me também. De injúria em injúria, chegamos às vias de fato. Agarrei o forcado, passei-o entre suas pernas, dente para cá, dente para lá, e o atirei em cima do palheiro, nada mais nada menos, como se fosse um monte de palha.

O AMO: E o palheiro era alto?

JACQUES: Tinha pelo menos uns dez pés de altura, e o homenzinho não poderia descer sem quebrar o pescoço.

O AMO: E depois?

JACQUES: Depois, tirei o lenço de Suzon, peguei seu pescoço e o acareciei; ela se defendeu, mas não muito. Havia uma albarda de jumento, cujo conforto já nos era conhecido; empurrei-a para cima dessa albarda.
O AMO: Levantou-lhe as saias?
JACQUES: Levantei-lhe as saias.
O AMO: E o vigário estava vendo tudo?
JACQUES: Assim como estais a ver-me.
O AMO: E ele ficou quieto?
JACQUES: Que nada; ora, por favor... Não contendo mais a raiva, pôs-se a gritar: "As... as... assassino! À... à... fo... fo... fogueira!... La... la... ladrão!..." E eis que chegou o marido, que pensávamos estar longe.
O AMO: Estou agastado: não gosto de padres.
JACQUES: E teríeis ficado encantado, se, na presença de um deles...
O AMO: Certamente.
JACQUES: Suzon teve tempo de se levantar; eu me recompus, fugi, e, depois, ela me contou o que aconteceu. O marido viu o vigário empoleirado no palheiro e começou a rir. O vigário lhe dizia: "Ri... ri... ri bastante... És um... to... to... tolo." Obedecendo, o marido ria cada vez mais e perguntou quem o tinha metido lá em cima. O vigário: "Co... co... como su... su... su... bi... a... qui...! Com... com... o for... for... forcado..." "Perfeitamente, tendes razão; estais vendo no que dá estudar?..." O marido pegou o forcado, entregou-o ao vigário; este o acomodou entre as pernas do mesmo modo como eu o havia espetado; o marido deu uma ou duas voltas pela granja com ele na ponta do instrumento, acompanhando o passeio com uma espécie de cantiga em fabordão; e o vigário gritava: "Me... me... me... põe... no... no... chão, pa... pa... patife, vais... vais... me... me... pôr... no... no... chão... ou... ou... ou... não?..." E o marido lhe dizia: — Por que, senhor vigário, não vos exibo assim por todas as ruas da aldeia? Nunca se viu uma procissão tão bonita... — Contudo, para o vigário, a coisa ficou só no medo, e o marido o pôs no chão. Não sei o que disse ao marido então, pois Suzon fugira; mas ouvi: "In... in... infeliz... tu... tu... ba... bates num... pa... pa... padre, e... eu... te... ex... ex... excomungo; i... i... irás pa... pa... para o... o... in... inferno..." O homenzinho falava, e o marido o perseguia com golpes de forcado. Cheguei com outras

pessoas; assim que o marido me viu, enristou o forcado e disse: "Aproxima-te, aproxima-te."

O AMO: E Suzon?

JACQUES: Defendeu-se.

O AMO: Mal?

JACQUES: Não, as mulheres sempre se defendem bem, quando não são pegas em flagrante delito... De que estais a rir?

O AMO: Do que, como a ti, há de me fazer rir, todas as vezes em que me lembrar do padreco na ponta do forcado do marido.

JACQUES: Pouco tempo depois dessa aventura, que chegou aos ouvidos de meu pai, que também riu, sosseguei, como já vos disse.

Após alguns momentos de silêncio, ou de tosse por parte de Jacques, como alguns dizem, ou depois de rir mais, como dizem outros, dirigindo-se a Jacques, o amo disse:

— E a história de teus amores?

Jacques balançou a cabeça e não respondeu. Como pode um homem de bom senso, de costumes, que se diz filósofo, divertir-se relatando contos tão obscenos? — Primeiramente, leitor, não são contos, é uma história, e eu não me sinto mais culpado, ao contrário, talvez me sinta menos, quando escrevo as tolices de Jacques, do que Suetônio sentiu quando nos transmitiu as libertinagens de Tibério[30]. Não obstante, ledes Suetônio e não lhe fazei nenhuma censura. Por que não fechais a cara para Catulo, Marcial, Horácio, Juvenal, Petrônio, La Fontaine e tantos outros? Por que não dizeis a Sêneca, o estóico: — Que necessidade temos nós da depravação de vosso escravo diante dos espelhos côncavos? — Por que sois indulgente apenas para com os mortos? Se refletísseis um pouco sobre essa parcialidade, veríeis que ela nasce de algum princípio vicioso. Se sois inocente, não me lereis; se sois corrompido, ler-me-eis sem conseqüências. Ademais, se o que estou vos dizendo não vos satisfaz, abri o prefácio de Jean Baptiste Rousseau[31] e nele encontrareis minha apologia. Quem dentre vós ousará condenar

---

30 - Ver Suetônio (séc. I d.C.), *Vidas dos Doze Césares*.

31 - Jean Baptiste Rousseau (1671-1741) teve de exilar-se em 1707 por ter escrito versos obscenos e caluniosos sobre diversos escritores. No prefácio de suas *Obras* (1712), defende-se de todas as acusações que lhe fizeram.

Voltaire por ter escrito *A Virgem*[32]? Ninguém. Então, tendes duas balanças para pesar as ações humanas? Dizeis: — Mas *A Virgem* de Voltaire é uma obra prima! — Tanto pior, já que a lereis sem proveito. — O vosso *Jacques* não passa de uma insípida rapsódia de fatos, uns reais, outros imaginários, escritos sem graça e distribuídos sem ordem. — Tanto melhor, o meu *Jacques* será menos lido. Seja qual for o lado para onde fordes, estareis errado. Se minha obra é boa, agradar-vos-á; se é má, não vos fará mal. Nenhum livro é mais inocente do que um livro ruim. Divirto-me escrevendo, sob nomes emprestados, as tolices que fazeis; vossas tolices me fazem rir; meu escrito vos deixa de mau humor. Leitor, para falar-vos francamente, acho que não sou o pior de nós dois. Quão satisfeito eu ficaria se fosse fácil me prevenir de vossas atrocidades, como é para vós prevenir-vos do tédio ou do perigo de minha obra! Vis hipócritas, deixai-me em paz! Que se fodam todos os hipócritas, como jumentos sem albarda; mas permiti, leitor, que eu utilize a palavra *foder*; desculpo vossos atos, desculpai-me a palavra. Pronunciais audaciosamente as palavras *matar, roubar, trair*, mas só ousais pronunciar essa outra entre os dentes! Será possível que, quanto menos proferis essas palavras pretensamente impuras, mais tempo elas permaneçam em vosso pensamento? Que mal vos fez o ato genital, tão natural, tão necessário e justo, para dele excluirdes os sinais em vossas conversas? E para imaginardes que vossa boca, olhos e ouvidos possam ser por ele maculados? É bom que as expressões menos usadas, menos escritas, as mais caladas, sejam precisamente as mais sabidas e mais genericamente conhecidas. De fato, assim é; a palavra *futuo* não é menos familiar do que a palavra pão; nenhuma geração a ignora; nenhum idioma é desprovido dela: há mil sinônimos em todas as línguas, ela se imprime em cada uma, sem ser expressa, sem voz, sem figura, e o sexo, que mais a pratica, é que, por costume, mais a silencia. Continuo a vos ouvir, estais dizendo: "Fora, cínico! Fora, despudorado! Fora, sofista!..." Coragem, insultai bastante o autor digno de estima que sempre trazeis nas mãos, e do qual, aqui, sou

---

32 - Poema heróico-cômico, publicado em 1762, que trata da história de Joana d'Arc.

mero tradutor. A licença de seu estilo é, para mim, como que uma garantia da pureza de seus costumes; é Montaigne: *Lasciva est nobis pagina, vita proba*[33].

Jacques e seu amo passaram o resto do dia sem abrir o bico. Jacques tossia, e seu amo dizia: "Eis uma tosse cruel!" Olhava no relógio que horas eram, sem que por isso soubesse, abria sua tabaqueira sem se dar conta e cheirava sua pitada de rapé sem o sentir; a prova é que ele fazia essas coisas três ou quatro vezes seguidas e na mesma ordem. Um momento depois, Jacques ainda estava tossindo, seu amo disse:

— Que diabo de tosse! Pudera, entornaste o vinho da hospedeira até o gogó. Ontem à noite, também não te poupaste; quando subiste, cambaleavas, não sabias o que dizias; hoje fizeste umas dez pausas, aposto que não há uma só gota de vinho em teu cantil...

Depois, resmungou entre os dentes, olhou o relógio e regalou as narinas.

Esqueci-me de dizer-vos, leitor, que Jacques nunca andava sem um cantil cheio do melhor vinho, que ficava pendurado no arção da sela. Cada vez que seu amo interrompia seu relato com uma pergunta mais longa, desatava o cantil, bebia um trago para se animar e só o punha no lugar quando o amo parava de falar. Também me esqueci de dizer que, nos casos que exigiam reflexão, sua primeira atitude era interrogar o cantil. Se fosse necessário resolver uma questão de moral, discutir um fato, preferir um caminho a outro, começar, continuar ou abandonar um assunto, pesar as vantagens e desvantagens de uma operação de política, de especulação comercial ou financeira, a sabedoria ou a loucura de uma lei, o destino de uma guerra, a escolha de um albergue, no albergue, a escolha de um quarto, no quarto, a escolha de uma cama, sua primeira palavra era: "Interroguemos o cantil." Sua última palavra era: "É a opinião do cantil e a minha." Quando o destino emudecia em sua cabeça, explicava-se através do cantil, era uma espécie de Pítia portátil, silenciosa quando vazia. Em Delfos, a Pítia, com os saiotes arrepanhados, sentada com a bunda de fora

---

33 - "Nossa obra é lasciva onde a vida é honesta." Marcial, *Epigramas,* I, 4, 8.

sobre o trípode, recebia inspiração de baixo para cima. Jacques, em seu cavalo, com a cabeça voltada para o céu, o cantil desarrolhado, e o gargalo virado para a boca, recebia inspiração de cima para baixo. Quando a Pítia e Jacques proferiam seus oráculos, ambos estavam bêbados. Ele achava que o Espírito Santo descera aos apóstolos num cantil; chamava Pentecostes de a festa dos cantis. Deixou um breve tratado sobre todas as espécies de adivinhações, tratado profundo, no qual dá preferência à adivinhação de Bacbuc, ou pelo cantil. Apesar de toda a veneração que lhe conferia, acusou de falso o cura de Meudon, que interrogava a divina Bacbuc pelo choque da pança. "Gosto de Rabelais", ele diz, "mas prefiro a verdade a Rabelais." Ele o chama *de herético Engastrimitista;* prova por cem razões, umas melhores do que as outras, que os verdadeiros oráculos de Bacbuc, ou do cantil, só se fazem ouvir pelo gargalo. Entre os honrados sectários de Bacbuc, incluía os verdadeiros inspirados pelo cantil nesses últimos séculos: Rabelais, La Fare, Chapelle, Chaulieu, La Fontaine, Molière, Panard, Gallet, Vadé[34]. Platão e Jean-Jacques Rousseau, que enalteceram o bom vinho sem bebê-lo, são, em sua opinião, dois falsos irmãos do cantil. Outrora o cantil teve alguns santuários célebres: a Pomme-de-Pin, o Templo e a Guinguette, santuários cuja história foi escrita à parte. Fez a mais magnífica pintura do entusiasmo, ardor e fogo de que os bacbuquianos ou pericantilenos estiveram tomados (ou ainda estão sendo nos dias de hoje) quando, ao final da refeição, com os cotovelos apoiados na mesa, a divina Bacbuc ou o cantil sagrado lhes aparecia, punha-se no meio deles, assobiava, atirava longe sua rolha e cobria os adoradores com sua espuma profética. Seu manuscrito fora decorado com dois retratos, embaixo dos quais se lia: *Anacreonte e Rabelais, um antigo, outro moderno, soberanos pontífices do cantil.*

— Acaso Jacques utilizou o termo *Engastrimitista?...* —

---

34 - Como os nomes conhecidos dessa enumeração, os demais também designam hedonistas: La Fare (1644-1713), poeta galante; Chapelle, amigo de Molière; Chaulieu (1639-1720), libertino notório; Panard (1694-1765), autor de cantigas satíricas; Gallet (1700-1757), compositor de canções; Vadé (1719-1757), tido com inventor do estilo chamado *poissard,* que imita a linguagem e os costumes da camada mais baixa da sociedade.

Por que não, leitor? O capitão de Jacques; que era bacbuquiano, certamente conheceu a expressão, e Jacques, que guardava tudo o que ele dizia, pôde lembrar-se dela; mas, na verdade, o *engastrimitista* é meu, no original se lê *ventríloco*.
— Tudo isso é muito bonito, — acrescentareis — mas e os amores de Jacques? — Os amores de Jacques, só Jacques conhece, e ei-lo atormentado por uma dor de garganta que limita seu amo ao relógio e à tabaqueira, indigência que o aflige tanto quanto a vós. — Que será de nós, então? — Por Deus, não sei. Seria o caso de interrogar a divina Bacbuc ou o cantil sagrado; mas seu culto vem declinando, seus templos estão desertos. Assim como, com o nascimento do nosso divino Salvador, os oráculos do paganismo se extinguiram, com a morte de Gallet, os oráculos de Bacbuc emudeceram, e, com isso, adeus grandes poemas, adeus trechos de eloqüência sublime, adeus produções marcadas pela embriaguez e pelo gênio; tudo está razoado, compassado, academizado e sem graça. Ó divina Bacbuc! Ó cantil sagrado! Ó divindade de Jacques! Voltai ao nosso meio!... Leitor, tenho vontade de palestrar sobre o nascimento da divina Bacbuc, sobre os prodígios que o acompanharam e que a ele se seguiram, sobre as maravilhas de seu reinado e os desastres de sua retirada; se a dor de garganta de nosso amigo Jacques perdurar, e seu amo obstinar-se em manter silêncio, terei de contentar-vos com esse episódio, que me encarregarei de prolongar até que Jacques se cure e retome a história de seus amores.

Há aqui uma lacuna verdadeiramente deplorável na conversa de Jacques e seu amo. Um dia, o descendente de Nodot, do presidente de Brasses, de Freinshémius ou do Padre Brottier talvez venha a preenchê-la; e os descendentes de Jacques ou de seu amo, proprietários do manuscrito, rirão muito disso.

Parece que Jacques, reduzido ao silêncio por causa da dor de garganta, suspendeu a história de seus amores; parece que o amo começou a história dos dele. Essa é apenas uma conjectura, que vos exponho pelo que vale. Depois de algumas linhas pontilhadas que anunciam a lacuna, lê-se: "Nada no mundo é mais triste do que ser um tolo..." Teria Jacques proferido esse apotegma? Teria sido proferido por seu amo? Esse poderia ser o assunto de uma longa e espinhosa dissertação. Se Jacques tivesse sido insolente o bastante para dirigir ao amo tais palavras, este teria sido franco o bastante para dirigi-las a si mesmo. Seja como for, é evidente, é muito evidente que foi o amo que continuou.

O AMO: Era véspera de seu aniversário, e eu não tinha dinheiro. O cavaleiro de Saint-Ouin, meu amigo íntimo, que nunca se embaraçava com coisa alguma, disse-me:

— Estás sem dinheiro nenhum?

— Estou.

— Muito bem! Vamos fabricá-lo.

— Acaso sabes como?

— Naturalmente.

Vestiu-se, saímos e, através de várias ruas tortuosas, conduziu-me a uma casinha obscura, onde subimos por uma escadinha suja até o terceiro andar, onde entrei num apartamento bastante espaçoso e singularmente mobiliado. Entre outras coisas, havia três cômodas, todas de formas diferentes; atrás da cômoda do meio havia um grande espelho em capitel, alto demais para o teto, de modo que pelo menos meio pé desse espelho ficava escondido atrás da cômoda; em cima das cômodas havia mercadorias de toda espécie, dois tabuleiros de gamão; dispostos à volta do apartamento, havia cadeiras muito bonitas, mas todas sem o par; ao pé de uma cama sem cortinado, havia uma soberba marquesa; junto a uma das janelas, via-se um viveiro sem pássaros, novo, contudo; em outra janela havia um lustre suspenso por um cabo de vassoura, e este, apoiado no alto dos encostos de duas cadeiras de palha estragada; daí, da direita para a esquerda, havia quadros, uns pendurados nas paredes, outros empilhados.

JACQUES: Isso está cheirando a coisa de especulador, a uma légua de distância.

O AMO: Adivinhaste. O cavaleiro e o Sr. Le Brun (é o nome do nosso quinquilheiro e agiota) se abraçaram...

— Vós por aqui, cavaleiro?

— Sim, eu mesmo, meu caro Le Brun.

— O que houve convosco? Há uma eternidade não vos recebemos. Os tempos andam sombrios, não é mesmo?

— Muito sombrios, caro Le Brun. Mas não se trata disso; ouvi-me, quero dar-vos uma palavrinha...

Sentei-me. O cavaleiro e Le Brun conversavam num canto. Não posso reproduzir-te a conversa, mas apenas algumas palavras que surpreendi ao acaso...
— Ele é bom?
— Excelente.
— Mais velho?
— Sem dúvida.
— É o filho?
— Sim, é o filho.
— Sabeis que nossos dois últimos negócios...— Falai mais baixo.
— E o pai?
— Rico.
— Velho?
— E caduco.
Le Brun disse em voz alta:
— Senhor cavaleiro, não quero mais meter-me nessas coisas, elas sempre têm conseqüências desagradáveis. É vosso amigo, ainda bem! Pareceis ser um homem galante, senhor, porém...
— Meu caro Le Brun!
— Não tenho dinheiro.
— Mas tendes conhecidos!
— São todos mendigos, velhacos incorrigíveis. Sr.Cavaleiro, não estais cansado de lidar com essa gente?
— A necessidade não tem lei.
— A necessidade que vos urge é uma necessidade agradável, um carteado, uma partida de bela[35], uma moça...
— Caro amigo!...
— Sempre eu, estou fraco como uma criança; ademais, não sei a quem não seríeis capaz de fazer quebrar um juramento. Vamos, tocai essa campainha para sabermos se Fourgeot está em casa... Não, não, Fourgeot o levará à casa de Merval.
— E por que não vós?
— Eu! Jurei que esse abominável Merval nunca mais trabalharia para mim, nem para meus amigos. Será preciso responsabilizar-vos por esse senhor, que é, talvez, ou melhor, sem dúvida, um homem honesto; eu respondo por vós

---

35 - Jogo de cartas.

junto a Fourgeot e Fourgeot responde por vós junto a Merval...
Enquanto isso, a criada ia entrando, dizendo:
— É com o Sr. Fourgeot?
Le Brun disse a ela:
— Não, não é com ninguém... Sr. Cavaleiro, eu não poderia, absolutamente, eu não poderia.
O cavaleiro o abraçou e o acariciou:
— Meu caro Le Brun! Meu caro amigo!...
Aproximei-me, somei minhas instâncias às do cavaleiro:
— Sr. Le Brun! Meu caro senhor!...
Le Brun deixou-se persuadir.
A criada, que ria de todo esse fingimento, saiu e, num piscar de olhos, surgiu com um homenzinho coxo, vestido de negro, de bengala na mão, gago, com o rosto seco e enrugado e os olhos vivos. O cavaleiro virou-se em sua direção e lhe disse:
— Vamos, Sr. Mathieu de Fourgeot, não temos um minuto a perder, levai-nos depressa...
Fourgeot, sem dar mostras de escutá-lo, desamarrava os cordões de uma bolsinha de camurça.
Disse o cavaleiro a Fourgeot:
— Estais zombando, isso cabe a nós...
Aproximei-me, tirei um escudo, que entreguei furtivamente ao cavaleiro, que o deu à criada, passando-lhe a mão no queixo. Enquanto isso, Le Brun dizia a Fourgeot:
— Eu vos proíbo; não levareis estes senhores.
FOURGEOT: Por que, Sr. Le Brun?
LE BRUN: Porque ele é um patife, um mendigo.
FOURGEOT: Bem sei que o Sr. de Merval... Mas há misericórdia para todos os pecados; ademais, não conheço no momento outra pessoa com dinheiro.
LE BRUN: Fazei o que quiserdes, Sr. Fourgeot. Senhores, lavo minhas mãos.
FOURGEOT *(a Le Brun):* Não vireis conosco, Sr. Le Brun?
LE BRUN: Eu! Deus me livre! Nunca mais na vida quero rever aquele infame.
FOURGEOT: Mas, sem vós, nada conseguiremos.
O CAVALEIRO: É verdade. Vamos, caro Le Brun, trata-se de servir-me, de fazer uma gentileza a um homem galante que está em apuros; não me recusaríeis isso; ireis.

LE BRUN: Ir à casa de um patife como Merval! Eu! Eu!
O CAVALEIRO: Sim, vós, lá ireis por mim...
Tantas foram as solicitações, que Le Brun se deixou envolver, e ei-nos a caminho, Le Brun, o cavaleiro, Mathieu de Fourgeot e eu; eis o cavaleiro a bater amigavelmente na mão de Le Brun, dizendo-me:
— Este é o melhor, o mais prestativo dos homens que conheço...
LE BRUN: Creio que o Sr. Cavaleiro seria capaz de me levar a fabricar dinheiro falso.
Ei-nos em casa de Merval.
JACQUES: Mathieu de Fourgeot...
O AMO: O que queres dizer?
JACQUES: Mathieu de Fourgeot... Quero dizer que o Sr. Cavaleiro de Saint-Ouin conhecia essa gente por nome e sobrenome e que certamente é um vadio que age de comum acordo com essa canalha.
O AMO: Talvez tenhas razão... É impossível conhecer um homem mais terno, mais civilizado, mais honesto, mais polido, mais humano, mais compassivo, mais desinteressado do que o Sr. de Merval. Tenho constatado minha maioridade e solvência, o Sr. de Merval fez uma expressão bastante afetuosa e triste e, em tom de lástima, disse-nos que estava desesperado, que naquela mesma manhã fora obrigado a socorrer um amigo aturdido pelas mais urgentes necessidades e que estava completamente a zero. Depois, dirigindo-se a mim, acrescentou:
— Senhor, não vos lamenteis por terdes chegado tarde; aflige-me recusar-vos o dinheiro, mas tenho de fazê-lo: a amizade antes de tudo...
Ei-nos todos boquiabertos, eis o cavaleiro, o próprio Le Brun e Fourgeot de joelhos diante de Merval, e o Sr. de Merval a lhes dizer:
— Todos vós me conheceis, senhores; gosto de servir e procuro não estragar os serviços que presto fazendo com que os solicitem; mas, palavra de homem honrado, não há sequer quatro luíses nesta casa...
No meio dessas pessoas, eu parecia um condenado a ouvir sua sentença. Eu dizia ao cavaleiro:
— Vamos, cavaleiro, pois estes senhores nada podem fazer...

E o cavaleiro, puxando-me para um canto:
— Nem penses nisso, é véspera do aniversário dela. Eu a preveni, já te avisei; ela espera um mimo de tua parte. Tu a conheces: não que seja interesseira, mas é como qualquer outra mulher, não gosta de ser iludida em suas expectativas. Talvez já tenha se gabado junto ao pai, à mãe, às tias e às amigas; se, depois, não tiver nada para mostrar-lhes, ficará mortificada...
Em seguida, ei-lo de volta a Merval, insistindo ainda mais vivamente. Merval, depois de muito se deixar rogar, disse:
— Tenho a alma mais tola do mundo; não posso ver pessoas sofrendo. Estive pensando e ocorreu-me uma idéia.
O CAVALEIRO: Qual?
MERVAL: Por que não levar a mercadoria?
O CAVALEIRO: Vossa mercadoria?
MERVAL: Não, mas conheço uma mulher que a fornecerá; uma mulher trabalhadeira, honesta.
LE BRUN: Sim, mas que fornecerá quinquilharias, que nos venderá a preço de ouro, com que nada lucraremos.
MERVAL: Absolutamente, serão belíssimos tecidos, jóias de ouro e prata, sedas de toda espécie, pérolas, algumas pedras; há pouca coisa a perder com esses artigos. É uma boa criatura, que se contenta com pouco, embora exija certas garantias; são mercadorias de segunda mão, que lhe custam barato. De resto, examinai-as, ver não custa nada...
Fiz com que Merval e o cavaleiro percebessem que eu não estava em condições de vender, e que, não obstante tal arranjo não me causasse repugnância, minha posição não oferecia tempo para dele tirar proveito. Os oficiosos Le Brun e Mathieu de Fourgeot disseram ao mesmo tempo:
— Não seja por isso, venderemos por vós; são poucas horas de transtorno...
E o encontro foi transferido para a tarde, em casa do Sr. de Merval, que, batendo-me suavemente no ombro, dizia-me num tom meloso e compenetrado:
— Estou encantado em poder servir-vos, senhor, mas, acreditai-me, raramente faço empréstimos semelhantes, eles sempre acabam nos arruinando. Seria um milagre neste país que pessoas como o senhor tratassem com gente tão honesta quanto os Srs. Le Brun e Mathieu de Fourgeot...

Le Brun e Fourgeot de Mathieu, ou Mathieu de Fourgeot, agradeceram com uma reverência e disseram que era muito bondoso, que até então tinham se aplicado em exercer seu pequeno comércio conscienciosamente, não havendo motivos para serem louvados.

MERVAL: Enganai-vos, senhores, pois quem, no momento, tem consciência? Perguntai ao Sr. Cavaleiro de Saint-Ouin, que deve saber algo sobre isso...

Na saída da casa de Merval, este nos perguntou, do alto da escada, se podia contar conosco e mandar avisar a vendedora. Dissemos-lhe que sim, e fomos os quatro almoçar num albergue vizinho, enquanto esperávamos a hora do encontro.

Mathieu de Fourgeot pediu o almoço, e pediu muito bem. À sobremesa, duas saboianas aproximaram-se de nossa mesa com suas sanfonas; Le Brun mandou-as sentar. Fizemos com que bebessem, tagarelassem e tocassem. Enquanto meus três convivas se divertiam tomando liberdades com as moças, uma delas, que estava ao meu lado, disse-me baixinho:

— Estais em péssima companhia, senhor: não há um destes que não tenha o nome escrito no registro da polícia.

Deixamos o albergue na hora marcada e fomos à casa de Merval. Esqueci-me de dizer que esse almoço esvaziara a bolsa do cavaleiro e a minha, e que, no caminho, Le Brun disse ao cavaleiro, que por sua vez me disse, que Mathieu de Fourgeot exigia seis luíses de comissão, que era o mínimo que se podia lhe dar; disse-me que, se ficasse satisfeito conosco, teríamos mercadorias por um preço melhor e facilmente recuperaríamos essa quantia na venda.

Ei-nos em casa de Merval, onde encontramos a vendedora, que nos havia precedido com a mercadoria. A Srta. Bridoie (era esse seu nome) cumulou-nos de gentilezas e reverências; mostrou-nos tecidos, linhas, rendas, anéis, diamantes e caixas de ouro. Pegamos um pouco de cada coisa. Le Brun, Mathieu de Fourgeot e o cavaleiro fixaram os preços; Merval anotava. O total chegou a dezenove mil e setecentas e setenta e cinco libras, de que eu ia passar um recibo, quando a Srta. Bridoie me disse, fazendo uma reverência (pois nunca se dirigia a alguém sem antes fazer reverência):

— Pretendeis pagar a conta depois dos vencimentos?
— Certamente — respondi.
— Neste caso — replicou — vos é indiferente pagar-me em dinheiro ou em letras de câmbio.
A expressão *letra de câmbio* me fez empalidecer. O cavaleiro percebeu e disse à Srta. Bridoie:
— Letras de câmbio, senhorita! Mas as letras de câmbio circulam, e não se sabe em que mãos poderiam cair...
— Estais zombando de mim, Sr. Cavaleiro; sabemos a espécie de consideração que devemos para com as pessoas de vossa categoria... — E, depois de uma reverência: — Esses papéis são guardados na carteira; só os tiramos daí no tempo devido... — E, depois de mais uma reverência, tirou a carteira do bolso e leu uma infinidade de nomes de pessoas de todas as posições e condições sociais. Aproximando-se de mim, o cavaleiro me disse: — Letras de câmbio! Com o diabo, isso é diabolicamente sério! Vê bem o que queres fazer. Esta mulher me parece honesta, ademais, antes do vencimento terás fundos, ou eu terei.
JACQUES: E assinastes as letras de câmbio?
O AMO: Assinei.
JACQUES: É costume dos pais, quando os filhos vão para a capital, fazer-lhes um sermãozinho: Não andeis em má companhia; sede agradáveis para com vossos superiores, cumprindo vossos deveres com presteza; conservai vossa religião; fugi das moças de má vida, dos cavaleiros muito engenhosos e, sobretudo, nunca assineis letras de câmbio.
O AMO: O que queres? Fiz como os outros: a primeira coisa que esqueci foi a lição de meu pai. Eis-me provido de mercadorias para vender, quando era de dinheiro que precisava. Havia alguns pares de punhos rendados muito bonitos: o cavaleiro apoderou-se deles pelo preço de custo, dizendo-me:
— Eis aqui uma parte de tuas compras com a qual não perderás nada.
Mathieu de Fourgeot pegou um relógio e duas caixas de ouro, cujo valor imediatamente iria restituir; Le Brun guardou o resto em sua casa. Em meu bolso pus, junto com os punhos, um soberbo adorno: uma das flores do ramalhete que ia oferecer. Mathieu de Fourgeot voltou num piscar de olhos, com sessenta luíses. Desses sessenta luíses tirou dez

para si e entregou-me os outros cinqüenta. Disse-me que não vendera nem o relógio nem as duas caixas, mas que os pusera no prego.
JACQUES: No prego?
O AMO: Sim.
JACQUES: Bem sei onde.
O AMO: Onde?
JACQUES: Em casa da senhorita das reverências, a Bridoie.
O AMO: É verdade. Além do par de punhos e do adorno, peguei também um belo anel e um estojo de maquiagem folheado a ouro. Tinha cinqüenta luíses na bolsa, e o cavaleiro e eu estávamos na maior das alegrias.
JACQUES: Isso vai indo muito bem. Nisso tudo, só uma coisa me intriga: o desinteresse do Sr. Le Brun; ele não tomou parte no saque?
O AMO: Ora, Jacques, estais troçando, não conheceis o Sr. Le Brun. Propus-lhe reconhecer sua boa ajuda; zangou-se; respondeu-me que, provavelmente, eu o tomava por um Mathieu de Fourgeot; disse-me que nunca havia pedido esmola.
— Eis o nosso querido Le Brun — exclamou o cavaleiro —, sempre o mesmo; coraríamos de vergonha se fosse mais honesto que nós...
E, nesse instante, pegou da mercadoria duas dúzias de lenços e uma peça de musselina, que nos obrigou a oferecer a sua mulher e filha. Le Brun pôs-se a considerar os lenços, que lhe pareceram muito bonitos, e a musselina, que achou muito fina, e essas coisas lhe foram oferecidas de boa vontade; ele, que encontraria uma ocasião muito próxima para nos compensar pela venda dos artigos que permaneciam em suas mãos, deixou-se vencer. Partimos. Encaminhamo-nos rapidamente num fiacre em direção à casa daquela que eu amava e a quem eram destinados o adorno, os punhos e o anel. O presente foi maravilhosamente bem recebido. Ela foi encantadora. Experimentou imediatamente o adorno e os punhos; o anel parecia ter sido feito para seu dedo. Ceamos alegremente, como podes imaginar.
JACQUES: E vós dormistes lá.
O AMO: Não.
JACQUES: Então foi o cavaleiro que dormiu?

O AMO: Creio que sim.
JACQUES: Pelo modo como as coisas vão, vossos cinqüenta luíses não durarão muito.
O AMO: Não. Ao cabo de oito dias voltamos à casa de Le Brun para ver o quanto produzira o resto de nossos artigos.
JACQUES: Nada, ou pouca coisa. Le Brun estava triste, irritou-se com Merval e a senhorita das reverências, chamou-os de vadios, infames, patifes e jurou de novo nunca mais negociar com eles, devolvendo-vos setecentos ou oitocentos francos.
O AMO: Quase isso: oitocentos e setenta.
JACQUES: Assim, se ainda sei contar, são oitocentas e setenta libras de Le Brun, cinqüenta libras de Merval ou de Fourgeot, o adorno, os punhos e o anel, talvez mais uns cinqüenta luíses, e eis que restou de vossas dezenove mil e setecentas e treze libras em mercadorias. Diabo! Que honestidade! Merval tinha razão, nem todo dia tratamos com pessoas tão dignas.
O AMO: Estás esquecendo os punhos que o cavaleiro levou a preço de custo.
JACQUES: Porque o cavaleiro nunca mais falou deles.
O AMO: Exato. Mas, e as duas caixas de ouro e o relógio postos no prego por Mathieu? Esqueceste também.
JACQUES: Não sei o que dizer.
O AMO: Chegou o dia do vencimento das letras de câmbio.
JACQUES: E não chegaram nem os vossos fundos, nem os do cavaleiro.
O AMO: Fui obrigado a esconder-me. Avisaram meus pais; um de meus tios veio a Paris. Apresentou na polícia um relatório contra todos aqueles canalhas. Esse relatório foi enviado a um alto funcionário; esse funcionário era protetor de Merval, pago por ele. Responderam que, estando o caso na polícia regular, nada se podia fazer. O dono da casa de penhores, ao qual Mathieu confiara as duas caixas, mandou indiciá-lo. Intervim no processo. As custas da justiça foram tão altas, que, depois da venda do relógio e das caixas, ainda faltavam quinhentos ou seiscentos francos, que eu não tinha como pagar.

Não acreditareis, leitor: um limonadeiro, falecido há algum tempo na vizinhança, deixou dois pobres órfãos em tenra idade. O comissário foi à casa do defunto, cuja porta

lacrou. Tendo tirado o lacre, fizeram um inventário, e, depois, a venda; esta rendeu oitocentos ou novecentos francos. Subtraídas as custas da justiça, sobraram dois soldos para cada órfão; pegaram os dois pela mão e os levaram para o orfanato.
O AMO: Isso é horrível.
JACQUES: Mas continua acontecendo.
O AMO: Meu pai morreu nesse ínterim. Quitei as letras de câmbio e saí do esconderijo, onde, honra seja feita ao cavaleiro e à minha amiga, confesso que me fizeram excelente companhia.
JACQUES: E ei-vos tão apegado quanto antes ao cavaleiro e à vossa beldade, e esta a vos custar mais caro do que nunca.
O AMO: E por que, Jacques?
JACQUES: Por quê? Porque dono do próprio nariz e possuidor de uma fortuna honesta, cumpria fazer de vós um tolo completo, um marido.
O AMO: Por Deus! Creio que era o plano deles, mas não tiveram êxito.
JACQUES: Porque sois muito feliz, ou então porque eles foram muito inábeis.
O AMO: Parece-me que tua voz está menos rouca, que falas com mais liberdade.
JACQUES: Parece, mas não é.
O AMO: Não poderias, então, retomar a história de teus amores?
JACQUES: Não.
O AMO: E tua decisão final é a de que eu continue a história dos meus?
JACQUES: Minha decisão é fazer uma pausa e entornar o cantil.
O AMO: O quê? Com essa dor de garganta, mandaste encher teu cantil?
JACQUES: Sim, mas, com todos os diabos, está cheio de mezinha! Por isso não estou tendo idéias, estou estúpido; enquanto só houver mezinha no cantil, continuarei estúpido.
O AMO: O que estás fazendo?
JACQUES: Entornando a mezinha; temo que ela nos traga azar.
O AMO: És louco.

JACQUES: São ou louco, neste cantil não sobrará nada que mereça uma lágrima.

Enquanto Jacques esvazia o cantil, seu amo olha o relógio, abre a tabaqueira e se prepara para continuar a história de seus amores. E eu, leitor, estou tentado a calar-lhe a boca, mostrando-lhe ao longe um velho militar em seu cavalo, de costas curvadas, caminhando rapidamente, ou então mostrando-lhe uma jovem camponesa de chapeuzinho de palha, com saiotes vermelhos, andando a pé ou no lombo de um burro. E por que o velho militar não seria o capitão de Jacques ou o camarada de seu capitão? — Mas ele morreu. — Será?... Por que a jovem camponesa não seria dona Suzon ou dona Marguerite, ou então a hospedeira do *Grand-Cerf*, ou a mãe de Jeanne, ou a própria Denise, sua filha? Um fazedor de romances não se furtaria a essa oportunidade; mas eu não gosto de romances, a menos que sejam de Richardson. Eu faço história, essa história poderá interessar ou não: é a menor de minhas preocupações. Meu intento era ser verdadeiro, e eu consegui realizá-lo. Assim, não farei o irmão Jean voltar de Lisboa; aquele gordo prior que vem até nós num cabriolé, ao lado de uma mulher jovem e bonita, jamais será o Abade Hudson. — E o Abade Hudson morreu? — Será? — Assististes às exéquias? Vistes o enterro? — Não. — Portanto está morto ou vivo, como me aprouver. Só depende de mim parar o cabriolé e, com o prior e sua companheira de viagem, provocar uma série de acontecimentos em conseqüência dos quais não conheceríeis nem os amores de Jacques, nem os de seu amo. Mas desprezo tais recursos; creio que, com um pouco de imaginação e estilo, nada é mais fácil do que engendrar um romance. Permaneçamos no verdadeiro, esperando que passe a dor de garganta de Jacques, e deixemos o amo falar.

O AMO: Numa certa manhã o cavaleiro veio a mim, estava muito triste; na véspera, tínhamos passado o dia no campo, o cavaleiro, sua amiga ou a minha, ou de ambos talvez, o pai, a mãe, as tias, as primas e eu. Perguntou se eu não cometera nenhuma indiscrição que pudesse ter esclarecido os pais dela sobre minha paixão. Disse-me que o pai e a mãe, alarmados com minha assiduidade, tinham feito perguntas à filha; se eu tivesse intenções honestas, nada era mais simples que confessá-las; disse-me que ficariam honrados em receber-me nessas condições, mas que, se eu não me explicasse claramente dentro de quinze dias, pediriam para cessar minhas visitas, que se faziam notar, nas quais se viam intenções que prejudicavam a filha, dela afastando os partidos vantajosos que poderiam apresentar-se, sem temer recusa.

JACQUES: E então, meu amo, Jacques não vê longe?

O AMO: O cavaleiro acrescentou: "Quinze dias! O prazo é muito curto. Além disso, estimais e sois estimado; o que fareis em quinze dias?" Respondi claramente ao cavaleiro que me afastaria.

— Ireis afastar-vos? Então não estais amando?

— Amo e muito, mas tenho pais, um nome, uma condição, pretensões e nunca enterrarei essas vantagens na loja de uma pequeno burguesa.

— Posso declarar-lhes isso?

— Se quiserdes. Mas, cavaleiro, a súbita e escrupulosa delicadeza dessa gente me espanta. Permitiram que sua filha aceitasse meus presentes; vinte vezes deixaram-me a sós com ela, que freqüenta bailes, assembléias, espetáculos, passeia pelo campo e pela cidade com o primeiro que lhe ofereça boa condução; dormem profundamente enquanto há boa música e boa conversa em sua casa; tu freqüentas a casa quando queres, e, cá entre nós, cavaleiro, se podes ser admitido numa casa, outros também podem ser admitidos. A moça é suspeita. Não creio nem descreio de tudo o que dela dizem, mas hás de convir que os pais poderiam ter se mostrado mais zelosos da honra da filha. Queres que fale francamente? Tomaram-me por uma espécie de imbecil que crêem poder levar pelo nariz aos pés do cura da paróquia. Estão enganados. Considero a Srta. Agathe encantadora; virou-me a cabeça: vê-se, creio, pelas vultuosas despesas que fiz por causa dela. Não me recuso a continuar, contudo, será preciso que eu tenha a certeza de encontrá-la um pouco menos severa no futuro. Não é meu intento perder eternamente tempo, fortuna e suspiros a seus pés, pois tudo isso poderia ser melhor empregado. Dirás essas palavras à Srta. Agathe, e, a seus pais, as que as precederam. Cumpre que nossa relação termine ou que eu seja recebido sob novas condições, e que a Srta. Agathe faça comigo algo mais do que tem feito até agora. Quando me introduzistes em sua casa, convenhamos, cavaleiro, fizestes-me esperar facilidades que nunca encontrei. De certa maneira, vós me enganastes, cavaleiro.

O CAVALEIRO: Por Deus, enganei-me primeiro. Que diabo teria imaginado que, com aquele aspecto ágil, com aquele tom livre e alegre de jovem estouvada, tínhamos aí um dragãozinho de virtude?

JACQUES: Como, diabo?! Meu senhor, isso é muito pesado. Então fostes corajoso na vida?

O AMO: Há dias assim. Ainda guardava na lembrança a aventura dos agiotas, o retiro em Saint-Jean-de-Latran[36], a presença da Srta. Bridoie e, sobretudo, os rigores da Srta. Agathe. Estava um pouco cansado de fazer papel de tolo.

JACQUES: E o que fizestes depois do corajoso discurso que dirigistes a vosso caro amigo, o Cavaleiro de Saint-Ouin?

O AMO: Mantive a palavra; cessei as visitas.

JACQUES: *Bravo! Bravo! mio caro maestro!*[37]

O AMO: Quinze dias se passaram sem que eu ouvisse falar alguma coisa, a não ser pelo cavaleiro, que fielmente me instruía dos efeitos de minha ausência na família, encorajando-me a me manter firme. Ele me dizia:

— Começam a espantar-se, olham-se, falam; questionam-se sobre os motivos de descontentamento que poderiam ter te dado. A moça tomou ares de dignidade; com uma indiferença afetada, na qual facilmente se vê o despeito, ela disse: "Nunca mais vimos aquele cavalheiro; talvez não queira mais ser visto; não era sem tempo, bem, é problema dele..." E depois fez uma pirueta, pôs-se a cantarolar, foi à janela, voltou-se com os olhos vermelhos; todos perceberam que ela tinha chorado.

— Ela chorou!

— Em seguida sentou-se; pegou a costura; quis trabalhar, mas não conseguiu. Conversamos, ela se calou; procuramos alegrá-la, ela se irritou; propusemos-lhe um jogo, um passeio, um espetáculo: aceitou e, quando tudo estava pronto, tomou gosto por outra coisa, que, momentos depois,

---

36 - Igreja fora da jurisdição de Paris. Em linguagem figurada, *retirar-se para São João de Latrão* significa fugir da lei.

37 - "Bravo, bravo, meu querido amo!" Em italiano no original.

passou a lhe desagradar... Oh! Não é que estás perturbado?
Nada mais te direi.
— Mas, cavaleiro, acreditais então que, se eu voltasse a
aparecer...
— Creio que serias um tolo. É preciso ser duro, é preciso ter coragem. Se voltares sem ser chamado, estarás perdido. É preciso aprender a viver com essa gentinha.
— E se não me chamarem de novo?
— Chamar-te-ão.
— E se demorarem a chamar-me?
— Logo te chamarão. Peste! Não é fácil substituir um homem como tu. Se voltares por conta própria, ficarão descontentes contigo, far-te-ão pagar caro pela injúria, importe-ão a lei que quiserem impor; cumprirá submeter-te a ela; cumprirá curvar-te de joelhos. Queres ser senhor ou escravo, o mais sofrido dos escravos? Escolhe. Para falar a verdade, teu procedimento foi um tanto audacioso; tudo se pode esperar de um homem apaixonado; mas o que está feito, está feito; sendo possível tirar disso um bom proveito, não podes deixar de fazê-lo.
— Ela chorou!
— É, chorou. Antes ela do que tu.
— Mas, e se não me chamarem?
— Chamar-te-ão, estou dizendo. Quando chego, não falo mais de ti, como se não existisses. Observam-me, deixo-me observar; finalmente, perguntam-me se eu te vi; respondo com indiferença, às vezes sim, às vezes não; depois falam de outra coisa, mas não tardam a voltar ao teu eclipse. A primeira palavra vem do pai ou da mãe, ou da tia ou de Agathe; dizem: "Depois de todas as atenções que lhe dedicamos! Depois de todo interesse que tivemos por seu caso! Depois do agrado que fez à sobrinha! Das delicadezas com que o cumulei! Das reiteradas expressões de afeição que recebemos! É o que dá nos fiarmos nos homens!... Depois de tudo isso, vá a gente abrir a porta aos que aparecem!... Acreditemos nos amigos!"
— E Agathe?
— É a própria consternação, sou eu que te asseguro.
— E Agathe?
— Agathe me puxa para um canto e diz: "Pode se entender vosso amigo, cavaleiro? Tantas vezes me assegurastes

que eu era amada; acreditáveis, sem dúvida, mas, afinal, por que não haveríeis de acreditar? Eu também acreditava..." Depois pára, sua voz se altera, seus olhos se enchem d'água... Então! Não vês que estás a fazer o mesmo? Não direi mais nada, não direi mais nada, está decidido. Sei o que desejas, mas não há de ser assim, absolutamente. Já que fizeste a tolice de desaparecer sem mais nem porquê, não quero que a dupliques indo atirar-te aos pés dela. É preciso tirar proveito desse incidente, a fim de dares prosseguimento às tuas relações com a Srta. Agathe; é preciso que ela perceba que não te domina suficientemente, que perceba que pode perder-te, a menos que venha a agir melhor para conservar-te. Depois de tudo o que fizeste, ainda vais beijar-lhe a mão! Mas, cavaleiro, põe a mão na consciência; cavaleiro, somos amigos; pode, sem indiscrição, contar-me tudo; dize-me a verdade, nunca conseguiste nada?
— Não.
— Estás mentindo, queres passar por educado.
— Talvez, se hovesse uma razão, mas te juro que não tenho a felicidade de mentir.
— É inconcebível, pois, afinal, não és nada inábil. O quê! Não houve sequer um momentinho de fraqueza?
— Não.
— Talvez esse momento tenha ocorrido sem que percebesses, e o perdeste. Temo que tenhas sido sonso; pessoas honestas, delicadas e ternas como tu estão sujeitas a isso.
— E vós, cavaleiro, — perguntei-lhe — o que fazeis por lá?
— Nada.
— Nunca tivestes pretensões?
— Por favor, perdoai-me; tive-as, e durante muito tempo, mas viestes, vistes e vencestes. Percebi que vos olhavam muito, e a mim, quase nada; para mim foi o bastante. Ficamos bons amigos; confia-me seus segredinhos, às vezes segue os meus conselhos; e, na falta de um papel melhor, aceitei o meu de subalterno, ao qual me reduzistes.

JACQUES: Duas coisas, senhor. Primeira: nunca pude prosseguir minha história sem que o diabo ou outra pessoa me interrompesse, enquanto a vossa prossegue sem parar. Assim é a vida: um corre através de espinhos sem se picar; o outro, por mais que olhe onde põe o pé, encontra espinhos no mais belo caminho, e chega à pousada esfolado vivo.

O AMO: Acaso esqueceste teu refrão? E o grande pergaminho, e a escritura lá de cima?

JACQUES: A outra coisa é que persisto na idéia de que vosso Cavaleiro de Saint-Ouin é um grande patife; e que, depois de ter dividido vosso dinheiro com os agiotas Le Brun, Merval, Mathieu de Fourgeot, ou Fourgeot de Mathieu, e a Bridoie, está procurando impingir-vos sua amante, com todo respeito, é claro, diante do tabelião e do cura, a fim de dividir convosco também a mulher... Ai! A garganta!...

O AMO: Sabes o que estás fazendo? Uma coisa muito comum e muito impertinente.

JACQUES: Sou bem capaz disso.

O AMO: Queixas-te de ser interrompido, mas interrompes.

JACQUES: Efeito do mau exemplo que me destes. Há mães que querem ser galantes e exigem que as filhas sejam comportadas; há pais que querem ser dissipadores e exigem que os filhos sejam econômicos; há amos que querem...

O AMO: Interromper seus criados, interrompê-los à vontade, sem serem interrompidos.

Leitor, não temei que aqui se repita a cena do albergue, quando um gritava: "Tu descerás", e o outro: "Não descerei". Não sei porque não vos faço ouvir: "Interromperei"; "não interromperás". É certo que, por menos que eu provoque Jacques e seu amo, a querela se instaura; e, uma vez instaurada, quem sabe como pode acabar? Mas a verdade é que Jacques respondeu modestamente ao amo: — Não vos estou interrompendo, meu senhor, estou apenas conversando, como vós me permitistes.

O AMO: Desta vez passa, mas isso não é tudo.

JACQUES: Que outra incoveniência posso eu ter cometido?

O AMO: Antecipas-te ao contador, tiras dele o prazer de ver tua surpresa, de modo que, tendo adivinhado o que ia dizer-te, por causa de uma ostentação de sagacidade muito despropositada, só lhe resta calar-se, e eu me calo.

JACQUES: Ah! Meu amo!

O AMO: Malditas sejam as pessoas espirituosas!

JACQUES: Está bem; mas não faríeis a crueldade...

O AMO: Ao menos convém que a mereces.

JACQUES: Está bem, mas, mesmo assim, vereis no relógio que horas são, tomareis vossa ponta de rapé, vosso mau humor vai acabar e continuareis vossa história.

O AMO: Este malandro faz de mim o que quer... Alguns dias depois dessa conversa com o cavaleiro, ele reapareceu em minha casa; tinha um semblante de triunfo:
— E então, meu caro! — disse-me. — De outra feita acreditareis em meus prognósticos? Eu te disse, somos mais fortes, eis uma carta da mocinha; sim, uma carta dela... Essa carta era muito meiga, cheia de censuras, queixas e outras coisas; eis-me de volta à casa.
Leitor, suspendestes a leitura: o que aconteceu? Ah! Creio que já estou compreendendo, quereis ver a carta. A Sra. Riccoboni[38] não teria deixado de mostrá-la. Tenho certeza de que sentistes falta daquela que a Sra. de La Pommeraye ditou às duas devotas. Embora aquela fosse muito mais difícil de escrever do que a de Agathe, e apesar de não considerar infinito o meu talento, creio que me sairia bem se a escrevesse; entretanto, ela não seria original, seria como aqueles sublimes discursos de Tito Lívio na *História de Roma*, ou os do Cardeal Bentivoglio nas *Guerras de Flandres*. Lemos tais coisas, com prazer, apesar de destruírem a ilusão. Um historiador que atribui às personagens discursos que não proferiram pode igualmente atribuir-lhes ações que não fizeram. Suplico-vos, pois, que dispenseis as duas cartas e que continueis vossa leitura.
O AMO: Perguntaram-me o motivo de meu desaparecimento, eu disse o que quis; contentaram-se com o que disse e tudo voltou ao ritmo normal.
JACQUES: Quereis dizer que continuastes a fazer despesas, e que vossos negócios amorosos não iam para frente.
O AMO: O cavaleiro perguntava-me pelas novidades e fazia-se de impaciente.
JACQUES: É possível que ele realmente estivesse impaciente.
O AMO: Por quê?
JACQUES: Por quê? Ora, porque...
O AMO: Fala, vamos.
JACQUES: Abstenho-me de falar; é preciso deixar o contador...

---

38 - Marie de Laboras Mezières (1714-1792), Riccoboni por casamento. Célebre, no teatro, pelas interpretações de Marivaux. Tendo deixado o palco depois de abandonada pelo marido, dedicou-se inteiramente à literatura (*Le Marquis de Créssy, Lettres de Milady Catesby*, entre outros romances).

O AMO: Tiras proveito de minhas lições, fico contente com isso... Um dia o cavaleiro me propôs um passeio a sós. Partimos cedo para o campo. Almoçamos num albergue, onde depois jantamos; o vinho era excelente, bebemos muito, conversamos sobre governo, religião e galantaria. Nunca o cavaleiro demonstrara tanta confiança e amizade por mim; contou-me todas as aventuras de sua vida com a mais incrível franqueza, não me ocultou as coisas boas, nem as más. Bebia, abraçava-me, chorava de ternura; eu, por minha vez, bebia, abraçava-o e chorava. Em toda sua conduta passada, só havia uma única ação reprovável; levaria o remorso consigo para o túmulo.
— Cavaleiro, confessai a vosso amigo, isso vos aliviará. E então, de que se trata? De algum pecadilho cuja importância a vossa delicadeza exagera?
— Não, não — exclamou o cavaleiro, inclinando a cabeça sobre as mãos e cobrindo o rosto de vergonha —, foi uma maldade, uma maldade imperdoável. Acreditais? Eu, o Cavaleiro de Saint-Ouin, enganei, sim, enganei um amigo!
— E como foi isso?
— Ai de mim! Ambos freqüentávamos a mesma casa, como vós e eu. Lá havia uma moça, como a Srta. Agathe; ele estava apaixonado por ela, e ela, por mim; ele se arruinava em despesas por causa dela, e era eu quem gozava seus favores. Nunca tive coragem de lhe confessar tal coisa, mas, se nos reencontrarmos, dir-lhe-ei tudo. Esse terrível segredo que trago no fundo do peito me oprime, é um fardo de que absolutamente careço libertar-me.
— Agireis bem, cavaleiro.
— Aconselhais-me a isso?
— Certamente que sim.
— E como imaginais que meu amigo receberia a coisa?
— Se é vosso amigo, se é justo, encontrará em si mesmo um motivo para vos desculpar; ficará comovido com vossa franqueza e arrependimento; atirar-se-á aos vossos braços; fará o que eu faria em seu lugar.
— Acreditais realmente?
— Acredito.
— Agiríeis desse modo?
— Sem dúvida.
No mesmo instante o cavaleiro se levantou, veio devagar

em minha direção, com lágrimas nos olhos, braços abertos, e disse:

— Então abraçai-me, meu amigo.

— O quê? Cavaleiro, — digo-lhe —; então sois vós? Eu? Aquela pilantra da Agathe?

— Sim, meu amigo; dou minha palavra, sois senhor de agir comigo como quiserdes. Se, como eu, acreditais que minha ofensa não tem perdão, não me perdoeis; levantai-vos, deixai-me, olhai-me sempre com desprezo e abandonai-me à minha dor e vergonha. Ah! Meu amigo! Se soubésseis o completo domínio que a perversa exercia sobre meu coração! Nasci honesto; podeis imaginar o quanto sofri por causa do indigno papel a que me rebaixei. Quantas vezes desviei meus olhos dela para fixá-los em vós, gemendo de remorso por saber-vos traído por ela e por mim. É incrível que nunca tenhais percebido...

Enquanto isso, eu estava imóvel como um Termo petrificado; mal ouvia o discurso do cavaleiro. Eu exclamava:

— Indigno! Ah! Cavaleiro! Vós, vós, meu amigo!

— Sim, meu amigo, eu fui e ainda sou, pois, para vos tirar das malhas daquela criatura, disponho de um segredo que é mais vosso do que meu. O que me desespera é que nada conseguistes que pudesse compensar-vos por tudo o que fizestes por ela. *(Neste ponto, Jacques se pôs a rir e a assobiar).*

— Mas é *A Verdade no Vinho* de Collé...[39] — Leitor, não sabeis o que estais dizendo; de tanto querer mostrar vossa argúcia, acabais parecendo um imbecil. A verdade no vinho é tão pouca, que se pode dizer justamente o contrário, que é a falsidade que está no vinho. Disse-vos uma grosseria, estou arrependido, peço-vos perdão.

O AMO: Minha cólera foi diminuindo pouco a pouco. Abracei o cavaleiro, que tornou a sentar-se na cadeira, com os cotovelos apoiados na mesa, e os punhos fechados sobre os olhos; não ousava olhar-me.

JACQUES: Ele estava aflito! Tivestes a bondade de consolá-lo?... *(E Jacques assobiou de novo)*

---

39 - *La Vérité dans le vin ou les désagréments de la galanterie* (1747).

O AMO: Pareceu-me melhor levar a coisa na brincadeira. A cada palavra alegre, o cavaleiro, confundido, me dizia:
— Não existe nenhum homem como vós; sois único; valeis cem vezes mais do que eu. Duvido de que eu teria a generosidade ou a força de vos perdoar uma injúria semelhante, e estais a divertir-vos com ela; não há exemplo disso. Meu amigo, o que posso fazer para reparar minha falta?... Ah! Não, não é possível reparar uma coisa como essa. Nunca, nunca esquecerei meu crime, nem vossa indulgência: são coisas profundamente graves. Lembrar-me-ei do primeiro para detestar-me, e da outra, para admirar-vos, para redobrar minha afeição por vós.
— Vamos, cavaleiro, não penseis mais nisso, estais exagerando vossa ação e a minha. Bebamos. À vossa saúde. Então bebamos à minha, já que não quereis beber à vossa...
— Pouco a pouco o cavaleiro foi se encorajando. Contou-me detalhes de sua traição, aplicando a si mesmo os mais duros epítetos; falou-me horrores da moça, da mãe, do pai e das tias, apresentou-me a família inteira com um bando de canalhas indignos de mim, contudo, muito dignos dele; foram suas próprias palavras.

JACQUES: Eis porque aconselho as mulheres a nunca dormirem com pessoas que se embriagam. Desprezo vosso cavaleiro mais pela perfídia em matéria de amizade do que por sua indiscrição em matéria de amor. Que diabo! Ele só tinha de ser um homem honesto e falar-vos primeiro... Mas ouvi, meu senhor, persisto na idéia de que ele é um vadio, um grande vadio. Não sei como isso vai acabar; receio que ele vos engane enquanto desfaz o engano. Tirai-me, e a vós também, o quanto antes, desse albergue e da companhia desse homem.

Neste momento Jacques pegou o cantil, esquecendo-se de que não continha nem mezinha, nem vinho. Seu amo pôs-se a rir. Jacques tossiu por uns quinze minutos em seguida. Seu amo pegou o relógio e a tabaqueira e continuou a história, que posso interromper se vos convier, ainda que seja somente para enfurecer Jacques, provando-lhe que não está escrito lá em cima, como crê, que sempre haveria de ser interrompido, e que seu amo nunca o seria.

O AMO (Ao cavaleiro): Depois do que acabais de dizer-me, espero que não torneis mais a vê-los.

— Eu, vê-los?!... Desespera-me partir sem vingança. Traíram, brincaram, escarneceram, espoliaram um homem galante; abusaram da paixão e da fraqueza de outro homem galante, pois ainda ouso considerar-me assim, a fim de arrastar-vos numa série de horrores; expuseram dois amigos a se odiarem e, talvez, a se matarem, pois, afinal, meu caro, haveis de convir que, se tivésseis descoberto meus indignos arranjos, vós, que sois corajoso, talvez ficaríeis imbuído por um ressentimento tão grande, que...
— Não, não teríamos chegado a tanto. Por quê? E por quem? Por uma falta que ninguém poderia garantir não cometer? Acaso é minha mulher? E se fosse? É minha filha? Não, é uma vadiazinha, e julgais que por causa de uma vadiazinha... Ora, meu amigo, deixemos isso de lado, bebamos. Agathe é jovem, viva, branca, gorda e roliça; suas carnes são bem firmes, não é? Acaso não tem a pele mais macia do mundo? Deve ser delicioso desfrutá-la, imagino que ficastes feliz o bastante em seus braços, a ponto de não pensardes muito nos amigos.
— É certo que, se os encantos da pessoa e o prazer pudessem atenuar a falta, ninguém sob o céu seria mais inocente do que eu.
— Volto atrás, cavaleiro; retiro minha indulgência, quero impor uma condição para o esquecimento de vossa traição.
— Falai, meu amigo, ordenai, dizei; devo atirar-me pela janela, enforcar-me, afogar-me, enfiar esta faca no peito?...
E, no mesmo instante o cavaleiro agarrou uma faca que estava sobre a mesa, soltou o colarinho, afastou a camisa e, com os olhos arregalados, colocou a ponta da faca, com a mão direita, na covinha da clavícula esquerda; parecia esperar apenas minha ordem para se despachar à moda antiga.
— Não se trata disso, cavaleiro; largai essa maldita faca.
— Não largo, é o que mereço; dai o sinal.
— Largai essa maldita faca, estou dizendo, não peço um preço tão alto por vossa expiação... — Não obstante, a ponta da faca continuava suspensa sobre a covinha da clavícula esquerda; agarrei-lhe a mão, arranquei-lhe a faca, que atirei longe; depois, aproximando a garrafa de seu copo e enchendo-o, disse:
— Bebamos primeiro, em seguida sabereis a terrível

condição que imponho para vos perdoar. Então Agathe é mesmo muito suculenta, muito voluptuosa?
— Ah! Meu amigo! Não podeis imaginar!
— Mas, espera, é preciso que nos tragam uma garrafa de champanhe, depois contar-me-ás a história de uma de tuas noites com ela. Adorável traidor, tua absolvição virá no final dessa história. Vamos, começa, não estás me ouvindo?
— Estou ouvindo.
— Minha sentença te parece dura?
— Não.
— Estás distraído?
— Estou.
— O que te pedi?
— A história de uma de minhas noites com Agathe.
— Exatamente.

Enquanto isso, o cavaleiro media-me da cabeça aos pés e dizia consigo mesmo: "Tem o mesmo corpo, quase a mesma idade; embora haja alguma diferença, sem luz e com a imaginação voltada para mim, não há de suspeitar de nada."
— No que pensas, cavaleiro? Teu copo está cheio e não começas a história!
— Estou pensando, meu amigo, aliás, já pensei, está tudo resolvido: abraçai-me, nós nos vingaremos, sim, nos vingaremos. É uma perversidade de minha parte; se é indigna de mim, não o é daquela malandrinha. Quereis que vos conte a história de uma de minhas noites?
— Sim, acaso seria exigir muito?
— Não, mas, e se, em vez da história, eu vos arranjasse a noite?
— Seria bem melhor. *(Jacques começou a assobiar).*

Imediatamente, o cavaleiro tirou duas chaves do bolso, uma pequena e outra grande.
— A pequena — disse-me — é da rua; a grande, da antecâmara de Agathe: ei-las, ambas estão à vossa disposição. Eis o que venho fazendo há cerca de seis meses, deveis fazer o mesmo. Suas janelas dão para a frente, como sabeis. Passeio pela rua enquanto as vejo iluminadas. O sinal combinado é um vaso de labiadas posto do lado de fora; então me aproximo da porta de entrada, abro-a, fecho-a, subo as escadas o mais devagar que posso, dobro o pequeno corredor à direita; a primeira porta à esquerda, nesse corredor,

é a dela, como sabeis. Abro essa porta com a chave grande, entro no pequeno quarto de vestir que fica à direita e aí encontro um toco de vela, à luz da qual dispo-me à vontade. Agathe deixa a porta do quarto entreaberta; entro, vou encontrá-la na cama. Compreendestes?
— Muito bem!
— Como há gente em casa, ficamos calados.
— Ademais, creio que tendes coisas melhores a fazer do que tagarelar.
— Em caso de acidente, posso saltar da cama e trancar-me no quarto de vestir, entretanto, isso nunca aconteceu. Temos o costume de separarmo-nos por volta das quatro horas da manhã. Quando o prazer ou o repouso nos leva mais longe, saímos juntos da cama; ela desce, eu fico no quarto de vestir, visto-me, leio, descanso e aguardo a hora de aparecer. Desço, cumprimento e abraço a todos, como se tivesse acabado de chegar.
— Esperam-vos esta noite?
— Esperam-me todas as noites.
— Ceder-me-ías vosso lugar?
— Com todo prazer. Não me custa atender-vos, se preferis a noite à história; contudo, eu gostaria que...
— Terminai; há pouca coisa que eu não sinta coragem de fazer para vos agradar.
— Que ficásseis em seus braços até pela manhã; eu chegaria e vos suspreenderia.
— Oh não! Cavaleiro! Isso seria muita maldade.
— Maldade? Não sou tão mau quanto pensais. Antes, despir-me-ei no quarto de vestir.
— Ora, cavaleiro, estais com o diabo no corpo. Além disso, não será possível: se me entregardes as chaves, não as tereis na hora certa.
— Ah! Meu amigo! Como és tolo!
— Nem tanto, parece-me.
— E por que não entrarmos os dois juntos? Poderíeis ir ter com Agathe, enquanto eu ficaria no quarto de vestir, até que me fizésseis um sinal, que podemos combinar.
— Por Deus! Isso é tão divertido e louco que estou praticamente disposto a concordar. Mas, cavaleiro, pensando bem, eu preferiria reservar a facécia para uma noite dessas.

— Entendo, vosso plano é vingar-nos mais de uma vez.
— Aceitais?
— Inteiramente.
JACQUES: Vosso cavaleiro está confundindo minhas idéias.
Eu pensei...
O AMO: O que pensaste?
JACQUES: Nada, podeis continuar, meu senhor.
O AMO: Bebemos. Dissemos mil loucuras sobre a noite que se aproximava e as seguintes, e sobre aquela em que Agathe se veria frente ao cavaleiro e a mim. O cavaleiro havia recuperado sua encantadora alegria, e o texto de nossa conversa não era nada triste. Prescreveu-me preceitos de conduta noturna que não eram assim tão fáceis de seguir de imediato, mas que talvez o fossem depois de uma série de noites bem empregadas. Eu teria de sustentar a honra do cavaleiro que se considerava maravilhoso, em minha primeira noite, seguiram-se daí infinitos detalhes sobre os talentos, perfeições e comodidades de Agathe. Com incrível arte, o cavaleiro acrescentava à embriaguez da paixão a do vinho. Lentamente, o momento da aventura, ou da vingança, parecia chegar. Levantamo-nos da mesa. O cavaleiro pagou, pela primeira vez. Subimos na carruagem; estávamos bêbados; nosso cocheiro e criados estavam ainda mais.

Leitor, o que me impediria de, nestas alturas, jogar o cocheiro, os cavalos, a carruagem, os amos e os criados num lamaçal? Se o lamaçal vos amedronta, o que me impediria de levá-los sãos e salvos à cidade, onde atrelaria sua carruagem a uma outra, na qual colocaria mais jovens bêbados? Haveria palavras ofensivas, xingação, briga, espadas desembainhadas, uma confusão sem igual. O que me impediria, já que não gostais de confusão, de substituir esses jovens pela Srta. Agathe e uma de suas tias? Nada, e nada disso aconteceu. O cavaleiro e o amo de Jacques chegaram a Paris. Ele vestiu as roupas do cavaleiro. É meia-noite, eles estão sob as janelas de Agathe; apaga-se a luz; o vaso de labiadas é posto no lugar. Dão mais uma volta de um extremo ao outro da rua, o cavaleiro relembra ao amigo a lição. Aproximam-se da porta, o cavaleiro abre-a, introduz o amo de Jacques, observa a rua, dá-lhe a chave do corredor, fecha a porta de entrada, afasta-se, e, depois desse pequeno

detalhe executado laconicamente, o amo de Jacques retoma a palavra e diz:
— Conhecia o local. Subi na ponta dos pés, abri a porta do corredor, fechei-a, entrei no quarto de vestir, onde encontrei a vela; despi-me; a porta do quarto estava entreaberta, entrei; fui à alcova de Agathe, que estava acordada. Puxei o cortinado e, no mesmo instante, senti dois braços nus envolvendo-me e puxando-me; deixei-me levar, deitei-me, encheram-me de carícias, a que retribuí. Eis-me o mortal mais feliz do mundo; assim me sentia, quando...
Quando o amo de Jacques percebeu que Jacques estava dormindo ou fingia estar:
— Tu dormes — disse-lhe —, tratante, dormes no momento mais interessante de minha história!...
Jacques estava justamente esperando que seu amo chegasse a esse ponto.
— Acordarás?
— Creio que não.
— Por quê?
— Porque se eu acordar, minha dor de garganta pode acordar também; acho melhor repousarmos...
E Jacques deixa cair a cabeça para frente.
— Vais quebrar o pescoço.
— Certamente, se estiver escrito lá em cima. Não estais nos braços da Srta. Agathe?
— Sim.
— Não estais bem aí?
— Muito bem.
— Pois então, continuai.
— Agrada-te dizer isso.
— Pelo menos até que eu venha a saber a história do emplastro de Desglands.
O AMO: Estás te vingando, traidor.
JACQUES: E que assim fosse, meu amo; depois de terdes interferido na história de meus amores com mil questões sem que houvesse o menor murmúrio de minha parte, não poderia eu suplicar-vos que interrompêsseis a vossa para contar-me a história do emplastro do bom Desglands, a quem devo tantos favores, que me tirou da casa do cirurgião no momento em que, sem dinheiro, eu não sabia mais o que seria de mim? E não foi em casa de Desglands que

conheci Denise, aquela Denise sem a qual não vos teria dito uma só palavra nesta viagem inteira? Meu amo, meu caro amo, contai-me a história do emplastro de Desglands, sede tão breve quanto quiserdes, pois a sonolência que me domina, que não consigo controlar, há de se dissipar, e podereis contar com toda a minha atenção.

O AMO *(Dando de ombros):* Nos arredores da casa de Desglands morava uma encantadora viúva que tinha várias qualidades em comum com uma célebre cortesã do século passado[40]. Libertina por temperamento, prudente por razão, desolava-se no dia seguinte da tolice da véspera; passou a vida inteira indo do prazer ao remorso e do remorso ao prazer, sem que o hábito do prazer sufocasse o remorso, sem que o hábito do remorso sufocasse o gosto do prazer. Conheci-a em seus últimos momentos de vida; ela dizia que, enfim, estava fugindo de dois grandes inimigos. Seu marido, indulgente para com o único defeito que se lhe podia censurar, lamentou-a enquanto viveu, e, depois de sua morte, dela foi saudoso por ainda muito tempo[41]. Acreditava que teria sido tão ridículo impedir a mulher de amar, quanto impedi-la de beber. Perdoava-lhe as infinitas conquistas, em vista à delicada escolha que fazia. Nunca aceitara a corte de um tolo ou de um homem mau: seus favores sempre foram recompensa ou do talento ou da probidade. Dizer que tal homem era ou fora seu amante era o mesmo que garantir o mérito dele. Como se sabia leviana, não se comprometera a ser fiel: "Fiz", ela dizia, "um único juramento em toda a minha vida, o primeiro". Quer se perdesse o sentimento que tinha por ela, quer ela perdesse o que lhe inspirava, continuava-se seu amigo. Nunca houve exemplo mais impressionante da diferença entre probidade e os bons costumes. Não se podia dizer que ela tivesse costumes; mas se reconhecia que era difícil encontrar uma criatura mais honesta. O cura raramente a via ao pé do altar, mas sempre encontrava sua bolsa aberta para os pobres. Da religião e das leis, ela dizia, brincando, que eram como um par de muletas, que não se devia tirar dos que têm pernas fracas.

---

40 - Provavelmente, Ninon de Lanclos.

41 - *Sic.*

As mulheres que temiam seu comércio por causa dos maridos, desejavam-no para os filhos.

JACQUES *(Depois de ter dito entre os dentes:* "vais me pagar por esse maldito retrato", *acrescentou)*: E ficastes louco por essa mulher?

O AMO: Certamente teria ficado, se Desglands não tivesse me passado para trás; Desglands se apaixonou...

JACQUES: Senhor, acaso a história do emplastro e dos amores dele estão assim tão ligadas que não podem ser separadas?

O AMO: Pode-se separá-las: o emplastro é um incidente, a história é o relato de tudo o que aconteceu enquanto eles se amavam.

JACQUES: Aconteceram muitas coisas?

O AMO: Muitas.

JACQUES: Nesse caso, se derdes a cada uma a mesma extensão que destes ao retrato da heroína, só sairemos daqui em Pentecostes, e adeus vossos amores e os meus.

O AMO: Mas também, Jacques! Por que me atrapalhaste?... Não viste uma criancinha em casa de Desglands?

JACQUES: Um garotinho mau, cabeçudo, insolente e doentio? Sim, eu vi.

O AMO: É um filho natural de Desglands e da bela viúva.

JACQUES: Esse menino vai lhe dar muito desgosto. É filho único, boa razão para ser apenas um vadio; sabe que será rico, mais uma boa razão para ser apenas um vadio.

O AMO: E, como é doentio, nada lhe ensinam; não o perturbam, não o contrariam em nada, eis mais uma razão ainda para não passar de um vadio.

JACQUES: Certa noite, o maluquinho começou a soltar uns gritos animalescos. A casa se alarmou, todos acorreram. Ele queria que seu pai se levantasse.

— Papai está dormindo.

— Não interessa, quero que se levante, eu quero, eu quero...

— Papai está doente.

— Não interessa, ele tem de se levantar, eu quero, eu quero...

Acordaram Desglands; ele jogou um roupão no corpo e veio.

— E então, filhinho, cá estou, o que queres?

— Quero que venham.
— Quem?
— Todo mundo do castelo.

Mandou chamar todos, amos, criados, estranhos e comensais; Jeanne, Denise, eu com o joelho doente, todo mundo, exceto uma velha porteira impotente, a quem tinham dado asilo numa choupana a cerca de um quarto de légua do castelo. Ele queria que fossem buscá-la.

— Mas é meia-noite, meu filho.
— Eu quero, eu quero.
— Sabes que ela mora muito longe.
— Eu quero, eu quero.
— Sabes que ela é idosa, que não pode andar.
— Eu quero, eu quero.

Era preciso que a pobre criatura viesse; trouxeram-na, pois, para vir sozinha, ela teria sido capaz de correr. Quando estávamos todos reunidos, queria que o tirassem da cama e que o vestissem. Ei-lo de pé e vestido. Queria que todos fossem ao grande salão e que o colocassem no meio, na grande poltrona de seu pai. Ei-lo atendido. Queria que todos déssemos as mãos. Ei-lo atendido. Queria que dançássemos ao seu redor. O resto é que foi incrível...

O AMO: Espero que me poupes do resto.

JACQUES: Não, não, meu senhor, ouvireis o resto... Pensais que me fizestes o retrato da mãe impunemente? Um retrato imenso!...

O AMO: Estou te estragando, Jacques.

JACQUES: Pior para vós.

O AMO: Ficaste ressentido com o longo e tedioso retrato da viúva, mas creio que já me deste o troco com essa longa e tediosa história da fantasia do filho.

JACQUES: Se for de vosso agrado, retomai a história do pai; chega de retratos, meu amo; tenho ódio mortal a retratos.

O AMO: Por que odeias retratos?

JACQUES: Porque parecem tão pouco fiéis que, se acaso encontramos os originais, não os reconhecemos. Contai-me os fatos, reproduzi-me fielmente as conversas, e logo saberei com quem estou lidando. Às vezes uma palavra, um gesto me ensinam mais do que a tagarelice de uma cidade inteira.

O AMO: Certo dia, Desglands...
JACQUES: Quando estais ausente, às vezes entro em vossa biblioteca, pego um livro, e, quase sempre, é um livro de história.
O AMO: Certo dia, Desglands...
JACQUES: Leio por alto todos os retratos.
O AMO: Certo dia, Desglands...
JACQUES: Desculpai-me, meu amo, a máquina estava preparada, era preciso ir até o fim.
O AMO: E foi?
JACQUES: Foi.
O AMO: Certo dia, Desglands convidou a bela viúva e alguns cavalheiros da vizinhança para almoçar. O reinado de Desglands estava em declínio, e, em meio aos convivas, havia um para o qual a viúva, devido à sua inconstância, começava a inclinar-se. Sentaram-se à mesa, Desglands e seu rival lado a lado, diante da bela viúva. Desglands empregou toda sua sagacidade para animar a conversa; dirigia à viúva as palavras mais galantes; ela, contudo, distraída, nada ouvia, e mantendo os olhos fixos no rival. Desglands segurava um ovo na mão; um movimento convulsivo, provocado pelo ciúme, fê-lo agarrar e fechar o punho: o ovo saiu da casca e se esparramou no rosto do vizinho. Este fez um gesto com a mão. Desglands agarrou-o pelo pulso, deteve-o e disse-lhe ao ouvido:

— Considero-o recebido, meu senhor...

Fez-se um silêncio profundo; a bela viúva passou mal. A refeição foi breve e triste. Ao sair da mesa, mandou chamar Desglands e o rival num cômodo à parte; fez tudo o que decentemente uma mulher podia fazer para reconciliá-los, suplicou, chorou, desmaiou, mas em vão; segurava as mãos de Desglands, voltava para o outro os olhos inundados de lágrimas. Dizia a este: "E vós me amais!..." e ao outro: "Vós me amastes..." e a ambos: "Mesmo assim quereis perder-me, quereis que eu me torne objeto de chacota, ódio e desprezo em toda a província! Quem quer que tire a vida do inimigo, nunca mais tornarei a vê-lo; este não poderá ser nem meu amigo, nem meu amante; dedicar-lhe-ei um ódio que só terá fim com minha morte..." E depois desfalecia, e, ao desfalecer, dizia: "Cruéis, puxais as espadas e as cravais em meu peito; se, ao morrer, eu vos vir abraçados, morrerei sem pesar!..." Desglands e seu rival ficaram imóveis, depois a socorreram, com algumas lágrimas nos olhos. Era preciso separá-los. Levaram a bela viúva para casa, mais morta do que viva.

JACQUES: E então, meu senhor? Que necessidade tinha eu do retrato que me fizestes dessa mulher? Não ficaria sabendo agora tudo o que dissestes antes?

O AMO: No dia seguinte, Desglands foi visitar sua encantadora infiel; encontrou o rival. Quem se espantou? Ela e o rival, ao verem Desglands com a face direita coberta por uma grande rodela de tafetá preto.

— O que é isso? — disse a viúva.

DESGLANDS: Nada.

O RIVAL: Uma leve fluxão?

DESGLANDS: Passará logo.

Depois de um momento de conversa, Desglands saiu e, ao sair, fez ao rival um sinal que foi muito bem compreendido. Este desceu; seguiram, cada qual de um lado da rua; encontraram-se atrás dos jardins da bela viúva, duelaram, o rival de Desglands ficou estirado em seu lugar, gravemente, mas não mortalmente ferido. Enquanto o levavam para casa, Desglands voltou à casa da viúva, sentou-se e continuaram a conversar sobre o incidente da véspera. Ela perguntou o que significava aquela enorme e ridícula rodela que lhe cobria a face. Ele se levantou, olhou-se no espelho e disse:

— Com efeito, considero-a um pouco grande...

Pegou a tesoura da senhora, desgrudou a rodela de tafetá, diminuiu a circunferência em um ou dois dedos, recolocou-a no lugar e disse à viúva:

— Como achais que estou agora?

— Um ou dois dedos menos ridículo do que antes.

— Já é alguma coisa.

O rival de Desglands curou-se. No segundo duelo, a vitória continuou a ser de Desglands e o mesmo ocorreu umas cinco ou seis vezes em seguida; a cada combate Desglands diminuía um dedo de sua rodela de tafetá e a punha na face.

JACQUES: E que fim teve essa aventura? Quando me levaram ao castelo de Desglands, pareceu-me que ele não usava mais rodela.

O AMO: Não. O fim dessa aventura foi o fim da bela viúva.

O imenso desgosto pelo qual passara acabou arruinando sua saúde fraca e instável.

JACQUES: E Desglands?

O AMO: Um dia em que passeávamos juntos, ele recebeu um bilhete. Abriu e disse: "Era um homem muito corajoso, mas não consigo afligir-me com sua morte..." E, no mesmo instante, arrancou da face o resto da rodela negra, que, por causa dos freqüentes aparos, estava reduzida quase ao tamanho de uma pinta. Eis a história de Desglands. Jacques está satisfeito? Posso esperar que ele ouça agora a história de meus amores? Retomará a história dos seus?

JACQUES: Nem uma coisa, nem outra.

O AMO: E qual a razão?

JACQUES: Está quente, eu estou cansado, e este lugar é encantador: ficaremos à sombra destas árvores e repousaremos, enquanto tomamos a fresca à beira do riacho.

O AMO: Concordo, mas e teu resfriado?

JACQUES: É do calor; os médicos dizem que os contrários são curados pelos contrários.

O AMO: O que é verdade, tanto na natureza como na moral. Notei uma coisa bastante singular: quase não há máximas de moral de que não se façam aforismos médicos, e, reciprocamente, há poucos aforismos de medicina de que não se façam máximas morais.

JACQUES: Deve ser.

Descem dos cavalos, deitam-se na relva. Jacques diz ao amo:

— Estais acordado, senhor? Estais dormindo? Se ficardes acordado, dormirei, se pegardes no sono, ficarei acordado.

Seu amo lhe diz:

— Dorme, dorme.

— Então, posso contar que ficareis acordado? Desta vez podemos perder dois cavalos.

O amo pegou o relógio e a tabaqueira; Jacques resolveu dormir; mas a cada instante acordava sobressaltado e batia as mãos no ar. Seu amo lhe disse:

— Que diabo há contigo?

JACQUES: As moscas e os pernilongos estão me irritando. Bem que eu gostaria de saber para que servem esses bichos incômodos.

O AMO: E só porque ignoras, crês que não servem para nada? A natureza nada faz de inútil ou supérfluo.

JACQUES: Creio que sim, pois, já que uma coisa existe, é porque é preciso que ela exista.

O AMO: Quando estás com muito sangue ou com sangue ruim, o que fazes? Chamas um cirurgião, que te faz duas ou três sangrias. Então! Os pernilongos, de que estás a queixar-te, são como que uma nuvem de pequenos cirurgiões alados que vêm, com suas lancinhas, picar-te e tirar-te sangue gota a gota.

JACQUES: Sim, mas, de qualquer jeito, sem saber se eu tenho muito ou pouco sangue. Mandai um ético vir aqui e vereis se os pequenos cirurgiões alados não o picarão. Eles só pensam em si, e tudo na natureza pensa em si e apenas em si. Que importa fazer mal aos outros contanto que se sinta bem?...

Em seguida, voltava a bater as mãos no ar e dizia:

— Ao diabo os pequenos cirurgiões alados!

O AMO: Jacques, conheces a fábula de Garo[42]?

JACQUES: Sim.

O AMO: O que achas dela?

JACQUES: Ruim.

O AMO: É fácil dizer.

JACQUES: E fácil provar. Se, em vez de bolotas, o carvalho desse abóboras, acaso esse Garo imbecil dormiria embaixo de um carvalho? E, se não tivesse dormido embaixo de um carvalho, que importava para a salvação de seu nariz que daí caíssem abóboras ou bolotas? Mandai que leiam isso a vossos filhos.

O AMO: Um filósofo com o teu nome não permite[43].

JACQUES: Cada um tem sua opinião, e a de Jean-Jacques não é a de Jacques.

O AMO: Pior para Jacques.

JACQUES: Quem pode saber, antes de ter chegado à última palavra da última linha da página que nos é destinada no grande pergaminho?

O AMO: Em que estás pensando?

---

42 - La Fontaine, *Fábulas*, XI, 4, "A Bolota e a Abóbora".

43 - Alusão a Jean-Jacques Rousseau, *Emílio*, II.

JACQUES: Estou pensando que, enquanto faláveis e eu respondia, faláveis sem querer e eu respondia sem querer.
O AMO: E depois?
JACQUES: Depois? Que nós éramos duas verdadeiras máquinas, vivas e pensantes.
O AMO: E agora, o que queres?
JACQUES: Por Deus, é sempre a mesma coisa! Nas duas máquinas há apenas uma mola a mais em jogo.
O AMO: E essa mola?...
JACQUES: Que o diabo me carregue, se eu conceber que ela pode funcionar sem causa. Meu capitão dizia: "Ponde uma causa, um efeito se segue; de uma causa fraca, um efeito fraco; de uma causa momentânea, um efeito momentâneo; de uma causa intermitente, um efeito intermitente; de uma causa contrariada, um efeito retardado; de uma causa cessante, um efeito nulo."
O AMO: Parece-me que, dentro de mim, sinto que sou livre, assim como sinto que penso.
JACQUES: Meu capitão dizia: "Sim, agora, que não quereis nada, mas, e quando quiserdes jogar-vos de vosso cavalo?"
O AMO: Muito bem! Jogar-me-ei.
JACQUES: Alegremente, sem repugnância, sem esforço, como quando vos apraz descer à porta de um albergue?
O AMO: Não da mesma maneira, mas o que importa, desde que eu me jogue e prove que sou livre?
JACQUES: Meu capitão dizia: "O quê? Não vedes que, sem minha contradição, nunca vos teria ocorrido a idéia de quebrar o pescoço? Logo, sou eu que vos puxo o pé e vos jogo fora da sela. Se vossa queda prova alguma coisa, então não sois livre, sois louco." Meu capitão dizia também que o desfrute de uma liberdade que se poderia exercer sem-razão seria o verdadeiro caráter de um maníaco.
O AMO: Isso é demasiado forte para mim; a despeito de teu capitão e de ti, continuarei a crer que quero quando quero.
JACQUES: Mas, se sois e sempre fostes dono de vosso querer, por que, neste momento, não quereis amar uma macaca? Por que não deixastes de amar Agathe todas as vezes que quiseste? Meu amo, passamos três quartos da vida a querer sem fazer.
O AMO: É verdade.

JACQUES: E a fazer sem querer.
O AMO: Poderias demonstrar-me isso?
JACQUES: Se permitirdes.
O AMO: Permito.
JACQUES: Será feito. Mas falemos de outra coisa. Depois dessas tolices e alguns outros ditos de mesma importância, calaram-se. Jacques, colocando mais alto seu enorme chapéu, guarda-chuva no mau tempo, guarda-sol no calor, chapéu em todos os tempos, tenebroso santuário onde um dos melhores cérebros que já existiu consultava o destino nas grandes ocasiões... Levantadas as abas desse chapéu, o rosto ficava quase no meio do corpo; abaixadas, mal conseguia enxergar além de dez passos, o que lhe dera o hábito de andar com o nariz ao vento; era então que se podia dizer de seu chapéu:
Os illi sublime dedit, coelumque tueri.
Jussit, et erectos ad sidera tollere vultus.[44]

Então Jacques, levantando seu enorme chapéu e lançando ao longe o olhar, viu um lavrador que, inutilmente, roía a chicotadas um dos cavalos atrelados à charrua. Esse cavalo, jovem e vigoroso, deitara-se no sulco do arado e, por mais que o lavrador o sacudisse com as rédeas, por mais que pedisse, acariciasse, ameaçasse, praguejasse e batesse, o animal continuava imóvel, recusava-se obstinadamente a levantar-se.

Depois de ter pensado algum tempo sobre essa cena, Jacques disse a seu amo, que também fixara nela a atenção:

— Sabeis o que está acontecendo ali?

O AMO: Queres que aconteça algo diferente do que estou vendo?

JACQUES: Não adivinhais?

O AMO: Não. E tu, adivinhas?

JACQUES: Adivinho que aquele animal tolo, orgulhoso e vadio é um habitante da cidade, que, altivo por causa de sua condição primeira, de cavalo de sela, despreza a charrua; para dizer tudo numa só palavra, aquele é o vosso cavalo, símbolo de Jacques e de tantos outros desprezíveis patifes como eu, que deixaram o campo para envergar uma libré

---

44 - "Deu a ele um rosto sublime e o mandou olhar o céu, erguer a cabeça para os astros". Ovídio, *Metamorfoses*, I, 85-86.

na capital e preferem mendigar o pão nas ruas ou morrer de fome a voltar à agricultura, o mais útil e honrado dos ofícios.

O amo pôs-se a rir; Jacques, dirigindo-se ao lavrador, que não o ouvia, dizia:

— Bate, pobre diabo, bate quanto quiseres: ele está acostumado, gastarás mais de uma ponta do teu chicote antes de inspirar nesse velhaco um pouco da verdadeira dignidade e algum gosto pelo trabalho...

O amo continuava rindo. Jacques, um pouco por impaciência, um pouco por pena, levantou-se, avançou na direção do lavrador e, antes de completar duzentos passos, voltou-se para o amo e começou a gritar:

— Vinde, meu senhor, vinde; é o vosso cavalo, é o vosso cavalo.

Era, com efeito. Mal o animal reconheceu Jacques e seu amo, levantou-se sozinho, sacudiu a crina, relinchou, empinou e aproximou ternamente o focinho do focinho de seu camarada. Enquanto isso, Jacques, indignado, dizia entre os dentes:

— Tratante, vadio, preguiçoso, onde estou com a cabeça que não te dou uns vinte pontapés?...

Seu amo, ao contrário, o beijava, passava-lhe uma das mãos sobre o flanco e, com a outra, batia devagar na garupa, e, quase chorando de alegria, exclamava:

— Meu cavalo, meu pobre cavalo, enfim te encontrei!

O lavrador não estava entendendo nada.

— Vejo, meus senhores, — disse — que este cavalo vos pertenceu, mas sou legítimo possuidor, comprei-o na última feira. Se quiserdes reavê-lo por dois terços do que paguei, prestar-me-íeis um grande serviço, pois nada posso fazer com ele. Quando preciso tirá-lo do estábulo, é o diabo; quando tenho de atrelá-lo, pior ainda; quando chega ao campo, deita-se e parece preferir morrer de pancada a fazer força ou levar um saco no lombo. Faríeis a caridade, senhores, de me livrar deste maldito animal? Ele é bonito, mas só serve para campear com o cavaleiro, e isso não me interessa...

Propuseram-lhe uma troca com o animal que lhe conviesse; concordou, e nossos dois viajantes voltaram a passo lento para o lugar onde repousavam, de onde viram, com

satisfação, o cavalo que cederam ao lavrador prestar-se sem repugnância à sua nova condição.
JACQUES: E então, meu senhor?
O AMO: Então! Nada é mais certo de que és um inspirado; de Deus ou do diabo? Ignoro. Jacques, meu caro amigo, temo que tenhas o diabo no corpo.
JACQUES: E por que o diabo?
O AMO: Porque fazeis prodígios e porque vossa doutrina é muito suspeita.
JACQUES: E o que há de comum entre a doutrina que se professa e os prodígios que se opera?
O AMO: Vejo que não lestes Dom La Taste[45].
JACQUES: E o que diz Dom La Taste, que não li?
O AMO: Diz que Deus e o diabo igualmente fazem milagres.
JACQUES: E como ele distingue os milagres de Deus dos do diabo?
O AMO: Pela doutrina. Quando a doutrina é boa os milagres são de Deus; quando é má, são do diabo.
Nessa altura, Jacques começou a assobiar, depois acrescentou:
JACQUES: E quem ensinará a mim, este pobre ignorante, quando a doutrina do fazedor de milagres é boa ou má? Vamos, meu senhor, montemos nossos animais. Que vos importa que se deva a Deus ou a Belzebu termos encontrado vosso cavalo? Passará menos bem?
O AMO: Não. Contudo, Jacques, se estivésseis possuído...
JACQUES: Que remédio haveria para isso?
O AMO: Remédio! Seria o caso, à espera do exorcismo... seria o caso de só beber água benta.
JACQUES: Eu, senhor, bebendo água?! Jacques passando a água benta?! Preferiria que mil legiões de diabos permanecessem em meu corpo a ter de beber uma gota d'água, benta ou não benta. Ainda não notastes que sou hidrófobo?...
— Ah! Hidrófobo?! Jacques disse *hidrófobo?*... — Não, leitor, não; confesso que não é dele a palavra. Entretanto,

---

45 - Monge beneditino, autor, entre 1733 e 1740, das *Lettres théologiques aux écrivains défenseurs des convulsions et autres prétendus miracles du temps*, onde sustenta que o diabo, assim como Deus, pode operar milagres e induzir os homens ao pecado.

com toda essa severidade crítica, desafio-vos a ler uma cena de comédia, ou tragédia, um único diálogo, por melhor que seja, sem surpreender a palavra do autor na boca de sua personagem. Jacques disse: "Ainda não notastes que me torno raivoso quando vejo água?..." Está bem? Expressando-me diferentemente, fui menos verdadeiro e mais breve.
Montaram seus cavalos; Jacques disse ao amo:
— A história de vossos amores estava no momento em que, depois de terdes sido feliz duas vezes, começáveis a preparar-vos para sê-lo uma terceira.
O AMO: Quando, de repente, abriu-se a porta do corredor. Eis o quarto repleto por uma multidão de pessoas que andam tumultuosamente; vi luzes, ouvi vozes de homens e mulheres falando ao mesmo tempo. Puxaram violentamente o cortinado; vi o pai, a mãe, as tias, os primos, as primas e um comissário de polícia, que lhes dizia com gravidade:
— Senhores, senhoras, nada de barulho; o delito é flagrante; este senhor é um homem galante; só há um meio de se reparar o mal; este senhor preferirá prestar-se a isso livremente do que a fazê-lo obrigado pelas leis...
Cada palavra era interrompida pelo pai e pela mãe, que me enchiam de censuras; pelas tias e primas, que dirigiam a Agathe os epítetos menos delicados, enquanto ela metia a cabeça nas cobertas. Eu estava estupefato, não sabia o que dizer. Dirigindo-se a mim, o comissário disse ironicamente:
— Estais muito bem aí, meu senhor, no entanto é preciso que tenhais a bondade de vos levantar e vestir...
Foi o que fiz, mas vesti minhas próprias roupas, que haviam sido trocadas pelas do cavaleiro. Trouxeram uma mesa; o comissário pôs-se a verbalizar a ocorrência. Enquanto isso, a mãe não media esforços para matar a filha de pancadas, e o pai lhe dizia:
— Calma, mulher, calma, de que adianta surrá-la? Tudo se arranjará da melhor maneira possível...
Os outros personagens, dispersos pelo quarto, expressavam diferentes atitudes de dor, indignação e cólera. O pai, repreendendo a mulher de quando em quando, dizia-lhe:
— Eis no que dá não zelar pela conduta da filha...
A mãe respondia:
— Com um aspecto tão bom e honesto, quem poderia acreditar que este senhor...

Os outros guardavam silêncio. Tendo concluído a ocorrência verbal, fizeram-me a leitura; como só continha a verdade, assinei e desci com o comissário, que me pediu para entrar num carro parado à porta, de onde me conduziram, com um numerosíssimo cortejo, direto para o For-l'Évêque.
JACQUES: Para o For-l'Évêque! Para a prisão!
O AMO: Para a prisão; eis um abominável processo. Tratava-se, nada mais nada menos, de esposar a Srta. Agathe; os pais não queriam nem ouvir falar num possível arranjo. Pela manhã o cavaleiro foi visitar-me. Sabia de tudo. Agathe estava desolada; seus pais, furiosos; quanto a ele, sofrera as mais cruéis censuras por causa do pérfido relacionamento que arranjara. Fora considerado a causa primeira da infelicidade dos pais e da desonra da moça; aquela pobre gente dava dó. Pedira para falar com Agathe em particular; só conseguiu depois de muito esforço. Agathe, que havia pensado em lhe arrancar os olhos, chamara-o pelos nomes mais odiosos. Esperava por isso; deixou que seus furores se aplacassem, depois do que procurou levá-la de volta à razão; mas a moça dizia uma coisa contra a qual, acrescentava o cavaleiro, não se podia replicar:

— Meu pai e minha mãe surpreenderam-me com vosso amigo; terei eu de contar-lhes que, dormindo com ele, pensava estar dormindo convosco?...

Ele respondeu:

— Mas, francamente, acreditais que meu amigo possa desposar-vos?...

— Não — ela dizia. — Sois vós, indigno, vós, infame, que deveriam condenar. Mas — disse ao cavaleiro — só depende de vós livrar-me deste problema.

— Como?

— Como?! Declarando a coisa tal como ocorreu.

— Ameacei fazê-lo, mas, naturalmente, não farei nada. Não é certo que esse recurso possa servir-vos utilmente, mas é muito certo que vos cobriria de infâmia. Ademais, é vossa a culpa.

— Minha?

— Sim, vossa. Se tivésseis aprovado a travessura que propus, Agathe teria sido surpreendida entre dois homens, e tudo isso teria terminado em zombaria. Mas tal não aconteceu, trata-se de sair do apuro.

— Mas, cavaleiro, poderíeis explicar-me um pequeno incidente? É o de minhas roupas: foram retiradas do quarto de vestir, onde puseram as vossas. Por Deus! Por mais que eu pense, continua sendo um mistério que me confunde. Isso fez com que Agathe se tornasse um tanto suspeita para mim; passou-me pela cabeça que ela poderia ter descoberto o embuste e que, entre ela e os pais, poderia haver algo combinado.

— Provavelmente vos viram subir; aliás, tão logo vos despistes, enviaram-me minhas roupas e pediram-me as vossas.

— Com o tempo isso há de se esclarecer...

Enquanto o cavaleiro e eu nos afligíamos, consolávamos, acusávamos, trocávamos injúrias e pedíamos perdão, o comissário entrou; o cavaleiro empalideceu e saiu bruscamente. O comissário era um homem de bem (há alguns), que, ao refazer em casa a ocorrência verbal, lembrou-se de que, outrora, estudara com um rapaz que tinha meu nome; ocorreu-lhe que eu poderia ser parente ou até mesmo um filho de seu antigo camarada de colégio, o que, na verdade, era. Sua primeira questão versou sobre o homem que se evadira quando eu entrei.

— Ele não fugiu — disse-lhe —, somente saiu; é meu amigo íntimo, o Cavaleiro de Saint-Ouin.

— Vosso amigo! Belo amigo! Acaso sabeis, senhor, que foi ele quem me chamou? Estava acompanhado do pai e de um outro parente.

— Ele!

— Ele mesmo.

— Estais bem certo do que dizeis?

— Muito certo; como o chamastes mesmo?

— Cavaleiro de Saint-Ouin.

— Oh! Cavaleiro de Saint-Ouin, quem diria! Acaso sabeis o que é o vosso amigo, vosso amigo íntimo, o Cavaleiro de Saint-Ouin? Um extorsionário, um indivíduo conhecido por umas mil trapaças. A polícia só dá liberdade de locomoção a essa espécie de gente por causa dos serviços que prestam às vezes. São patifes e delatores de patifes; provavelmente são considerados mais úteis pelo mal que previnem ou revelam do que nocivos pelo mal que praticam...

Contei ao comissário minha triste aventura, exatamente como ocorrera. Não a viu com olhos muito favoráveis, pois as coisas que poderiam absolver-me não podiam ser alegadas, nem demonstradas no tribunal das leis. Não obstante, encarregou-se de chamar o pai e a mãe, de arrancar a confissão da moça, de esclarecer o magistrado e de nada negligenciar do que pudesse servir para justificar-me, sempre prevenindo-me de que, se aquela gente estivesse sendo bem orientada, a autoridade teria poucos poderes.

— Como, senhor comissário? Serei forçado a casar-me?

— Casar! Isso seria muito duro, não quero vos deixar apreensivo; mas haverá indenizações, que, neste caso, são consideráveis... — Mas, Jacques, creio que tens algo a me dizer.

JACQUES: Sim, eu gostaria de dizer que, com efeito, fostes mais infeliz do que eu, que paguei e não dormi. Por outro lado, creio que teria entendido vossa história sem dificuldade, se Agathe tivesse ficado grávida.

O AMO: Ainda não é o momento para descartares essa hipótese. Algum tempo depois de minha detenção, o comissário me contou que ela fora à sua casa fazer uma declaração de gravidez.

JACQUES: E eis-vos pai de uma criança...

O AMO: A que sempre ajudei.

JACQUES: Mas que não fizestes.

O AMO: Nem a proteção do magistrado, nem todas as providências do comissário puderam impedir que o caso seguisse o curso da justiça, mas, como a moça e os pais eram muito mal-afamados, não a desposei dentro das grades. Condenaram-me a pagar uma multa considerável, bem como as despesas do parto, e a prover subsistência e educação a uma criança oriunda dos feitos e gestos de meu amigo, o Cavaleiro de Saint-Ouin, do qual era o retrato em miniatura. Era um menino gordo, que a Srta. Agathe pariu tranqüilamente, entre o sétimo e o oitavo mês, ao qual deram uma boa ama-de-leite, cuja mensalidade pago até hoje.

JACQUES: Que idade teria o senhor vosso filho?

O AMO: Em breve fará dez anos. Esse tempo todo o mantive no campo, onde o mestre-escola o ensinou a ler, escrever e contar. Não é longe do lugar para onde vamos; aproveitarei as circunstâncias para pagar àquela gente

o que estou devendo e para trazê-lo comigo e dar-lhe uma ocupação.
Jacques e seu amo dormiram mais uma vez na estrada. Estavam demasiado perto do fim da viagem para Jacques retomar a história de seus amores; aliás, ainda faltava muito para sua dor de garganta passar. No dia seguinte, chegaram a... — Onde? — Palavra de honra que não sei. — E o que iam fazer lá? — O que for de vosso agrado. — Acaso o amo de Jacques falava sobre seus negócios a todo mundo? Seja como for, eles não exigiriam mais de quinze dias de permanência. — Terminaram bem ou terminaram mal? — Ignoro. A dor de garganta de Jacques se dissipou com a ajuda de dois remédios com os quais antipatizava, a dieta e o repouso.

Certa manhã, o amo disse ao criado:

— Jacques, enfreia e sela os cavalos e enche teu cantil; vamos àquele lugar, tu sabes qual.

Dito e feito. Ei-los a caminho do lugar onde, há dez anos, alimentavam, à custa do amo de Jacques, o filho do Cavaleiro de Saint-Ouin. A alguma distância da pousada que acabavam de deixar, o amo dirigiu a Jacques as seguintes palavras:

— Jacques, o que me dizes de teus amores?

JACQUES: Que há coisas estranhas escritas lá em cima. Eis uma criança que existe, Deus sabe como! Quem conhece o papel que esse bastardinho desempenhará no mundo? Quem sabe se nasceu para a felicidade ou para a desgraça de um império?

O AMO: Digo-te que não. Ele dará um bom torneiro ou relojoeiro. Casar-se-á: terá filhos que perpetuamente hão de tornear varais de cadeira no mundo.

JACQUES: Sim, se isso estiver escrito lá em cima. Mas por que não sairia um Cromwell da oficina de um torneiro? Ele, que mandou cortar a cabeça de seu rei, saiu do estabelecimento de um cervejeiro, não é o que se diz hoje?...

O AMO: Deixemos isso de lado. Estás passando bem, conheces meus amores; em boa consciência, não podes furtar-te a retomar a história dos teus.

JACQUES: Tudo se opõe a isso. Em primeiro lugar, temos uma pequena distância a percorrer; em segundo lugar, esqueci em que ponto estava; em terceiro lugar, tenho o diabo de um pressentimento... que a história não deve terminar, que o relato nos trará desgraça e que, tão logo o retome, será interrompido por uma catástrofe, boa ou má.

O AMO: Se for boa, tanto melhor.

JACQUES: Está bem, mas acho... que será má.

O AMO: Má! Que seja, mas ela deixará de acontecer, se falares ou calares?

JACQUES: Quem sabe?

O AMO: Nascestes dois ou três séculos atrasado.

JACQUES: Não, meu senhor, nasci no tempo certo, como todo mundo.

O AMO: Terias sido um grande áugure.

JACQUES: Não sei precisamente o que é um áugure, nem me preocupo em saber.

O AMO: É um dos importantes capítulos do teu tratado de adivinhação.

JACQUES: É verdade, mas foi escrito há tanto tempo, que não me lembro de nenhuma palavra dele. Olhai, meu senhor, eis quem sabe mais do que todos os áugures, mais do que todos os gansos fatídicos e galinhas sagradas da república: o cantil. Interroguemos o cantil.

Jacques pegou seu cantil e o consultou demoradamente. O amo tirou o relógio e a tabaqueira, viu que horas eram, cheirou uma pontinha de rapé, e Jacques disse:

— Parece-me que agora vejo o destino menos negro. Dizei-me onde estava.

O AMO: No castelo de Desglands, teu joelho melhorara um pouco, e Denise fora encarregada pela mãe de cuidar de ti.

JACQUES: Denise foi obediente. A ferida do joelho estava quase fechada; pude até mesmo dançar na roda noturna do menino; entretanto, às vezes sentia dores incríveis. Ocorreu ao cirurgião do castelo, que pouco mais sabia da coisa do que seu confrade, que essas dores, cujo retorno era tão obstinado, só podiam ter como causa a permanência de um corpo estranho na carne, depois da extração da bala. Conseqüentemente, certa manhã, bem cedo, foi ao meu quarto; mandou trazer uma mesa para perto de meu leito, e, quando puxaram o cortinado, vi essa mesa coberta de instrumentos cortantes. Denise, sentada à cabeceira, chorava lágrimas sentidas; sua mãe, em pé de braços cruzados, estava muito

triste; o cirurgião tirara a casaca, arregaçava as mangas e tinha a mão direita armada com um bisturi.
O AMO: Estás assustando-me.
JACQUES: Eu também fiquei assustado. Disse-me o cirurgião:
— Estais cansado de sofrer, amigo?
— Muito.
— Quereis que vosso sofrimento termine? Quereis salvar a perna?
— Certamente.
— Então, ponde-a para fora da cama e deixai-me operar. Ofereci-lhe minha perna. O cirurgião pôs o cabo do bisturi entre os dentes, colocou a perna sob seu braço esquerdo, fixou-a com força, pegou o bisturi de novo, introduziu a ponta na abertura de meu ferimento e fez uma incisão larga e profunda. Eu sequer pestanejei, mas Jeanne virou a cabeça, e Denise soltou um grito agudo e passou mal...
Nesse ponto, Jacques fez uma pausa na história e deu nova investida contra o cantil. As investidas eram tanto mais freqüentes quanto menores eram as distâncias, ou, como dizem os geômetras, eram em razão inversa da distância. Ele era tão preciso em suas medidas, que, cheio na partida, o cantil sempre ficava vazio no momento exato da chegada. Os senhores do departamento de pontes e canais teriam feito dele um excelente odômetro; cada investida tinha, ordinariamente, sua razão suficiente. Essa era para fazer com que Denise voltasse do desmaio e para se recompor da dor da incisão que o cirurgião lhe fizera no joelho. Tendo Denise despertado e tendo se reconfortado, continuou.
JACQUES: Essa enorme incisão pôs à mostra o fundo do ferimento, de onde o cirurgião tirou, com suas pinças, um pedacinho de nada do tecido de minhas calças que lá tinha ficado, cuja presença causava as dores e impedia a completa cicatrização da chaga. Depois da operação, meu estado melhorou cada vez mais, graças aos cuidados de Denise; nada de dor, nada de febre; mais apetite, mais sono, mais forças. Denise fazia-me os curativos com infinita exatidão e delicadeza. Era preciso ver a circunspecção e a leveza das mãos com que removia minhas ataduras; o receio que ela tinha de causar-me a menor dor, a maneira como banhava minha ferida. Eu ficava sentado na beirada da cama, ela,

com um joelho no chão, punha minha perna em cima da coxa, que eu, às vezes, apertava um pouco; mantinha uma das mãos em seu ombro e eu a via trabalhar com uma ternura que, creio, partilhava comigo. Quando acabava meu curativo, pegava-lhe as mãos, agradecia, não sabia o que lhe dizer, não sabia como demonstrar meu reconhecimento; ela, de pé e com os olhos baixos, escutava-me sem nada dizer. Não havia mascate que passasse pelo castelo a quem eu não comprasse alguma coisa; uma vez era um lenço, na outra, um corte de chita da Índia ou musselina, um crucifixo de ouro, meias de algodão, um anel, um colar de granada. Depois de fazer minhas comprinhas, embaraçava-me ao oferecê-las, e ela, ao aceitar. Primeiro mostrava-lhe a coisa, se ela achasse bonito, dizia-lhe: "Comprei para vós, Denise..." Quando aceitava, minhas mãos tremiam ao entregar-lhe, e também as dela, ao receber. Um dia, não sabendo mais o que lhe dar, comprei um par de ligas; eram de seda, enfeitadas com galões brancos, vermelhos e azuis, com uma divisa. Pela manhã, antes que chegasse, coloquei-as no encosto da cadeira que ficava ao lado de minha cama. Tão logo Denise as viu, disse:
— Oh! Que ligas bonitas!
— São para minha namorada — respondi.
— Então tendes uma namorada, Sr. Jacques?
— Certamente! Acaso ainda não vos disse?
— Não. Sem dúvida ela é muito amável.
— Muito.
— Gostais muito dela?
— De todo o coração.
— E ela?
— Não sei. Estas ligas são para ela, prometeu-me um favor que, se conceder, há de me deixar louco.
— E que favor é esse?
— Deixar que eu coloque estas ligas com minhas próprias mãos...

Denise corou, entendeu mal o meu discurso, achou que as ligas eram para outra, ficou triste, fez tolices atrás de tolices, procurava as coisas necessárias para meu curativo, estavam sob seus olhos e não as encontrava; derramou o vinho que esquentara, aproximou-se de meu leito para me fazer o curativo, pegou minha perna com as mãos trêmulas,

desatou mal as bandagens e, quando chegou a hora de lavar o ferimento, esquecera o que era preciso; foi buscar, fez o curativo e, enquanto o fazia, vi que chorava.
— Denise, creio que estais chorando, o que tendes?
— Nada.
— Fizeram-vos sofrer?
— Sim.
— E quem é esse malvado que vos fez sofrer?
— Vós.
— Eu?
— Sim.
— E como isso aconteceu?...
Em vez de responder-me, olhou para as ligas.
— O quê?! — disse-lhe — Isso aí vos fez chorar?
— Sim.
— Ora, Denise, não choreis mais, comprei-as para vós.
— Estais dizendo a verdade, Sr. Jacques?
— A pura verdade; tanto é verdade, que aqui as tendes.
Mostrei-as juntas, mas retive uma delas; no mesmo instante, um sorriso de felicidade escapou-lhe em meio às lágrimas. Peguei-a pelo braço, aproximei-a de minha cama, peguei um dos pés, que pus na beirada; levantei suas saias até o joelho, onde as mantive presas com suas mãos; beijei-lhe a perna, prendi a liga que estava segurando; mal a prendera, Jeanne, sua mãe, entrou.
O AMO: Eis uma visita incômoda.
JACQUES: Talvez sim, talvez não. Em vez de observar nossa perturbação, viu apenas a liga que a filha tinha nas mãos. Disse:
— Que liga bonita, mas onde está a outra?
— Em minha perna — respondeu Denise. — Ele me disse que as comprou para a namorada, e eu jurei que eram para mim. Não achais, mamãe, que, se estou com uma, devo ficar também com a outra?
— Ah! Sr. Jacques! Denise tem razão, uma liga não fica bem sozinha, não creio que gostaríeis de reaver a que está com ela.
— Por quê?
— Porque Denise não quer, nem eu.
— Cheguemos a um acordo, prendo a outra em vossa presença.

— Não, não, não pode ser.
— Então ela que me devolva as duas.
— Isso também não pode ser.

Entretanto Jacques e seu amo chegaram à entrada da aldeia onde iam ver o filho e os pais de criação do filho do Cavaleiro de Saint-Ouin. Jacques calou-se; seu amo disse:

— Desçamos aqui e façamos uma pausa.
— Por quê?
— Porque, ao que tudo indica, chegaste à conclusão da história de teus amores.
— Não exatamente.
— Quando se chegou ao joelho, há pouco caminho a percorrer.
— Meu amo, Denise tinha uma coxa mais comprida do que a outra.
— De qualquer forma, desçamos.

Descem dos cavalos, primeiro Jacques, apresentando-se prontamente às botas de seu amo, que, mal firmou o pé no estribo, viu as correias se soltarem, e lá se foi nosso cavaleiro, caindo para trás, prestes a tocar bruscamente o chão, o que teria ocorrido, se o criado não o tivesse amparado nos braços.

O AMO: E então, Jacques! Vês como cuidas de mim? Faltou pouco para que arrebentasse um dos lados, quebrasse o pescoço, rachasse a cabeça, talvez até morresse!

JACQUES: Grande desgraça!

O AMO: O que estás a dizer, tratante? Espera, espera, vou ensinar-te a falar...

E o amo, depois de dar duas voltas no pulso com o cordel do chicote, pôs-se a perseguir Jacques, e Jacques a correr em torno do cavalo, gargalhando; o amo praguejava, blasfemava, espumava de raiva e de correr atrás de Jacques em torno do cavalo, vomitando-lhe uma torrente de invectivas. Essa corrida continuou até que os dois, banhados de suor e mortos de cansaço, pararam junto ao cavalo, um de cada lado. Jacques continuava a ofegar e a rir; seu amo, ofegando, lançava-lhe olhares furiosos. Começavam a tomar fôlego quando Jacques disse ao amo:

— O senhor, meu amo, há de concordar comigo agora...

O AMO: Com o que queres que eu concorde, cão, patife,

infame, senão que és o pior dos criados, e eu, o mais infeliz dos amos?

JACQUES: Não ficou evidentemente demonstrado que, na maior parte do tempo, agimos sem querer? Ponde a mão na consciência: desejastes alguma coisa de tudo o que fizestes ou dissestes de meia hora para cá? Não tendes sido minha marioneta e não continuaríeis a ser meu polichinelo durante um mês, se eu assim resolvesse?

O AMO: O quê?! Era um jogo?

JACQUES: Sim, um jogo.

O AMO: Aguardavas o rompimento das correias?

JACQUES: Eu o preparei.

O AMO: E foi premeditada a tua resposta impertinente?

JACQUES: Sim, foi premeditada.

O AMO: Como um fio que prendesses em minha cabeça para me manejares como quisesses?

JACQUES: Exatamente.

O AMO: És um vadio perigoso!

JACQUES: Graças a meu capitão, que um dia se entreteve com um passatempo semelhante à minha custa, eu que sou um raciocinador sutil.

O AMO: E se, porventura, tivesses me ferido?

JACQUES: Estava escrito lá em cima e em minha previsão que isso não aconteceria.

O AMO: Vamos, sentemo-nos; precisamos descansar.

Sentaram-se; Jacques dizia:

— Maldito seja o imbecil!

O AMO: Naturalmente estás a falar de ti.

JACQUES: Sim, de mim, que não reservei nenhum trago a mais no cantil.

O AMO: Não te queixes, eu o teria bebido, pois estou morrendo de sede.

JACQUES: Maldito seja o imbecil por não ter reservado dois tragos!

Para se distraírem do cansaço e da sede, o amo suplicou a Jacques que continuasse a história; Jacques se recusou, o amo se agastou e Jacques nem ligou. Mas depois de ter protestado que traria infortúnio, Jacques retomou a história de seus amores:

— Num dia de festa, quando o senhor do castelo estava caçando... — Proferidas essas palavras, parou de repente, e disse: — Não posso; é-me impossível avançar; parece-me que pela segunda vez sinto a mão do destino em minha garganta, sinto-a apertar; por Deus, meu senhor, permiti que eu me cale...

— Está bem! Cala-te, vai perguntar na primeira choupana onde fica a casa do marido da ama-de-leite... Era a porta ao lado; foram para lá, cada qual puxando seu cavalo pelas rédeas. A porta da casa se abriu na mesma hora; um homem apareceu; o amo de Jacques soltou um grito e levou a mão à espada; o homem em questão fez o mesmo. Os cavalos se assustaram com o tinido das armas, o de Jacques rompeu as rédeas e fugiu, no mesmo instante em que o cavaleiro contra o qual o amo estava se batendo caiu morto no chão. Os camponeses da aldeia acorreram. O amo de Jacques voltou de pronto à sela e afastou-se velozmente. Agarraram Jacques, amarraram-lhe as mãos nas costas, conduziram-no ao juiz do lugar, que o mandou para a prisão. O homem morto era o Cavaleiro de Saint-Ouin, que o acaso conduzira precisamente nesse dia, com Agathe, à casa do pai de criação de seu filho. Agathe arrancou os cabelos diante do cadáver do amante. O amo de Jacques estava tão longe, que já se perdia de vista. Jacques, indo para a casa do juiz e depois, para a prisão, dizia:

— Tinha de acontecer, estava escrito lá em cima...

E eu paro por aqui, porque já vos disse tudo o que sabia sobre esses dois personagens. — E os amores de Jacques? — Jacques disse mil vezes que estava escrito lá em cima que não terminaria sua história e, pelo que vejo, Jacques tinha razão. Vejo, leitor, que isso vos aborrece. Pois bem, retomai a história do ponto em que ele a deixou, e continuai-a como vossa imaginação preferir, ou, então, visitai a Srta. Agathe, procurai saber o nome da aldeia em que Jacques está preso; ide ver Jacques, interrogai-o: ele não se fará de rogado para satisfazer-vos, pois há de lhe aliviar o tédio. De acordo com umas memórias, que tenho boas razões para considerar suspeitas, talvez pudesse completar o que falta aqui, mas, de que adiantaria? Interessamo-nos somente pelo que acreditamos ser verdadeiro. Entretanto, como poderia ser temerário pronunciarmo-nos sem antes fazermos um exame maduro das conversas entre Jacques, o Fatalista, e seu amo, a obra mais importante escrita desde o *Pantagruel*[46] do mestre François Rabelais e desde a vida e as aventuras do *Compadre Mathieu*[47], tornarei a ler estas memórias com toda contenção de espírito e toda a imparcialidade de que sou capaz. Dentro de oito dias proferirei meu juízo definitivo, com direito a retratar-me, se alguém mais inteligente que eu demonstrar que estou enganado.

O editor acrescenta: Oito dias se passaram. Li as memórias em questão; nelas encontro três parágrafos a mais do que no manuscrito de que sou possuidor, o primeiro e o último parecem-me ser originais, o do meio é evidentemente interpolado. Eis o primeiro, que supõe uma segunda lacuna no diálogo de Jacques e seu amo.

Num dia de festa, quando o senhor do castelo estava caçando, e o resto dos comensais tinha ido à missa da paróquia que ficava a um bom quarto de légua de lá, Jacques levantou-se, estando Denise sentada a seu lado. Estavam em silêncio, como quando se está zangado, o que, com efeito, estavam. Jacques fizera de tudo para que Denise se decidisse a fazê-lo feliz, mas Denise continuava firme. Depois desse longo silêncio, Jacques, vertendo lágrimas sentidas, disse num tom duro e amargo:

— Não me amais...

Denise, despeitada, levantou-se, pegou-o pelo braço, conduziu-o rudemente para a beirada da cama, sentou-se e lhe disse:

— E então, Sr. Jacques! Não vos amo? E então, Sr. Jacques! Fazei desta infeliz Denise o que vos aprouver...

E, dizendo essas palavras, ei-la afogando-se em lágrimas e sufocando-se em soluços.

Dizei-me, leitor, o que faríeis se estivésseis no lugar de Jacques? — Nada. — Pois bem, foi o que ele fez. Reconduziu Denise à cadeira, atirou-se a seus pés, enxugou as lágrimas que lhe saíam dos olhos, beijou-lhe as mãos, consolou-a, tranqüilizou-a, julgou-se ternamente amado e deixou que sua ternura escolhesse o momento certo para recompensá-la da dele. Esse procedimento sensibilizou Denise.

---

46 - *Pantagruel* (1533), do monge beneditino François Rabelais (*circa* 1494-1553).

47 - *Compère Mathieu ou les bigarrures de l'esprit humain* (1766), romance picaresco e licencioso de Du Laurens, com o qual *Jacques* tem algumas semelhanças.

Objetar-se-á, talvez, que Jacques, aos pés de Denise, não podia lhe enxugar os olhos... a menos que a cadeira fosse muito baixa. O manuscrito não diz nada, mas supõe-se.

Eis o segundo parágrafo, copiado da vida de *Tristam Shandy*[48], a menos que o diálogo de Jacques, o Fatalista, e seu amo seja anterior a essa obra, e que o ministro Sterne seja um plagiador, o que não creio, pois tenho uma estima muito particular pelo Sr. Sterne, que distingo da maior parte dos literatos de sua nação, freqüentemente acostumados a nos roubar e a dizer injúrias a nosso respeito.

Uma outra vez, pela manhã, Denise viera fazer o curativo de Jacques. Tudo ainda dormia no castelo. Denise aproximou-se, tremendo. Tendo chegado à porta de Jacques, deteve-se, na incerteza de entrar ou não. Entrou tremendo; permaneceu durante um longo tempo ao lado da cama de Jacques, sem ousar puxar o cortinado. Puxou-o devagar, trêmula, disse bom-dia a Jacques, trêmula, perguntou-lhe como passara a noite e como estava a saúde; Jacques lhe disse que não pregara o olho, que passara mal e ainda estava passando por causa de uma terrível comichão no joelho. Denise se ofereceu para aliviá-la; pegou um pedacinho de flanela; Jacques pôs a perna para fora da cama e Denise começou a esfregar com a flanela abaixo da ferida, primeiro com um dedo, depois com dois, três, quatro, com a mão inteira. Jacques a via esfregar, embriagava-se de amor. Depois Denise começou a esfregar a ferida mesma, cuja cicatriz ainda estava vermelha, primeiro com um dedo, em seguida com dois, três, quatro e com a mão inteira. Contudo, não era o bastante ter aplacado a comichão abaixo e em cima do joelho, era necessário aplacá-la acima, onde estava ainda mais forte. Denise pôs a flanela acima do joelho e começou a esfregar com muita firmeza, primeiro com um dedo, depois com dois, três, quatro e com a mão inteira. A paixão de Jacques, que não parava de olhá-la, cresceu a tal ponto, que, não podendo

---

48 - Única referência ao romance de Lawrence Sterne (1713-1768), redigido entre 1759 e 1767. Em 1765, o barão d'Holbach ofereceu a Diderot um exemplar do volume VIII de *Tristam Shandy*, cuja leitura, particularmente dos capítulos XIX e XX, pode ter sido, para Diderot, o ponto de partida para a redação de *Jacques, o Fatalista*.

mais resistir, fê-lo precipitar-se sobre a mão de Denise... e a beijar.
  Mas o que não deixa sombra de dúvida quanto ao plágio, é o que se segue. O plagiador acrescenta: — Se não estais satisfeito com o que vos revelei sobre os amores de Jacques, leitor, fazei melhor, eu consinto. Qualquer que seja a maneira que escolhereis para continuá-los, tenho certeza de que terminareis como eu. — Estás enganado, insigne caluniador, não terminarei como tu. Denise foi esperta. — Acaso eu vos disse o contrário? Jacques precipitou-se sobre sua mão e a beijou, a mão. Tendes o espírito corrompido, não entendeis o que vos dizem. — Está bem! Então ele só beijou a mão... — Certamente: Jacques era demasiado sensato para abusar daquela que queria como sua mulher, por isso, não convinha levantar uma desconfiança que lhe poderia envenenar o resto da vida. — Mas, no parágrafo precedente, está escrito que Jacques fizera de tudo para determinar Denise a fazê-lo feliz. — Provavelmente ainda não queria fazer dela sua mulher.
  O terceiro parágrafo nos mostra Jacques, nosso pobre Fatalista, com pés e mãos acorrentados, jogado na palha do canto de um cárcere obscuro, lembrando-se de tudo o que guardara dos princípios da filosofia de seu capitão e não longe de crer que um dia sentiria saudades daquela morada úmida, infecta e tenebrosa, onde era alimentado de pão preto e água e onde tinha de defender pés e mãos dos ataques dos camundongos e ratos. Informam-nos que, em meio às suas meditações, as portas da prisão e de sua cela foram arrombadas, que ele foi posto em liberdade juntamente com uma dúzia de bandidos e que se alistou na tropa de Mandrin. Entretanto, a milícia, que seguia a pista de seu amo, alcançara-o, agarrara-o e metera-o noutra prisão. Saiu graças aos bons ofícios do comissário, que tão bem o servira na primeira aventura. Há dois ou três meses vivia retirado no castelo de Desglands, quando o acaso lhe devolveu um criado quase tão essencial à sua felicidade quanto o relógio e a tabaqueira. Não mais cheirava uma pitada de rapé, não olhava uma vez sequer que horas eram, e dizia, suspirando: "Que foi feito de meu pobre Jacques!..." Certa noite, o castelo de Desglands foi atacado pelos saqueadores de Mandrin; Jacques reconheceu a casa de seu benfeitor e de

sua amante; intercedeu por ele e salvou o castelo da pilhagem. Lêem-se, na seqüência, os pormenores patéticos do encontro inesperado de Jacques, seu amo, Desglands, Denise e Jeanne.

— És tu, meu amigo!
— Sois vós, meu amo querido!
— Como foste parar com essa gente?
— E vós, como viestes ter aqui?
— Sois vós, Denise?
— Sois vós, Sr. Jacques? Quanto me fizestes chorar!...

Enquanto isso, Desglands exclamava:
— Depressa, depressa, tragam vinho e copos: foi ele quem salvou a vida de todos nós...

Alguns dias depois, o velho porteiro do castelo morreu; Jacques ocupou seu posto e desposou Denise, com quem trata de dar ao mundo discípulos de Zenão e Espinosa; é querido por Desglands, querido por seu amo e adorado pela mulher, pois assim estava escrito lá em cima.

Quiseram persuadir-me de que o amo e Desglands se apaixonaram pela mulher dele. Não sei o que houve, mas estou certo de que, à noite, Jacques dizia consigo mesmo:

— Se estiver escrito lá em cima que serás corneado, Jacques, por mais que evites, tu o serás; se estiver escrito o contrário, que não o serás, por mais que fizerem, não o serás; dorme, então, meu amigo... — e ele adormecia.

Impressão e Acabamento
Com fotolitos fornecidos pelo Editor

EDITORA e GRÁFICA
VIDA & CONSCIÊNCIA

R. Santo Irineu, 170 • São Paulo • SP
✆ (11) 5549-8344 • FAX (11) 5571-9870
e-mail: gasparetto@snet.com.br
site: www.gasparetto.com.br